JN072445
エヴァーラスティング・ノア
この残酷な世界で
一人の死体人形を
愛する少年の危険性について
everlasting noa

《行くぞ！》
サクト
Sakuto
死体人形を演じる少年。ある特殊な力を得たため、人間でありながら死体人形を超える戦闘能力を持っている。実は亡国の皇子で、祖国をユニオンに滅ぼされた。
ノアを守ることを第一に考えて行動しているが、それには理由があって……。

《りょ！》
ノア
死体人形の少女。ノリが軽く誰とでも仲良くなれる。心優しい少女で、孤立しがちなサクトを気にかけている。いつも明るく前向きな反面、死体人形としての運命を受け入れているため、ときどき諦念に満ちた微笑みを浮かべることも。

サクト
Sakuto
シオン・オノ
Shion Ono

ノア
Noa

「よし次は服を見るぞ」
アズサ
Azusa
KUMA

ノア
Noa
サクト
Sakuto

サクトたちの隊の司令官。階級は中佐。常にポーカーフェイスで冷静沈着、非情な命令も眉一つ動かさず下すため、“鋼鉄の処女（アイアンメイデン）”と呼ばれる。一方で、負傷した死体人形を見舞うなど、心優しい一面もある。

サクトたちの隊に配属された青年。階級は大尉。シルワ皇国時代のサクトの親友。サクトの実力を誰よりも買っていて、心から尊敬している。同じ隊にいるサクトを死体人形だと思っていて、彼が生きているとは知らない。

エヴァーラスティング・ノア
この残酷な世界で一人の死体人形を愛する少年の危険性について

高橋びすい

MF文庫Ｊ

口絵・本文イラスト▶なえなえ

contents

Prologue

「生きて……」

　黒髪の少年の耳に、聞こえるはずのない声が聞こえた。

　女性の声だ。言霊は二つ。大切な姉の声と、大切な人の声。

　どちらも死にゆく人の発した言葉だった。

　死にゆく者による言葉は、時に遺(のこ)された者へと呪(のろ)いを付与する。

　少年は二度、呪われた。

　一度目は姉に。

　二度目は大切な人に。

　その声はいつも、自分が命の危機に瀕(ひん)すると聞こえてくる。死体人形(ダミーライフ)として蘇(よみがえ)ってからまだわずかな期間しか経(た)っていないが、少年——咲翔(サクト)は幾度もその声を聞いていた。

　サクトのいる場所は暗かった。破壊されたビルの三階の一室。窓はすべて割れているから、柱の陰に身をひそめることで外から自分が見えないように隠れている。

　足元には赤黒い物体が転がっていた。もともとは人の形をしていたそれは、右腕と下半身がない。かろうじて頭は残っているが、ひしゃげて目が飛び出しており、完全に破壊されている。下半身は少し離れたところに転がっていて、右腕はどこにあるかわからない。

　ともに作戦にやってきた死体人形(ダミーライフ)の成れの果てだった。死体人形(ダミーライフ)は驚異的な回復能力を持ち、体の組織を一か所に集めておけば肉体が少しずつ再生していく。しかし、それが集まる胴体を切断される、あるいは頭が完全に破壊されると回復しない。また、壊れた脳は復活して機能が戻っても記憶は戻らない。それは一種の生まれ変わりであり、この状態をもって〝死んだ〟と表現する場合が多い。

サクトは足元に転がった体の持ち主に想（おも）いを馳（は）せる。

死体人形（ダミーライフ）には前世がある。人生を全うしたうえで死体人形（ダミーライフ）になる。

彼はどんな人生を生き、そして死に、人形になったのか――。

性別は男性。若い体だ。普通の死に方をしたのではないだろう。何かしらの悲劇が彼を襲ったに違いない。その後、死体人形（ダミーライフ）として蘇（よみがえ）った。生前の記憶をすべて失い、まっさらな〝道具〟として蘇った彼は今日、戦場で散った。

現在の社会情勢的に若い死体人形（ダミーライフ）は優先的に戦場へと送られる。よほどの損傷を受けなければ再利用可能で、簡略な武装でも絶大な戦力になる死体人形（ダミーライフ）は、戦争の道具として非常に有益だ。若くして死んだ時点で彼の来世は決まっていたも同然だった。もしかしたら死の直前、「俺は死体人形（ダミーライフ）になって戦争に行くのか」という想いが去来したかもしれない。

ここまで破壊されて再起不能になるとは思わなかっただろうが。

《もしもしー。新人くん、生きてる？》

再び頭の中で声がして、サクトは現実へと引き戻された。同じく女性の声だが、今度は幻聴ではない。たしかに音を持った声だった。

〝念話（ヴォイスレス）〟と呼ばれる脳に直接語りかける無線通信。
サクトの頭部には機械が埋め込まれている。オルド・モジュールと呼ばれるそれは脳に直接接続された統制システムである。その本来の働きは死体人形（ダミーライフ）の暴走を抑えることだ。それ専用のＯＳを搭載しており、さまざまなアプリケーションを動かせる。声を発することなく脳の働きのみで通信する〝念話（ヴォイスレス）〟が可能なのもオルド・モジュールの働きのおかげだ。
人間にはおよそできない芸当だから、サクトは〝念話（ヴォイスレス）〟を使うたび自分が人間ではないのだと思い知る。
今の自分はやはり〝人形〟だ。
《俺は無事だ。ほかのみんなはダメだった。そっちはどうだ、ノア》
《こっちもおんなじ。私以外は全滅だよ》
女性――望愛（ノア）は軽い調子で答えた。まるで欲しかった服が売り切れだったくらいの温度感。仲間が全滅するのは日常茶飯事。いちいち気に病んでいたら自分まで死んでしまう。
《あ～～、このまま引きこもってやり過ごしたいけど……そうもいかないんだよね》
《俺たちに与えられた任務は敵を引きつけることだ。全滅したと思われたら護送車が発見されて襲われる危険がある》
サクトたちは敵に占領されたこの地区から一般市民あるいはその死体を逃がすための護衛任務についていた。護送車の屋根に乗って、敵の存在を警戒しながら進んでいたところ、姿を確認。十中八九、追いつかれそうだったので、護送は他の仲間に任せ、サクトとノア含め四十名の死体人形（ダミーライフ）兵が地面に降り立ち、敵と対峙（たいじ）した。

結果、サクトとノア以外が全滅した。

だが敵はいまだ二人を探している。この状況を長引かせ、しかるべきタイミングで脱出する。それがサクトたちの任務（ミッション）だ。

今回、回収された死体の数はおよそ三百体。

足止めに投入された死体人形（ダミーライフ）の数は四十名。

一般市民に献体登録者（ドナー）が何人いるかわからないが、貧困地区なのでおそらくほとんどの人間が献体登録（ドナー）を行っているはず。献体（ドナー）が叶（かな）った際の保険金で家族を養えるからだ。

そう考えると、サクトたちが死んで死体人形（ダミーライフ）を失ったとしても資源の収支はプラスになる。軍の上層部は最初から全滅しても問題ないと考えてサクトたちを送り込んだ可能性がある。

シビア過ぎる現実ではあるが、使い捨ての人形（ディスポーザブルドールズ）にとっては日常の出来事だ。

《どーする？　あんまり粘りすぎてもヤバいよね》

《機会を窺（うかが）ってる。俺とノアで同時に攻撃し、それぞれ一撃で一機ずつ落とす》

サクトたちもただ犠牲を払っただけではない。敵を破壊し、数を四機にまで減らしている。

《わー、難易度の高い要求をさらっと口にするね？》

《ほかに方法はない。残り二機になれば一対一の状況を作れる。そうすれば俺もノアも問題なく倒せる。それで全滅だ》
サクトは話しながら、オルド・モジュールを用いて脳内にマップを形成し、自分の居場所にピンを立て、ノアへと送信した。同時に、現在把握している敵の位置もノアと共有する。
《オーケイ。ま、新人くんに心配されるようじゃ、ベテランの名が廃るってやつだしねぇ》
ノアが同じく自分の居場所情報を送り返してくる。
サクトは小さく笑みを浮かべた。
ノアの位置は、サクトのいるビルのちょうど向かいのビルの窓際――挟撃するには最も適した場所だったからだ。
――ノアもまったく同じ想定をしていたってことか。
何かを示し合わせたわけではないのに同じ思考に至った二人。
お互い最も合理的な判断をした結果だからこその一致。
いつも軽い雰囲気でいるノアだが、彼女はずいぶんな切れ者だ。
《ノアだって、まだ三か月なんだから大差ないだろ》
《その辺はまあ、戦いが終わってからのお楽しみ。格の違いってやつを見せつけてあげるよ》
会話が終わったのと視界に巨大な機械仕掛けが入ってきたのは同時だった。

全長は三メートルほど。見た目は人型だが、全身が金属でできており、関節などの継ぎ目から機械の機構が見え隠れする。背中に翼はあるが、それもやはり生物的というよりは機械的(メカニカル)な趣を放つ。

目を青く光らせている姿は禍々(まがまが)しく悪魔のようなのだが、彼らは遠隔操作兵器〈アンゲルス〉と呼ばれている。

〝アンゲルス〟はラテン語で天使を意味する単語――つまり奴(やつ)らは機械仕掛けの天使(アンゲルス・エクス・マキナ)。

今目の前にいる四機は、その中でも〈ラファエル〉と呼ばれるタイプだった。

手には、三メートルの体長に合わせて作られたライフルを持っている。その弾丸も体長に合わせた特大のもの。当たれば原形をとどめずサクトたちの体は破壊されるだろう。

《行くぞ！》

《りょ！》

二人は同時に、割れた窓から飛び出した。

サクトは空中で腰に差していた刀を引き抜き――

ノアは両手に持った巨大なチェーンソーのエンジンをふかす。

ライフルを構えた四機の天使(ラファエル)に向かって、二人は自らの得物を振り下ろした。

刀が切り裂く金属音。

ガリガリガリッというチェーンソーの刃による破壊音。

致命的なダメージを受けた二機の〈ラファエル〉が、どうっと地面に倒れた。

二人は倒れた敵には目もくれない。確実に仕留めたと手ごたえが教えている。

着地した瞬間、二人に気づいてライフルを放つその他二機に向かって駆けだした。

サクトは左右にステップを踏んで巨大な弾丸をかわしつつ敵との距離を詰めていく。

ノアは飛んでくる弾丸をチェーンソーで切り裂いて破壊しながらまっすぐ敵に肉薄する。

どちらも効率的かつ迅速に攻撃を仕掛けているが、表情は対照的だった。

サクトの表情は真剣である。確実に敵を仕留めようという決意を感じる攻撃的な顔だ。力強い足取りと確実な攻撃は肉食獣のような獰猛(どうもう)さに溢(あふ)れている。

対するノアは終始、笑顔を絶やさない。豊かな金色の髪、しなやかで健康的な体、はじけるような笑顔、俊敏な動き、明るい声音——彼女は全身で生を謳歌(おうか)しているかに見える。

対照的な二人だが、どちらも生命力に溢れていて、実は既に死んでいるなどとは、この姿を見ているだけでは誰も思い至らないだろう。

死とはまったく真逆の、まさに生を象徴するかのような二人が、機械仕掛けの完全に物的な存在を今打ち砕こうとしていた。

人間と非常によく似ていて、しかし決定的に違う存在——。

彼らを人は死体人形(ダミーライフ)と呼ぶ。

Dummylife——死して動かぬ肉の塊となった者に、改めて生を付与し動くようにしたまがい物(ダミー)の命(ライフ)。

それでは語ろう。

サクトとノア――死者として蘇(よみがえ)った二人の物語を。

The 1st Movement：死者たちの鼓動

1

新宿（しんじゅく）の駐屯地に帰還し敷地内にある宿舎に戻ったサクトは、シャワーを浴びて服を着替え、食堂で夕食を取ることにした。

死体人形（ダミーライフ）は死体だが、その機能はほぼ人間と同じである。心臓は動き、血液も循環している。排泄（はいせつ）もするし汗もかく。ゆえにエネルギー源も人間と同じく食事だ。

また、軍の死体人形（ダミーライフ）には限定的だが自由も認められており、駐屯地内であれば自由に移動可能だ。わずかだが給料も出ているので、駐屯地内のショップで買い物も可能。ただし基本的に私用で外に出ることはできない。

そもそも死体人形（ダミーライフ）は、精神状態がそのままパフォーマンスに直結すると研究でわかっているため、限定的ではあるが人権らしきものが認められている。

東京の街に出れば、ショップやレストランなどで、死体人形（ダミーライフ）の店員を多く見るだろう。彼らもまた、各店に所有された者ではあるが、各店の寮でそれなりに自由な生活を営んでいる。

とはいえ、多くの人間は彼らを〝物〟として扱っており、実際、法的にも死体は〝物〟なので、差別的な扱いをされることも多い。

たとえば、電車に乗る場合、専用の車両に乗る必要がある。専用車両と言うと聞こえがいいが、その用意がない列車も多く、死体人形（ダミーライフ）が乗れる電車の本数がそもそも限られている。加えて座席が搭載されておらず、全員、立ちっぱなしだ。

バスの場合は、専用バスは存在しないが、代わりに座席を利用することが禁じられている。

その他、こまごまとした人間と死体人形（ダミーライフ）を区別する規則が存在する。

そういう意味では、軍の死体人形（ダミーライフ）は駐屯地と戦場という区切られた境界内にいればいいので、ある意味心穏やかに暮らせるとも言える。戦場で破壊される危険が大きいことを除けば。

サクトはトレーを持ってカウンターに向かい、列に並んだ。

死体人形（ダミーライフ）たちは談笑しながら列に立っている。一人無言で立っているのはサクトくらいだ。

カウンターで食事を配膳しているのは初老の女性だった。死体人形（ダミーライフ）である。

「あんた、いっつも一人だけど、大丈夫かい？　もう三日連続だよ？」

おせっかいな性格らしく、わざわざ話しかけてきた。

「こういう性格に生まれついているらしいです」

「にしたって軍人さんなんだろ？　仲間とうまくやれなくて問題ないの？」

「仕事だけきっちりしてれば大丈夫ですよ。それに……入れ替わりの激しい場所ですし」

「軍人さんは大変だねぇ」

「おばさんも大変じゃないですか？　毎日食事を作って……」

「あたしらは楽なほうだよ。何せ、死体人形相手の仕事だからね」

たしかにそうかもしれないとサクトは思った。

今でこそ街には死体人形（ダミーライフ）の給仕するレストランが多く存在するが、実は、最後まで死体人形（ダミーライフ）の労働者が拒絶されていたのは飲食関係だった。死体を食事の場に置くことに生理的嫌悪感を覚える人々が多かったからだ。

結果起こったのが食料品および外食産業の価格高騰である。家計は壊滅的な被害を受け、もともと悪かった景気は最悪の状態に陥り……それを救ったのが、死体人形（ダミーライフ）の給仕を全面的に採用し、代わりに価格を抑えた店舗群だった。皮肉な話だ。

そのときの名残りか、あるいは人間の本能的なものなのか、相変わらず飲食関係の仕事に従事する死体人形（ダミーライフ）への風当たりは強い。

「人間のお客さんはこんなに優しくはしてくれないからね。はい、お待ちっと」

「ありがとう」

サクトは食事の載ったトレーを受け取り、席を探した。隅っこの席が空いていたので座る。

ぼんやり食堂内を眺めると、いくつかのグループが談笑しながら食事をしている。

その中に、艶（つや）やかで流れるような金髪が見えた。ノアだ。テーブルに腰掛けているからか、すらりと長い脚が強調されている。抜群のプロポーションに、サクトは思わず見とれてしまう。目鼻立ちの整った顔は、美貌という言葉では足りないくらいの美しさで……彼女の外見は誰かが完璧に設計したのではないかとサクトは時々思う。ちなみに、彼女のもとの体の両親はイギリス人と日本人だそうだ。

ノアは死体人形（ダミーライフ）の仲間たちに囲まれながら楽しそうに話をしていた。ノアはいつも、みんなの中心にいる。

対するサクトは、隅っこで一人。

死体人形（ダミーライフ）たちの中にも社交的な者とそうではない者がいる。社交的かどうかなど、いわゆる死体人形（ダミーライフ）の性格は生前の性質の影響を色濃く残している。生前と脳が同じだから、どうしても似てくるのだ。

ただ、性格がある程度引き継がれても人格までは引き継がれない。死体人形（ダミーライフ）は生前の記憶を完全に失っているからだ。

稼働後、一般的な知識などは統制システムであるオルド・モジュールを介して、強制的に記憶として植えつけられるが、生前のエピソード的な記憶は抹消されている。記憶内容が保存されていれば、理論上は記憶を引き継ぐこともできるのかもしれないが、現状、特に本人が体験したエピソードとしての記憶は保存ができないので（映像が保存されていたとしても、それは本人が体験したものとは別のものである）、死体人形（ダミーライフ）は一切、生前の記憶は持たずに起動する。そういう意味で、死体人形（ダミーライフ）の人格は生前の体と連続性を持っておらず、まったく別の存在であるとされる。

またこのことは、死体人形（ダミーライフ）が基本的人権を完璧には持っておらず、〝物〟として扱われる理由の一端を担っている。

死体人形（ダミーライフ）は生きているように見えるが、生きているわけではない。人間の死体にLDバチルスという細菌が感染し自律的に動いているだけの存在だ。その証拠に、ただLDバチルスに感染させただけにしておくと暴走状態になってしまうため、オルド・モジュールで制御する必要がある。制御されてはじめて、人格のようなものが発現する。しかし、生前の記憶は何一つ持っていないため、これはあくまで擬似的に発生しているものであり、生前の――つまり人間の持つ人格とは似て非なるものである、とされている。これが死体人形（ダミーライフ）が物扱いされている大きな理由である。

グループで食事し談笑したり騒いだりしている者たちは、きっと生前の体も同じような行動様式を持っていたのだろう。生前の自分とは人格の一貫性はないが、似たような行動をとる人形――。そのあまりの人間らしさが、人間に死体人形（ダミーライフ）への差別感情を掻（か）き立（た）てるのかもしれない。

死体人形（ダミーライフ）が置かれている状況を考えると気が滅入（めい）ってきたので、サクトは文庫本を取り出して読みだした。

右手で食事を口に放り込み、左手に持った文庫本を読む。

一人で本を読む時間が、サクトにとって一番落ち着く時間だった。たとえ喧騒（けんそう）の中であっても。

　だが邪魔者が入ってきた。

「なーに読んでるの？」

　邪魔者はサクトの隣の席にどんとトレーを置いて座った。

　そちらを見なくても声でわかった。ノアだ。グループから抜けて、わざわざサクトのところにやってきたらしい。

「本」

　なので短く答える。

「あはは、そりゃ見ればわかるよ新人くん！」

　何が面白いのか、ノアは声を上げて笑った。妙な反応をされ、つい、顔を上げてノアのほうを見てしまう。実際、心底楽しそうな顔でサクトを見ている。

「……デカルト」

　仕方がないので、本の著者の名前を答えた。

「デカ……何？」

「デカルト。十七世紀フランスの哲学者」

「十七世紀って……えーっと……」

「西暦一六〇〇年代だ」

「一六〇〇？　今が二〇七一年だから……うわ、四百年も前!?　ずいぶん古い本なんだね

え。なんでそんなの読んでるの？　ってか、どこで買ったの？」

「ただの暇つぶしだ。買ったんじゃなくて借りたんだ。市民から駐屯地に寄贈された物資の中にあったから、借りてきた」

「ふぅん。でもこれ、電子でも読めるんじゃない？　古いのに本がまだあるってことは、けっこう有名な人でしょ？」

「もちろん電子書籍もある。ただ、紙の本で読むのが好きなんだよ」

　死体人形（ダミーライフ）にも個人用の携帯端末が与えられているから、それを使えば電子書籍を利用できる。サクト自身、紙の本が読みたいというのは、二〇七一年という時代には相当に古風な趣味だと思う。本なんて、電子化されたものを読めばいい。だが、死体を使わなければ社会を維持できないほど衰退してしまった日本において、紙の本はまだまだ現役だ。文明レベルは二十一世紀初頭と比べてもほとんど変わっておらず、未（いま）だに紙の本も図書館も存在しているのだ。

「難しそうな本だねー。面白い？」

「どうだろう……俺は読んでると落ち着くけど……」

「落ち着く!?　知恵熱が出そうじゃん!!」

「哲学は……論理を突き詰めて考えてるところが好きなんだ。まあ、宗教の問題とかいろいろあったみたいだから、このデカルトは言い訳がましく、キリスト教に反してるわけじゃないと書いてるけどな。それでも論理を突き詰めていることに変わりはない。論理に没頭してるときは嫌なことも忘れられる」

　ノアは微笑みながら、サクトの様子を見ている。

「数学も似たようなところがあるかな。ただ、数学は本当に純粋に論理の世界で、知的遊戯に近い。哲学はもう少し現実に根差している感じがする。俺は哲学のほうが好みだ。物理学くらいまでくるとホントに現実みが出てきて……」

　そのノアの表情に、サクトは最初、話に没頭していて気づかなかった。

　気づいた途端、ドキッとする。

　優しく、目を細めながら見つめられ、視線を合わせられなくなる。

「つまらないよな、こんな話」

「ん？　いや、全然意味わかんないけどつまらなくはないよ。だって、サクトが自分のことこんなに話してくれたの初めてじゃん」

「え……」

「サクト、誰とも絡まないし、私とも必要な話しかしないでしょ？　ルームメイトも、またまいないし、大丈夫なのかなって心配になってたんだ。うまく馴染めてないんじゃないかなって。でも、こうやって私にいろいろ話してくれたから、ちょっとは打ち解けたのかなって」

「あー……」

　出会って三日のやつに対してそんな親身な心配をしてくれるものなのか、普通。

急に距離を詰められてサクトは反応に困ってしまった。

サクトが一人でぼんやりしている間、ノアはサクトを見て、一喜一憂してくれていたわけで、そのことについて「ありがとう」くらい言ったほうがいいのか？

悩んでいるうちに、時間だけがどんどん過ぎていってしまう。

ただ、戸惑いつつも少し嬉（うれ）しく思う自分もいた。

ノアはすっと懐に入ってくるが、嫌な感じがしない。

「お？」

ノアが声を上げた。

同時にサクトも、頭の中で電子音がけたたましく鳴るのを聞いた。

オルド・モジュールがメッセージを受信したのだ。聞こえた電子音はメッセージの受信音であり、音が聞こえる原理は〝念話（ヴォイスレス）〟と同じである。

脳内でオルド・モジュールを操作しメッセージにアクセスする。タイトルには〝招集〟の文字。

――本日一九〇〇（ヒトキュウマルマル）に、第一ブリーフィングルームに集合すること。

簡潔な招集命令だった。

「あー呼ばれちゃったね」

ノアがため息交じりに肩をすくめる。

「任務が終わって帰投して、やっとご飯ってとこなのに。相変わらず司令部は死体づかいが荒いなぁ。こちとら命がけの戦いをしてボロボロだよ！」

「このくらいの傷だったらすぐ治るからな」

文句を言っているノアにサクトは苦笑する。

だが内心は笑っていない。

また新しい任務(ミッション)につくのだ。その先が死地である可能性は極めて高い。

生き残るために——そして、ノアを生き残らせるために、サクトはブリーフィングから気を抜けない。

2

第一ブリーフィングルームは駐屯地で最も大きな部屋で、大規模な作戦会議が行われる際に使われる場所だ。

およそ二百名の死体人形兵(ダミーライフ)は起立のまま整列させられ、その前の列に着席した人間の軍人二十名の列が並ぶ。

区別——人と、そうでないものとの。

しかし、死体人形(ダミーライフ)もまた認知機能を有している以上、同じ場で情報伝達を行ったほうがよい。そういう合理的な判断もまた、なされている。

壇上に現れたのは二十代後半くらいの女性だった。背筋をピンと伸ばした堂々たる立ち姿は年齢に似合わない威厳に満ちている。ダークな色合いの長髪は美しく容貌も整っているが、キツめの眉と鋭い眼光から、どこか近寄りがたい印象を受ける。

——小野詩音(シオン・オノ)中佐。

日本陸上死体人形(ダミーライフ)軍第八大隊司令官。

「今回の作戦の指揮を執るオノだ。よろしく頼む」

短く挨拶を済ませ、シオンは説明を始める。

部屋の前方に3Dグラフィックが展開。東京、千葉周辺の地図が出現した。

「知ってのとおり、現在、千葉県の大部分がユニオンの手に落ちている。ここ、東京の目と鼻の先だ。このまま東京が落ちれば、日本は政府機能と軍機能に大打撃を受け、そのままユニオンの支配下に置かれる可能性が高い。そうなった場合、いよいよアライアンス側の敗戦は濃厚となる」

涼しい顔で、絶望的な話を淡々と話す。人間兵の中からはいくつか呻(うめ)き声(ごえ)が漏れた。

現在、世界を二分する二つの勢力——。

一つは世界平和に同意する国々の連合(ユニオン・オブ・ネイションズ・アグリーイング・トゥ・ワールド・ピース)——通称ユニオン。連合と冠しているが、事実上、総統と呼ばれる絶対君主の下に一つの国を形成している。ちょうど、かつて存在したアメリカ合衆国が衆の連合(ユナイテッドステイツ)という形で一国を形成していた状態に近い。ユニオンは二十一世紀初頭段階でいわゆる〝先進国〟と呼ばれていた国々が中心となって形成された。その後、〝発展途上国〟と呼ばれた国々を吸収していく形で大きくなっていった。

AAAA

もう一つは侵略国家に対抗する諸地域の同盟（アライアンス・オブ・エリアズ・アゲインスト・アグレッサーズ）——通称アライアンス。こちらは各国が主権を保った状態での同盟関係にある。しかし対ユニオンという形での軍事力を融通し合っているので、軍事的には一国に近い形態を取っている。アライアンスを構成する地域はその当時〝発展途上国〟と呼ばれていた国々が多い。これは、アライアンスが、ユニオンによる侵略に対抗する目的で生まれた同盟だからである。

　アライアンスとユニオンは死体人形（ダミーライフ）の利用を認めるべきか否かで対立している。

　アライアンスは、死体人形（ダミーライフ）を積極的に利用しようとする立場を取っている。

対するユニオンは、死体人形（ダミーライフ）の利用を法律で禁止している。亡くなった人間の体を再利用し、物同然に使い潰す行いは、倫理に反し人道的に許されないというのがユニオン側の主張である。

　しかしアライアンスにも言い分があった。アライアンスに所属する国々の多くは、繰り返すがもともと発展途上国である。二十一世紀に入ってから一貫して続く人口減少による労働力不足、そして慢性的な資源不足を、資金によって補うことのできなかった国々だ。それら山積する問題を、死体の再利用——すなわち、死体人形（ダミーライフ）という技術を用いて解決したのである。いわば死体人形（ダミーライフ）という存在は救済であり、それを取り上げられたら、滅亡するしかない、というのがアライアンスに所属する国々の言い分なのだ。

　一方のユニオンは、先進国としての技術力で機械化することで、二十一世紀以降の人口減少による労働力不足を解消できた国々であり、資源不足は資金力で資源を独占することで解消できた国々である。死体人形（ダミーライフ）などという悪魔の所業ではなく科学の力で問題を解決すべきと説いている。

お互い歩み寄ることはできず、すでに戦争は十年にわたって続いている。

そして戦況は——結局のところ、先進国が中心となって形成されたユニオンが優勢である。圧倒的な資金力と技術力を前に、アライアンスは苦戦を続けている。それでも十年持ちこたえているだけ、アライアンスは立派と言える。ユニオン側も、なかなか落としきれないアライアンスに業を煮やしている様子ではある。

ここ日本が所属しているのは、アライアンスのほうで、だからつまり、巨大な機械仕掛けの天使〈アンゲルス〉を操っている敵はユニオンである。日本は二十一世紀初頭段階で〝先進国〟だったという意味では、アライアンスの中で例外的な存在である。日本がアライアンスの中に入ることになったのは、死体人形（ダミーライフ）の技術の開発において中心的役割を果たしたのが、ほかならぬ日本だったからだ。死体人形（ダミーライフ）は日本の研究チームが、シンガポールやオーストラリアといったアジア・オセアニア地域の研究チームの協力を得ながら開発したものである。

ただ日本としては、死体人形（ダミーライフ）という技術によって発展途上国の数々を救えると考えている。実際救われた国々は数多くいたのである。アライアンスという形で同盟が組めているのも、死体人形（ダミーライフ）によって救われた国々が多いことの証左であろう。

世界大戦は十年前の開戦以来、一貫してユニオン有利の状況が続いている。世界中のアライアンスの地域、そして中立国が、ユニオンによって侵略され、併合されてしまった。そして一年前、ついにアライアンスの中では大国と言ってよい日本にも侵略の手が伸びた。房総半島の先端部にユニオンの軍が上陸したのである。

ユニオンは一年かけて、じわじわと千葉県を攻略し、現在、東京の際まで迫ってきている。

もしこのまま東京が落ちれば、日本の首都機能は大打撃を受け、国家として壊滅的な被害を受けるだろう。アライアンスで中心的な役割を果たしている日本が機能不全に陥れば、今度こそアライアンスは総崩れを起こし、倒れるかもしれない……。正念場と言えた。

「東京そのものに関して言えば、防空システム〈サルヴェーション〉は健在。上空からの侵攻を恐れる必要はない。だが、千葉という陸の地から物量で押されると分が悪い。東京を守るためには千葉を奪還する必要がある。そこで……」

3D映像が、写真に切り替わる。

基地と思しき区画を俯瞰して見た画像だ。

「船橋基地だ。現在、ユニオン側の前線となっている。ここを落とす」

——いったいどうやって？

サクトは率直に疑問だった。落とす方法があるのなら、そもそもここまで戦局は悪化していない。

敵の操る遠隔操作兵器〈アンゲルス〉の群れを前に、生身主体の死体人形軍はそもそも不利だ。一般的に、真っ向から戦った場合、一機の〈アンゲルス〉を落とすのに十人の死体人形（ダミーライフ）が必要だと言われている。日中、四機の〈アンゲルス〉を二人で落としたサクトとノアは驚異的な戦果を挙げたのだ。

　アライアンスは戦闘機や戦車を使って応戦する場合もあるが、敵の高性能なアンゲルスを相手に互角には戦えない。戦闘機や戦車よりも自律稼働し臨機応変に動ける生身の死体人形（ダミーライフ）のほうが戦力としては大きく、彼らよりもはるかに強力なのがアンゲルスなのである。

　圧倒的な科学力と資金力に裏打ちされたユニオンの力は強大なのだ。しかもアンゲルスは、すべてが戦場から離れた基地から遠隔操作されている。パイロットが乗っているわけではないので、アンゲルスを倒せたとしても物的な損害のみしかユニオンには与えられない。

　戦争開始当初、アライアンスも遠隔操作系の戦闘機を用いた作戦を行っていたが、アンゲルスに機体性能的にまったく対抗できなかった。そのため現在では遠隔操作系の兵器は使われていない。遠隔操作技術は偵察用のドローンくらいである。結局、役に立つ戦力は戦争の原因にもなった死体人形（ダミーライフ）だけだった。死体人形（ダミーライフ）も法的には物だから、基本的に戦闘時の損害は物的なものばかりなのだが、国土を侵攻されてしまったので住民は捕らわれているし、基地にいた人間の軍人も捕虜になっている。

　安易に落とすなどと言える状況ではない。簡単に取り返せるのであれば、そもそも切羽詰まってなどいない。

いったい何をするつもりなのか……。

「ユニオンは強力だが弱点がある。それは遠隔操作兵器に頼り切っている点だ。つまり、敵の司令部を直接壊滅できれば勝機がある。

しかし、敵もそれは理解しており、特に前線となっている船橋（ふなばし）においては、固定の建物に司令部をおいているわけではないということが、ドローンや衛星による調査でわかっている。司令部の機能を果たしているのは陸上戦艦〈トール〉だ」

〈トール〉は全長約一〇〇メートル、全幅約五〇メートルの陸上戦艦である。ユニオンはこの戦艦を司令部として用いることが多い。

「これを破壊すれば船橋基地は機能を停止する。そこで――」

画像が切り替わり、一機の戦闘機が映し出される。

「CP－12〈ホーンズ〉だ。戦争初期にアライアンスが開発した機体で、今や旧型だが、スピード性能だけは目を見張るものがある。死体人形兵（ダミーライフ）諸君には、これに乗って敵司令部に突撃攻撃を仕掛けてもらう」

部屋中が息を呑（の）んだ。

「鹵獲（ろかく）したアンゲルスを分析した結果、アンゲルスの行動限界が判明した。アンゲルスの行動は遠隔操作者の反応限界に依存する」

シオンはデータを3D画像として表示しながら説明する。

アライアンスは戦勝経験が乏しいが、それでも何度かは勝っており、その際に破壊されたアンゲルスを鹵獲している。アンゲルスは破壊されたあと自動的にソフトウェアやハードウェアを自滅させるプログラムを搭載しているため、データのサルベージはかなり難しいが、それでも拾える情報を懸命に収集している。その結果わかったのが、シオンの説明するアンゲルスの行動限界であろう。

「遠隔操作者は人間であるから、その反応限界は、操作者が強化人間（サイボーグ）化されていたとしても死体人形（ダミーライフ）のそれに劣る。つまり、諸君の操縦する戦闘機であればアンゲルスを正面から出し抜くことが可能なのだ」

とんでもない作戦を考える。しかしそれが非常に有効だとサクトにもわかった。

サクトの脳裏には、日中の作戦で護送された死体に関するデータが浮かんでいる。データが兵士には公開されていたのでシャワーを浴びながら見ていたのだが……。

そこには十代～二十代の死体が八十体存在すると書いてあった。すべてが軍人になるかどうかは定かではない。ただ生前体質が多少虚弱だったとしても、ＬＤバチルスの影響で身体能力は極限まで強化されるため、軍人になるのに生前の体力や体質は関係ない。

今回に限って言えば資源は足りているのだ。資源を潤沢に使い確実に敵を仕留める。

また、基地を制圧できれば、今回死亡した死体人形（ダミーライフ）の亡骸（なきがら）を回収できる。よほど損傷が激しくない限りは再利用（リサイクル）できる者が多いだろう。この点も死体人形（ダミーライフ）を利用する強みだが……一度死亡し記憶をすべて失うことになる以上、死体人形（ダミーライフ）個人にとっては残酷な作戦である。

「今から突撃作戦の正規メンバーをオルド・モジュールを通じて通知する。残りは補欠兼、突入部隊だ。突撃班によって敵司令部を壊滅させたあと、突入部隊が一気に船橋(ふなばし)を制圧する。どちらも重要な任務だ。では――」

シオンが壇上の端末を操作すると、周囲から悲鳴が聞こえた。

選ばれた者たちの悲鳴だ。

サクトには補欠兼突入部隊の通知が来た。特攻からは外れたのだ。

すぐに隣のノアの顔をサクトは盗み見た。

ノアは――笑っていた。

微笑(ほほえ)みに近い。

喜びの笑みではないと、サクトにはすぐわかった。

あふれ出しているのは、諦めの感情――。

遅かれ早かれ、どうせ死ぬ。それが早いか遅いかの違いにすぎない……とでも言いたげな、穏やかな、達観した笑みだった。

ノアは選ばれた。そして諦めたのだ。

「い、い……」

部屋の隅のほうで声がした。女性の声だった。

「いやあああ!!」

死体人形(ダミーライフ)の群れをかき分けて一人の女性死体人形(ダミーライフ)が走り出した。

直後、

「――ッ！」

声にもならない声を上げて、その場に倒れた。顔面から思いっきり、床にたたきつけられるようにして。

女性は床の上で何度か痙攣（けいれん）し、そして動かなくなる。

「――逃走は推奨しない」

冷たい声が、会議室に響く。

シオンがまっすぐ死体人形（ダミーライフ）たちを見つめている。

彼女がしたことをサクトは知っている。逃走しようとした女性死体人形（ダミーライフ）のオルド・モジュールに遠隔で指令を出し、彼女の脳を焼き切らせたのだ。

命令違反をした死体人形（ダミーライフ）への制裁である。

このシステムがあるから、死体人形（ダミーライフ）たちはいかなる理不尽な命令にも従うし、どれほど乱暴に扱われても人間に歯向かわない。

今走り出した彼女は、死の恐怖に理性を忘れ、衝動的な行動をとったのだろう。そして粛清された。

「諸君はいつでもこのように破壊される。破壊は面倒ではあるが、軍としては大した損害ではない。諸君は破壊されたのち初期化され、また軍務に就く。破壊の際の忌まわしい記憶は消えるから、すべて忘れてやり直したい者は彼女のように逃走するといい」

しん、と静まり返る会議室。

逃げても死、とどまっても死。

物たる死体人形（ダミーライフ）の運命を象徴するかのような状態だった。

「理解いただけたようでありがたい。突撃作戦ではあるが、特攻を強要するわけではない。戦闘機を司令部に直撃させてくれさえすれば脱出は禁じられていない。むしろ脱出し、敵機の足止めへ参加することは推奨されている」

脱出できたところで意味があるとは思えなかった。

司令部を一撃で倒せるわけがない。敵陣の真っただ中に脱出して、敵に見つからないとは思えない。包囲され、殺害されるだろう。

脱出しなくても死、脱出しても死。

「また、今回の作戦は非常に精神的負荷が高いので、意志剥奪（はくだつ）プログラムの使用も許可されている。希望者は申し出るように」

意志剥奪プログラム――オルド・モジュールのアプリケーションを利用して、文字通り、死体人形（ダミーライフ）の意志を消し去るプログラムである。これを走らせると、死体人形（ダミーライフ）は本当に人形のようにあらかじめ命じられた行動しかとれなくなるが、同時にあらゆる苦痛を感じなくなる。自ら考え、人間並みに臨機応変に対応できるのが死体人形（ダミーライフ）の強みだが、あまりにもストレスの大きい作戦で、かつ生存の見込みの少ないものの場合、人道的な見地から利用を許可されている。食用の牛や豚に対して、いたずらに痛みを与えてはならない。そういうレベルの倫理である。

サクトはギリッと、歯を食いしばる。

「以上でブリーフィングを終わる。出撃は十時間後。作戦の細かな流れはデータを送信しておくので各自確認し、食事と休養を取り、出撃に備えてくれ」

シオンが部屋を出ると、それに続いて人間兵たちが消えていく。

死体人形（ダミーライフ）たちは途方に暮れたようにその場にとどまっている者が多かった。

サクトもまた、その中の一人だった。

いくらなんでも残酷すぎる。たしかに戦況は絶望的で、無理してでも押し返さないと終わりが見えてきている。そして目の前には使い道のある大量の〝物〟。人間側の論理に立った場合は名案なのかもしれない。

しかし死体人形（ダミーライフ）にとっては紛（まぎ）れもなく死の宣告。

「サクトは大丈夫だよね？」

ノアに声をかけられた。

「ああ。さすがに稼働三日で特攻には選ばれなかった」

「そっか。じゃ、今日でお別れだね。短い間だったけど楽しかったよ」

ノアは優しく微笑（ほほえ）んだ。

どうしてだよ。

サクトは思う。

どうして、こんなときまで笑うんだよ。

今日、追い詰められ、絶望的な状況でも笑っていたノア。

彼女はどんなに辛いときでも笑う。

――君はいつもいつもいつもいつも……。

サクトは歯噛みする。

ノアは悲しい顔をしない。死体人形は涙を流せず、感情もないと言われるが、それでも悲しい顔はするものである。

けれどノアは絶対に前を向いて笑顔でい続ける。

ノアの無理した笑顔。それを全部消し去りたいから……。

――俺は絶対に戦うことをやめない。

「ノア。まだ死ぬと決まったわけじゃ……」

「いやー、さすがのノア様でも？　敵陣真っただ中に行って生き残れるとは思えないなー」

あはは、と軽い感じでノアは笑う。

「というわけで、意志剥奪プログラムの申請しよっかなって思う。変になっちゃった私を見ても笑わないでね？」

「……笑うわけないだろ」

「それじゃ。最後に食堂でスイーツでも食べよっかな。よかったら一緒に食べない？」

「……ちょっと行くところがあるから先に行っててくれるか？　必ず後で行くから」

「りょーかい！」

ノアは最後まで笑顔でブリーフィングルームから去っていった。

その後ろ姿を見ながらサクトは思う。

――ノアは俺が守る。

3

シオン・オノが執務室に戻ったとき、違和感があった。

何かいる。

部屋の中は見晴らしがいい。入り口から死角になっている場所など、数えるほどしかない。

腰の拳銃に手をあて、慎重に周囲を見回しながら、今シオンのいる位置からは死角になっている唯一の場所――デスクのほうへと回りこんでいく。

「さすがです。息を殺していたつもりなんですが」

ひょっこりと少年の頭が出てきた。

サクトだった。険しい顔でこちらを睨んでいる。

「どうやって入った」

「普通に扉の鍵をハッキングして入りました。オルド・モジュールは便利ですね。性能が高いから扉に接続してプログラムを走らせれば、だいたいの鍵は突破できてしまいます」

「……稼働三日の死体人形（ダミーライフ）のすることじゃない」

「慎め、と？　稼働三日の死体人形（ダミーライフ）らしく振舞うために。でも、どうしても言いたいことがあったんです」

　サクトは流れるような動作でシオンに詰め寄った。

拳銃を抜くことはできなかった。一瞬の隙で距離を詰められ首を掻（か）き切られるのではないか？　そう思うと体が動かなくなった。それほどサクトの動きは隙がなく、そして殺気に満ちていた。

「どうしてあんなに酷（ひど）い命令を？」

「決めたのはアライアンスの上層部だ」

　緊張で声がやや震えた。

　上層部――アライアンス統合軍司令部。アライアンス加盟国の国防大臣たちで構成された、アライアンスの軍事的意味での最高意思決定機関である。アライアンスの各国軍はこの支配下にある。シオンたち日本陸上死体人形（ダミーライフ）軍第八大隊も同様である。

「信じられないかもしれないが、私は反対した」

　周囲の意見はどうだかわからないが、シオン自身は、かなり死体人形（ダミーライフ）に同情的だ。今日のブリーフィングで逃走しようとした死体人形（ダミーライフ）が殺されたが、あのプログラムを飛ばしたのもシオンではなく別の士官だ。シオンはあそこまでやる必要はないと思っていた。けれど事が起きてしまった以上、軍の統制に使うため、ああいう発言をしたのである。

「だが、上層部の決定に私は抗えない。私は軍人であり、君たち死体人形は軍の備品だ」

「それでも俺を特攻メンバーには入れないことができた」

「私が決めたわけじゃない。特攻メンバーの選定基準は、稼働一か月以上で、一定の戦績を残している者。アンゲルスを出し抜き、敵司令部を攻撃するためには、一定の経験と能力が必要になる。稼働三日の死体人形は候補には入らない。だいたい、何が不満なんだ。君は特攻メンバーじゃない。死なないで済むんだぞ？　それでいいじゃないか」

訊きながら、彼が不満を感じているのはノアがメンバーに入っているからだろうと頭の片隅で思う。

ノアが選ばれた理由は単純だ。稼働一か月以上で戦績が優秀だから。説明されなくたって、作戦の趣旨を理解していればノアが選ばれるのもわかるだろうに……。

「特攻メンバーにノアがいるのはダメです」

予想通りの答えにため息をつく。

——どうしてそこまで、あの女にこだわるんだ。

二人の関係を考えれば、気持ちはわからなくはない。しかし人はいくつもの喪失を経験しながら生きていく。ましてこんな壊れた世界では、その喪失は一度や二度では済まない。

そのたびに打ちひしがれていたら、それこそ自分自身が壊れてしまう。

もちろん感情は理屈ではない。彼にとってノアは特別。それだけのことなのかもしれないが……。

――この壊れた世界で一人の死体人形（ダミーライフ）を愛するのは危険だぞ？

死体人形（ダミーライフ）は使い捨ての人形。

ほぼ間違いなくノアはどこかのタイミングで死ぬ。サクトはそれを目の当たりにするだろう。目の当たりにしないのは唯一、彼が彼女より先に死んだ場合のみだ。

どちらが早いかの違いでしかない。

絶対に失われる対象に愛情を注ぎこむのは危険すぎる。自ら破局に向かっていくのと同じだ。

彼は耐えられるのだろうか？

「ノアを作戦から外せと言いたいのか」

シオンはさまざまな言葉を飲み込み、ただ実務的な点のみ尋ねた。

「ええ。彼女は死すべき存在ではない。だいたい、今回の作戦はなんです？　死体人形（ダミーライフ）を使い捨てにして。たしかに今日、材料は手に入ったかもしれない。それでも使い捨てられるほど余裕があるんですか？」

「おまえの認識は間違っている。まず、死体人形（ダミーライフ）を使い捨てにする作戦ではない」

「……？」

「今回の作戦は最後の作戦だ。成功以外に我々の選択肢は存在しない。なぜなら、失敗はすなわち滅亡を意味するからだ。ゆえに死体はすべて回収する前提で作戦を練っている。

彼らのほとんどは死後復活するだろう」

「しかし記憶は消去される。それは死ぬのと同じです。それに失敗した後のことを考えないなんて愚かです」

「そうだな。だが失敗したとしても、死体などいくらでも見つかる。それこそ、この戦いに敗北し東京が火の海になれば、死体は山のように手に入る。そういう意味で資源は豊富にあるのだよ」

　自分で言っていて反吐（へど）が出そうになる。

　だがこれが上層部の考えで偽りはまったくない。

　綺麗事（きれいごと）を言っていられる時代はとうの昔に終わった。すべての資源を投入して勝たなければならない。

「いいか、サクト。ノアは入れ替え可能な存在なんだ。少なくとも、この国にとっては」

「彼女は優秀な戦士です。使い捨てるべきじゃない」

「たしかに彼女は優秀だ。だからこそ、もし、この扱いを使い捨てだというのであれば、彼女のような賢い存在を使い捨てられるメリットがあるおかげで我々は戦っていられるのだ」

「死体人形（ダミーライフ）は自律して行動し自分の頭で高度に物事を判断して作戦を遂行する。そのような存在を使い捨てられるメリットは大きい、と？」

　わかっているのならなぜ訊（き）くんだ。

「そうだ。私たちは人間を使い捨てられない。なぜなら権利がある。基本的人権というやつがな」

基本的人権――人間が人間として、生まれながらに有している基本的な権利。

自由権、参政権、社会権に分かれており、アライアンスの国々はすべてこれを認めている。

「それから、これは解釈が分かれる話かもしれないが……優秀な人材を無駄にするのは問題だが、ほとんどの人間は優秀ではなく、実際に入れ替え可能だ。私も、おまえも、ノアも」

シオンが死ねば、おそらくどこかから同じ役職に就くべき人間が現れる。自分の仕事はその程度のものであるし、代わりを用意できないのであれば、それは組織が欠陥を抱えているのだ。国のリーダーレベルであれば話が違うかもしれないが、シオンのような中間管理職は代えなんてゴロゴロいる。

そのくらいには、人間は皆有能なのだ。

「おまえの代わりなどいくらでもいる」という罵倒は、暴言ではあるが一面では真実である。一方で、その入れ替え可能な人々も、仕事をしっかりまわしているという意味では非常に有能である。

だからこそ人間を雑に扱う権利を人々は持たない。

だが死体人形(ダミーライフ)は違う。すべてが非常に優秀でありながら、必要であれば使い捨て可能という、最高の存在。

「今回の作戦にノアは必要だ。わかったか？」

「……」

サクトはすぐには答えなかった。

熟考しているようだ。彼は賢い。シオンの発言の意味は十分に理解できるはずだ。長考しているのは、彼の中で理性と感情がぶつかり合っているからかもしれない。その割に表情は涼しげなのでシオンは戸惑いを覚える。

何かまた面倒なことを考えていないか心配になる。

「わかりました。では、俺も志願します」

「何？」

シオンは眉をひそめる。

「今回の作戦、別に一人くらい特攻兵が多くなっても問題ないでしょう？　数は正義ですから。だから俺を追加してください。特攻のタイミングはノアの直前を希望します」

「何をするつもりだ」

「ノアと二人で生き残るんです」

まっすぐシオンを見つめて、サクトは言い放つ。

青い瞳。

湖のように澄んで美しい瞳――しかし、シオンはそれが赤く燃え立っているように錯覚する。さながら青い炎とも呼べそうな眼光。

　真剣なまなざしにシオンは思わず気圧(けお)される。

「そんなこと、できるわけ……」

「できます。諦めさえしなければ。志願を止める合理的な理由はありませんよね？　死体(ダミー)人形(ライフ)は生まれた瞬間からオルド・モジュールによってさまざまなスキルをインストールされている。それには戦闘機の操縦も含まれる。俺にも作戦参加は可能です。ちなみに、意志剥奪(はくだつ)プログラムを使う気はありません。意志を持ち、戦意の強い兵のほうが、経験値はあっても意志の薄弱な兵より作戦を完遂できる可能性が高いのではないですか？」

「君を死なせたら……」

　サクトが、人差し指を自分の口の前で立て、ゆっくり首を横に振った。

「誰が聞いているかわかりません」

「――いいだろう。だが約束しろ。絶対に戻ってくると」

「ご命令とあらば」

　一礼し、サクトは部屋を出ていった。

「は――――」

　シオンは椅子に体を投げ出すように座り、長いため息をついた。

「ったく、めちゃくちゃなやつだ。こっちの気も知らないで」

　シオンは天井を見上げる。

「頑固なところはラピス、君にそっくりだよ」

今は亡き友人を頭に思い浮かべながら、つぶやいた。

＊

食堂に行くと、ノアはすでに来ていた。

テーブルの上には、空の皿が三枚。

そして四枚目の皿を今まさに作ろうとショートケーキを口に運んでいる。

資源不足ゆえに、食堂で出るスイーツは卵や牛乳などが合成の代替品だ。そこまでおいしいものなのだろうか、とサクトは疑問に思うが、ノアはきっと好きなのだろう。

とはいえ……

「ノア、いくらなんでも食べ過ぎじゃないか？」

思わず呆れてしまうのは仕方ないと思う。

「だってさー、これで終わりなんだよ？　今月のスイーツ、まだ一個も食べてなかったんだもん。全部食べなきゃ損じゃない？」

妙に真剣な表情で言うノアにサクトは苦笑する。

——相変わらずマイペースだな。

数時間後に死地に赴く人とは到底思えない。

「っていうか、サクトおそーい！　振られちゃったかと思ったじゃーん」

「ごめんごめん。シオン中佐に話をしにいってたんだ」

サクトはノアの隣に座ると、

「俺も特攻作戦に参加する」

まっすぐ、ノアの目を見て言った。

「え……？　サクト、選ばれてなかったよね？」

「志願したんだ。一人くらい増えたって問題ないからＯＫしてもらえたよ。出撃順はノアの一つ前だ」

「志願した⁉　どうしてそんな！　特攻の意味わかってる⁉　死ねって言われてるんだよ⁉」

「死ぬ気はない。ノアも死なせない。俺がノアを守る。だから――」

サクトはノアの手を取った。

ノアがほのかに顔を赤くする。

「ノアも意志剥奪(はくだつ)プログラムを使わないでくれ。意志なき者に生存は不可能。生きようと足掻(あが)くことでしか、生き残れない」

「えっと……これってどういう？　私たち、会ってまだ三日だよね。やだなぁ、新手のナンパ？　これから死ぬってときに何やってんの？」

照れているような困っているような様子でノアは笑う。

だがサクトのほうはいたって真剣だ。

「ナンパだと思ってくれてかまわない。腹が立ったなら、作戦が終わったあと煮るなり焼くなり好きなようにしてくれ。終わったあとがあるようにする。だから——怖いかもしれないが、意志をなくさず、そして敵の基地にぶつかるギリギリのタイミングで戦闘機から絶対に脱出するんだ。そして地上で俺を探せ」

「も、もう、わかったよ」

サクトの手を、ノアは振り払った。サクトの手を嫌がっていたというよりは、恥ずかしさに耐えかねたという感じだった。

「怖いけど、一人じゃない、もんね……。サクトも、サクトのまま行くんでしょ？」

意志剥奪プログラムを使わないんだよね、と訊いているのだ。

「もちろんだ」

「わかった。一人にしちゃ可哀想だから、私も行くよ」

それはあまりにもノアらしい理由で——。

サクトは胸の奥がツンと痛くなった。

ノアは優しい。

その優しさに報いるためにも——。

自分は絶対に、ノアを生きて帰さなければならない。

4

未明。船橋（ふなばし）基地司令室。

ユニオンの軍人たちが神妙な面持ちでモニターを見つめていた。モニターに映っているのは衛星によって撮られた動画である。旧型の戦闘機が隊列を組んで飛んでいる映像だった。

「特攻作戦だと……。やつら、死体人形（ダミーライフ）を使い捨てる作戦に出たか」

初老の司令官の口から言葉が漏れ出てくる。

人類史上、自爆攻撃は幾度も人々を震撼（しんかん）させてきた。有名どころで言えば、二十世紀、太平洋戦争時の日本による零式艦上戦闘機の特攻作戦。また、二十一世紀では、イスラム過激派による自爆テロ攻撃が有名である。

正気の沙汰とは思えない作戦群だが、実は非常に強力な作戦だと司令官は知っている。

軍事作戦において戦闘員の帰還ルートの確保は、人命尊重という理念のもとであれば非常に重要だ。兵士は資源である前に人権を持った人間。可能な限り彼らを生きて帰す義務が軍にはある。

しかし、帰還ルートの確保はそれ自体が非常に重い枷（かせ）となる。

二十一世紀の自爆テロが人々を震撼させたのは、彼らが片道切符（ワンウェイチケット）を持って襲い掛かってきたからなのである。帰還ルートなど考えず、最初から死ぬつもりなのであれば、高確率で相手に打撃を与えることが可能だ。

太平洋戦争時は国家総動員の思想がそれを可能にした。

イスラム過激派においては聖戦（ジハード）の思想がそれを可能にした。

そして――アライアンスにおいては、人権を持たない自律稼働する死体人形を使うことでそれを可能にした。

「戦闘機で特攻したくらいでは死体人形（ダミーライフ）は完全に破壊されない。船橋を取り戻せれば、死体は回収可能。使っている戦闘機は旧型のいわばゴミのようなもの。資源的なダメージはゼロ、ということか。貧民どもにしてはなかなか考えたな。だが――」

司令官は不敵に笑う。

「我々も、ただぼんやりしていたわけではないのだよ」

遠くこだまする爆発音を聞きながら、司令官はひとりごちる。

*

朝焼けの空に飛び立った、数十の戦闘機――CP-12〈ホーンズ〉。

その群れの中に、サクトの機体とノアの機体もある。

窮屈な操縦席に収まって操縦桿（そうじゅうかん）を握るのは、サクトにとってはあまり慣れない仕事だ。

だが問題なく戦闘機は飛んでいる。

眼下には幾度もの戦闘で破壊された街並みが広がっている。ユニオンに蹂躙(じゅうりん)され、そのまま放置された街だ。

——作戦を成功させ、ユニオンに一矢報いる。死んでなんかやるか。絶対生き残ってやる。

操縦桿(そうじゅうかん)を握る手に力がこもる。

《ノア——大丈夫か？》

サクトは〝念話(ヴォイスレス)〟でノアに話しかけた。

《へーきへーき。一応、実戦で一回戦闘機には乗ってるから。サクトこそだいじょぶなの？　実戦は初めてでしょ？》

《問題ない。作戦のほうは頭に入ってるか？》

《うん。脱出後、真下に降りる。ちょっと不安だけど、まあ、それしか方法はないよね》

作戦は単純だった。

脱出したあとに、一番安全な場所に降りるという選択肢もある。だが、戦闘に不参加でいた場合、生き残っても敵前逃亡の罪で処分されるかもしれない。

処分とは、すなわち〝死〟である。

だったら、むしろ激戦である船橋(ふなばし)基地の司令部周辺に降りて、敵の戦力を削り、特攻作戦の補助をしたほうが生き残れる可能性は高い。サクトはノアの戦闘力であれば、司令部が制圧されるまで生き残り、かつ敵に打撃も与えられると考えていた。

すでに方針はシオンに提出してあり、サクトとノアの行動は許可されていた。

――目標の建物が近づいてくる。

巨大な陸上戦艦〈トール〉。

一機、また一機と陸上戦艦に吸い込まれるようにして戦闘機が直進し、そして爆散した。

炎を上げながら崩れ落ちる機体。ひしゃげた機体が〈トール〉の周囲に転がっている。

割れたコックピット部から、血を流し絶命した死体人形(ダミーライフ)の姿も垣間見(かいまみ)える。

〈トール〉はかなり頑丈に作られているらしく、一機や二機激突したくらいでは機能を止めない。そもそも目標まで到達できていない機体も多かった。〈トール〉が装備している機銃による迎撃で落とされてしまう。

またアライアンスの放った戦闘機群を探知してすぐ、船橋基地は機械仕掛けの天使――遠隔操作兵器〈アンゲルス〉を出撃させた。

いま〈トール〉の前には、多数のアンゲルスが屹立(きつりつ)している。

それらは昨日、サクトとノアが戦った相手とは違っていた。

およそ五メートルの身長。背にはゼンマイ仕掛けで動きそうな巨大な一対の翼。男性とも女性ともつかない中性的な顔と、やはり男女の別のわからない引き締まった体躯(たいく)。その体は滑らかな金属によってコーティングされ、これまた金属でできたローブをまとう。

〈ミカエル〉と呼ばれる白兵戦用のアンゲルスである。空を飛ぶことも可能だが、原則として地上戦が得意。司令部を守護する者としては最適な存在である。

〈ミカエル〉は手に持った巨大なライフルを戦闘機に向け、銃撃を放っている。正確無比な攻撃によって数々の戦闘機が撃墜されてしまう。

前回戦った〈ラファエル〉は偵察機で戦闘能力が比較的低かったが、〈ミカエル〉は戦闘を主目的に作られた機体である。

戦闘機が〈トール〉に激突する寸前に脱出し、地上に降り立った死体人形（ダミーライフ）もいた。彼らもしばらく〈ミカエル〉の足止めをするが、結局ライフルの弾丸によって無残に引きちぎられていく。

一人、また一人と、死体人形（ダミーライフ）が死を迎える音を聞きながら、サクトは正確に〈トール〉の腹をめがけて方向を調整する。時折旋回し、〈ミカエル〉による銃撃も回避しつつ、目標に向かって突き進み――

ギリギリのところで、脱出レバーを引いた。

ぐわん、と体が宙に浮く感覚。

眼下で陸上戦艦の背に激突して爆発する機体が見えたのと、パラシュートが開くのは同時だった。

サクトは腰に差していた刀を抜き、パラシュートのロープを切断。

真っ逆さまに、地面に向かって落ちていく。

空中で体勢を立て直し、正確に足の裏から地面に着地する。

見上げると、周囲には人型の巨大（ミカエル）な物体が四機そびえていた。

完全に囲まれている

四機が一斉にライフルを向けてきた。人間を撃つにはあまりにも大きすぎる弾丸がサクトへ向かって放たれる。

駆け抜けてかわす。死体人形（ダミーライフ）になることで強化された脚力は、数十メートルを一息に駆け抜ける。一機の足の下を潜（くぐ）り抜（ぬ）け、四機から距離を取り、敵戦力全体が見渡せる位置まで走り、止まった。

そのとき、サクトの横に一人の少女が降り立った。

ノアだ。武器を入れたギターケースを背負い、問題なく着地する。

「うわー、壮観だねー。一、二、三……二十機くらいいる？」

ノアはおどけたような様子で、〈ミカエル〉たちを数える。

「全部で二十二機だ」

サクトは律儀に答えつつ、両手で刀を握り直し、地面を蹴った。

ふわり、と四メートルほど跳びあがり、一機のアンゲルスと目が合った。

本来であれば、これほどの力で地面を蹴れば、人間の足はひとたまりもない。だが死体人形（ダミーライフ）は、その極端な再生能力により、破壊された体を瞬時に再生可能である。この極限まで高まった身体能力は破壊と再生を繰り返すことで実現されている。

そして、もう一つ。

サクトは刀の鍔（つば）をひねった。すると、手のひらに激痛が走る。

刀の柄の部分から無数の針が飛び出し、サクトの手のひらの皮を貫いたのだ。

針を通して刀がサクトの血液をむさぼる。

この刀は死体人形専用刀〈徒花〉。死体人形の血を吸い、その体内に存在するＬＤバチルスの作用によって発電、刃を高周波振動させることで、鋼鉄の金属をも両断することを可能にする現代兵器である。

資源不足ゆえに慢性的な電力不足に陥っているアライアンスが、死体人形を最大限利用するために開発した死体兵器の一つである。

人間とは一線を画す身体能力。そして死体兵器。この二つの力により、死体人形は巨大な機械仕掛けの天使を相手に戦えるのだ。

「くらえ！」

サクトは〈徒花〉を横に一閃。

〈ミカエル〉の首が落ちた。モニターを失った〈ミカエル〉は空にライフルを乱射する。

「ふぅ〜、やるぅ！」

口笛を吹きながら、ノアも走り出す。

地面を蹴って跳びあがり、同時にギターケースから機材を取り出す。現れたのは巨大なチェーンソー。死体人形専用鋸〈バッドヴァージン〉。〈徒花〉と同様、持ち手から死体人形の血液を取り込んで発電、超高速でダイヤモンドコーティングされた刃を回転させる凶悪な兵器である。

ケーブルを引っ張り、ヴヴン!!　というエンジン音を轟かせるそれを、ノアは大きく振り上げ、〈ミカエル〉の背中に振り下ろした。

ガリガリガリッ!!　という高音の利いた破壊音。

刃が深々と〈ミカエル〉の背を侵食していく。

その間にサクトは着地し、〈ミカエル〉の右足を刀で刎ねた。

バランスを崩した〈ミカエル〉が、どうっと地面にくずおれる。

「よし、次！」

着地したノアが嬉しげに言った。

〈バッドヴァージン〉の攻撃性能は死体兵器の中では最強クラスだが、扱える死体人形はほとんどいない。なぜなら、大きくて小回りが利かず、しかも血液の消費量も大きいからだ。

ノアは扱いの難しいこの武器をまるで自分の手足のように操ることができる。

――行ける。

サクトは確信した。

ノアと自分の戦闘力だったら、特攻作戦で司令部を壊滅させるまでの間、持ちこたえられる。司令部が破壊されれば〈ミカエル〉は主を失って機能を停止する。

そうなればサクトたちの勝ちだ。

〈ミカエル〉を一機、また一機と、サクトとノアは落としていく。

「サクト……キミ、　ホントに三日しか経ってないの？」

「今日で四日だ」

「そういう意味じゃなくて」

あはは、とノアが笑う。

いい雰囲気だった。

緊張感のある戦いの中で、リラックスしている。最もパフォーマンスの高い精神状態。

そして――司令部が落ちた。

炎を噴き上げ、戦艦が崩れおちていく。

任務完了。

「やった！　ホントに生き残った!?」

「ああ、俺たちの勝ちだ」

「いえーい！」

ノアが右手を上げた。

「ん？」

「もう、ノリ悪いなぁ。ハイタッチだよ！　ほら」

「あ、ああ」

サクトが左手を上げると、ノアがパチンと手のひらをぶつけてきた。

「すごいねサクト！　ホントに勝てちゃった！」

「ノアが頑張ったからだよ」

「ううん。サクトがいなかったら、私は立ってない。最初から諦めてた。そもそも頑張ろうって思えたのはサクトのおかげ」

ノアは笑顔だった。

出撃前に見せた悲しい笑顔ではなく、心からの明るい笑顔。

サクトの好きな笑顔――守りたい笑顔だった。

「役に立てたのなら嬉しい――危ない！」

その二人めがけて、上空から銃撃が襲いかかった。

一瞬早く気づいたサクトが、ノアを抱きしめ、地面を転がる。

直前まで二人のいた場所を穿つ、無数の弾丸。

上空には、二機のアンゲルスが浮遊していた。

――空中戦用アンゲルス〈ガブリエル〉だ。

「そんな……！　司令部を落としたらアンゲルスはみんな動けなくなるんだよね!?　遠隔操作してるんだから」

ノアが立ち上がりながら、声を上げる。

「ああ。つまりこれは……」

拳を握りしめ、サクトは燃え盛り崩れ去った陸上戦艦の成れの果てを見つめながら言った。

「ここが司令部じゃなかったってことだ」

ノアの顔から表情が消えた。

5

「船橋(ふなばし)基地の司令部が落ちても、アンゲルスが動き続けている!?」

シオンの言葉は、第八大隊司令室の全員の気持ちを代弁したものだった。

——他の地域で動かしている？　千葉(ちば)基地から応援が来たのか？

可能性はゼロではない。だが早すぎる。千葉市にある千葉基地周辺で陽動は行っているのだから、こちらにすぐに戦力を割く余力なんてあるはずはない。

だとしたら可能性は一つ。

船橋で活動するアンゲルスたちの司令部が別の場所にあるということ。

「情報解析班、すぐに司令部のありかを探れ。アンゲルスたちへ命令を飛ばしている発信源を特定しろ」

「ダメです！　暗号化されていて発信源、特定できません！」

当たり前だ。そう簡単に追跡されるようでは遠隔操作兵器を使う資格はない。

シオンの脳内で、これまでの作戦立案に至った根拠が素早く思い返される。

船橋基地が占領された際、その指揮を執っていたのは陸上戦艦〈トール〉であった。

〈トール〉はそのまま船橋基地の敷地内に残り、周囲には多数のアンゲルスが配備されていた。それは衛星画像やドローンによる偵察によって判明している。

しかし、アンゲルスの通信が完全に暗号化されている関係で、実際に遠隔操作がそこから行われていたと確定できたわけではない。あくまでほかに司令部らしきものを衛星画像やドローンによって発見することができなかったため、〈トール〉が引き続き司令部機能を担っていると推定したに過ぎない。事実、船橋基地からアンゲルスは出撃していたので、船橋基地内に司令部機能があるのは確実で、だとしたら消去法で〈トール〉でなければならなかったのである。

もし仮に、アライアンス側が死体人形(ダミーライフ)の強みを生かし、特攻という形での奇襲に出る可能性をあらかじめユニオンが読んでいたとしたら……アライアンスに司令部の場所を誤認させるために、あえて〈トール〉を表に出し、司令部機能を果たしていると見せかけていたら……。

たしかに疑問はあった。基地を制圧したのに、なぜわざわざ移動式の司令部という不便なものを用い続けていたのか。

それは——前線を奪われたことで、手段を選べなくなったアライアンスが次に取る作戦をユニオンが想定していたから。

いわば、釣り行動だったのだ。

シオンは歯噛(はが)みする。

「これが大国の余裕か……我々のなけなしの作戦を、こうも簡単に打ち砕くとは……」

だが今は嘆いている場合ではない。

一刻も早く事態に対処しなければならない。

「解析班、敵司令部の位置特定作業を続けろ。衛星、ドローン、何を使ってもかまわん」

「了解！」

「船橋基地周辺の残存兵力は？」

シオンはオペレーターに問う。

「コードネーム〝シュレッドガール〟とコードネーム〝クライベイビー〟の二名は、脱出して現地で戦闘中。ほかは全員玉砕です」

生き残ったのはノアとサクトのみか……。

「特攻機の残存数は？」

「本作戦機はすべて使い果たしました。予備機が十です」

司令部が見つかれば、まだ攻撃は可能。しかし、もうこれは奇襲ではない。正面から攻撃を仕掛けたら、相手も適切に打ち返してくるだろう。そもそも司令部まで機体が到着できるのか不明だ。

シオンが悩んでいる間にも、サクトとノアは追い詰められていき、生存の可能性はどんどん減っていく。

二人だけで、あの数のアンゲルスとやり合う？　不可能だ。

「作戦は中止だ。奇襲に失敗した以上、もうできることは何もない。損害を最小限に抑えるために退くぞ」

「残った二人はどうします？」

「…………」

とっさに、「救出の部隊を派遣する」と言いそうになる。

司令官として許されない発言だ。

死体人形の法的な立場は〝物〟である。仮にサクトとノアを亡くしたとして、それは物的な損害にすぎない。いわばこの特攻作戦は、無人機を突撃させているのと同じなのだ。

たった二つの物を取り戻すために、新たな損害を出すわけにはいかない。

それを忘れたシオンではない。

だが……シオンには義務がある。サクトを守るという義務が。

『私に万が一のことがあったら――そのときは弟をお願い』

そう、シオンは頼まれた。

たとえサクトが死体人形になっていたとしても、親友にとって彼はやはり弟だろう。

シオンは彼女の最期に立ち会っていない。サクトと出会ったことで、彼女の死を知った。

ラピス・シルワ――シオンの、たった一人の親友……。

「シルワ……」

ちりちりと脳の一部に火花が散るような感覚が走った。

シルワ皇国。技術立国で、中立国であり、死体人形(ダミーライフ)の技術も機械仕掛けの天使(アンゲルス)の技術も両方持っていた国。

シルワ一族であるサクトだったら、もしかしたら……！

「〝クライベイビー〟に通信をつなげ！」

「はっ！」

＊

状況は惨憺(さんたん)たるものだった。

数機撃破できたものの、二人では限界があった。ほとんど逃げるようにして、物陰に隠れるはめになった。

息が荒い。一発、弾丸を脇腹にかすめてしまい、大量の出血があった。すでに傷はふさがっているが、それでも消耗は激しい。

作戦は失敗だ。敵のほうが一枚上手だった。

被害を最小限に抑えるため、上層部はおそらく撤退を決断する。ここは敵陣である。攻め込まれたのではなく攻めた結果の失敗だから、退(ひ)けばまだ勝機はあるかもしれない。

だがそうなった場合――。

サクトは、そばで同じように息を殺しているノアに視線を走らせる。

——俺とノアは、このまま見殺しにされる。

逃亡するという選択はない。離脱するだけならおそらく可能だが、それは敵前逃亡になり、処分の対象になる。サクトとノアはここで敵を足止めし、本隊が離脱するまでの時間を少しでも稼がなければならない。離脱の許可が下りるまで生き残れるとは思えない。

何がいけなかったのだろう。作戦が成功する前提で動いていたのが間違いだった？　しかしだとしたら、それは環境要因だ。サクトたちにはどうしようもない。

たとえば明日、巨大な隕石（いんせき）が空から降ってきて地球が崩壊してしまうとしたら、サクトたちになすすべはない。

《何がいけなかったのかな》

ノアから〝念話（ヴォイスレス）〟が届いた。

《三か月、けっこう頑張ってきた気がするんだよ。でもなー。ホントはあのとき、死ぬはずだったんだよなぁとも思うんだよね》

ノアが言っているのは、部隊が全滅してノアのみが生き残ったときのことだろう。

《生き残るの、私じゃなくてもよかったと思うんだ。みんな、あんな状態から生還したなんて凄（すご）いって言ってくれるけど、ただ運がよかっただけ》

敵機の猛攻を防ぎながらの会話。しかし脳内で思い浮かべた言葉が音声データ化されているので妙に落ち着いて冷静に聞こえる。声に表情がないせいでノアの本心がどうなっているのかわからない。

《なんで私なんだろうって思ったよ。なんで私が生きてるんだろうって。いや、死体人形(ダミーライフ)だから死んでるんだけどさ、まあ、これは便宜上のセリフってことで許してほしいかな》

データ化された乾いた笑い声。

《不思議だったよ。私だけ大丈夫だったのが。でも今までは私の番じゃなかったってだけの話なんだよね。今日ついに私の番が来たんだ。そもそも私たちは、少なくとも一回は死んでるわけだし、二回目が来るのは不思議じゃないよね》

サクトは理解した。

ノアの明るさの秘密を。ノアの前向きさの秘密を。

それは諦念の裏返しだ。

《あー、死んだら全部消えちゃうんだよなぁ。でも生き返るのかな？　再利用(リサイクル)される？来世、ちゃんとあるかも？　サクトもきっと、忘れちゃうだろうけど、来世でもよろしくね？》

——生きて……。

こだまする二つの女性の声。

危機に陥るたびに頭の中で響く声。サクトを生への意志へと駆り立てようとする声。

この声が響く自分はまだ諦念に支配されていないのかもしれない。

ノアはもう挫(くじ)けている。三か月の間に見つめ過ぎた悲劇のせいで。

目の前で次々と死んでいった仲間たち。理不尽な任務。圧倒的な戦闘力を持つ敵と対峙(たいじ)

した際の恐怖。
いつも明るく見えるノアが実は限界ギリギリで戦っていたのだと、サクトは悟った。
彼女の弱さを見て――だけどサクトは愛(いと)おしく感じた。
絶対に守り抜くのだと、純粋に思った。
《ノアは――自分が死んでもいいのか？》
《いい悪いじゃないよ。そういう運命なんだよ。受け入れちゃったほうが楽じゃない？》
《俺はそうは思わない。だいたい、まだ死ぬと決まったわけじゃない》
《サクト……？》
《俺はまだ諦めてない。だからノアも諦めるな。諦めたら死ぬぞ？　一発一発の攻撃に魂がこもらなくなる。戦う意志がないせいで、本当は生き残れるのに死ぬ羽目になる》
そう、まだ諦めるには早い。
俺は生きる。
だからギリギリまで歯を食いしばって戦う。
そのとき、サクトの脳に別の〝念話(ヴォイスレス)〟の通信が届いた。
《サクト、生きているか？》
シオンからの通信だった。シオン自身は肉声を発しているが、それをデータに変換し、オルド・モジュールを介してサクトの脳内に直接伝えているのだ。

《何とか。司令部の場所、間違っていたみたいですね》
《ああ。だがその話をしている暇はない。真の司令部を探すために、おまえの力が必要だ。まず確認するが、おまえが倒したアンゲルスはどこの国のものだ？》
《おそらくシルワ皇国製です》
《よし。シルワ皇国製ならおまえはハッキングできるな？》
《できますが、しかし……》
その方法は一案として頭にあった。だが現在のサクトはそれができないことになっている。
《やれ。責任はすべて私が取る。どのみちこの作戦が失敗すれば我々に後はない》
《――わかりました》
サクトも覚悟を決めた。
《突入用に用意していた死体人形（ダミーライフ）があるから出撃の準備をさせておく。頼むぞ》
《了解です》
通信アウト。
すぐにノアに連絡する。
《ノア。朗報だ。生き残れるかもしれない》
《生き残るって……こんな状態でどうやって？》
《もう少しだけ粘ってくれ。中佐から連絡があった。司令部の位置を俺なら特定できるか

もしれない》
《――わかった》
　わずかに声に張りが戻ったように感じるのは気のせいだろうか。
　ノアが敵機を引きつけてくれている間に、サクトは遮蔽物を利用して敵の死角を移動し、一機の破壊されたアンゲルスの陰に滑り込んだ。仰向けに倒れたアンゲルスのちょうど脇の下あたりを陣取る。ここであれば敵機はサクトを視認できない。
　ポケットから携帯端末を取り出し、操作する。ホロキーボードを出現させ、いくつか命令を打ち込む。携帯端末で無線通信を飛ばし、〈ミカエル〉のシステムに侵入する。
〈ミカエル〉のデータは、戦闘不能時に自動削除されていたが、完全なデータの削除は難しく、消せないデータは暗号化するという処置をしている。アライアンスの分析班には解析できないとしても、シルワ皇国製のアンゲルスに搭載されている削除プログラムを熟知しているサクトであれば、データのサルベージが可能だった。
《やっぱり……こいつはシルワ皇国製だ》
　復号に成功しサルベージされたデータを見て、サクトはつぶやいた。防壁を突破できたのが何よりの証拠である。
《シルワ皇国……？　シルワ皇国って、半年前にユニオンに落とされた中立国のこと？》
　もともと物知りなのか、それともデータベースを検索したのか、ノアが言った。
《シルワ皇国製だったら、俺はコントロールを奪える》

サクトは、ホロキーボードで命令を打ち込む。
本来であれば難攻不落なはずの防壁が、サクトによって易々と破られていく。
オルド・モジュールを使わなかったのは体が慣れている端末上でプログラムを走らせるのがよいと思ったからだ。
《すごっ！　なんでサクトはそんなことできるの？》
《俺の体は生前、研究者だったみたいなんだ。コンピューター関係に強かったから、俺もそれを引き継いでるんだと思う》
《羨ましいなぁ》
死体人形の性能は、もとの体の性能から大きな影響を受ける。特に思考能力は、身体能力と違って、ＬＤバチルスの影響を受けないため、もろに肉体の性能が出るようだ。どういう頭脳を持っているかは死体人形にとっては完全に運になる。ノアが「羨ましい」と言ったのは、そういう意味だろう。
《ノアだって、あれだけの戦績を一か月で出せたんだから才能あるだろ》
《！　ほ、褒めたって、何も出ないかんね？》
《ホントのことを言っただけだ》
サクトは思わず微笑んだ。
諦念が霧散しつつある。ノアの中に生き残る意志が再び燃え上がり始めた。
《よし、敵の司令部の位置がわかった。へぇ、考えたな。百貨店の中だ》

《考えたなって？》
《この百貨店は地下鉄の駅と直結しているんだ。司令部を移動するにあたって、機材の運搬や設置も行われただろうが、外から搬入していたら、アライアンスも衛星映像やドローンによる偵察で見つけてしまう。見つからないようにできたのは、地上に一度も顔を出さずに準備ができたからだ》
用意周到に張り巡らされた罠。一度はかかったが、網は今破られた。
反撃の時間だ。
サクトはシオンに通信を繋いだ。
《中佐。敵の司令部がわかりました。ここです》
携帯端末からデータを送信する。
《さすがだ。全軍にこのデータを送信し、一斉攻撃を仕掛ける。サクトとノアも、そこで合流してくれ》
《了解です》

*

合流地点は百貨店近くの立体駐車場だった。百貨店の周囲を数機のアンゲルス〈ミカエル〉が守っている。数が少ないのは、ほとんどの機体が〈トール〉の設置されている場所に出払っているからだろう。百貨店の位置は〈トール〉とは反対方向。激戦地から離れるように設定しておいたのだろう。アライアンスにとってはそれが功を奏し、ギリギリの場所まで部隊を詰めることができた。

今のうちであれば、突破も可能だ。

《グループは二班に分ける》

シオンから〝念話（ヴォイスレス）〟で通信が入る。

《一班目は直接、敵アンゲルスを襲撃。その間に二班目が百貨店に侵入する》

サクトとノアは二班目に選ばれた。

《第一班、行け!!》

シオンの号令と同時に、第一班が地上に飛び出していく。

〈ミカエル〉の動きは速かった。

すぐに死体人形（ダミーライフ）たちに気づくと、ライフルを掃射。

死体人形（ダミーライフ）たちの体が血しぶきを上げて吹き飛ばされる。弾丸が大きすぎるため、腕、足、場合によっては頭などがはじけ飛び、一発で戦闘不能になる。この一回の掃射で、十数人の死体人形（ダミーライフ）がダメージを受けた。

だが、実際に行動不能に陥ったのは七人だった。頭を吹き飛ばされて死亡したのが四人。下半身を失い、生きているが動けなくなったのが三人。ほかは頭と足が残っていたので、すぐに立ち上がると、再び、〈ミカエル〉へと突撃していった。彼らはすでに傷口がふさがりつつあった。

この恐ろしいまでの再生スピードこそ、ユニオンの兵士たちを戦慄させた死体人形(ダミーライフ)の能力だった。

百貨店の入り口を守る〈ミカエル〉たちは、死体人形(ダミーライフ)一班に釘(くぎ)づけになっていた。

《第二班、行け!!》

その間にサクトとノア——それから五人の死体人形(ダミーライフ)兵たちが、ひそかに進軍する。瓦礫(がれき)の陰に隠れながら、〈ミカエル〉たちの死角を選んで走り、百貨店の正面入り口の反対側——つまりは搬入口のほうへと向かう。

人間の兵三人が扉を守っていた。

一斉にライフルの銃口を上げ、死体人形(ダミーライフ)兵たちを迎え撃とうとするが……

「お掃除お掃除～♪」

ノアが〈バッドヴァージン〉を起動し、横に一閃(いっせん)する。

三人の兵が腰から両断され、血しぶきを上げながら文字通り崩れ落ちた。地面に内臓やその内容物などがぶちまけられる。

〈ミカエル〉が一機、惨劇に反応して、サクトたちのほうを向くが、その結果、大きな隙を晒(さら)し、背後から軍刀を持った死体人形(ダミーライフ)兵二人に斬りつけられる。自衛を優先した〈ミカエル〉が迎撃している間に、サクトとノア、それから五人の死体人形(ダミーライフ)兵は、百貨店内へと侵入した。

百貨店の内部はすべてを軍の施設化しているわけではなく、ほとんどの部分は占領時から手つかずになっているようだった。客も店員もおらず、ただ商品だけが雑然と並んでいる店内は不気味な静寂に包まれている。外の騒音が妙に遠く感じる。

内部に入ってから何度か人間の兵に遭遇したが、サクトたちは簡単に無力化できた。人間の兵と死体人形兵(ダミーライフ)との間の戦闘力の差は歴然としている。司令部内に入り込まれては、ユニオン側も打つ手なしという状態なのだろう。

サクトは倒した人間兵から携帯端末を奪い、ハッキングして百貨店内のマップを取得し、ノアたち仲間の死体人形兵(ダミーライフ)と共有した。そしてまっすぐ、司令室に向かって進む。

「奇襲は成功したみたいだね。すごいよ、サクト」

ノアが言った。

「みんなが頑張ってくれたからだ。よし、あとはあの部屋に行けば――」

サクトとノアが目配(めくば)せして、笑いあったそのとき……。

サクトの背後で、肉を刃が切り裂く音がした。

振り返ると、五人の死体人形兵が一斉にその場に崩れ落ちた。

あたりに漂う血煙の中――確認すると、三人が胴体を両断されて絶命。残り二人は生きていたが、一人が両足、もう一人が右足を落とされ、その場に倒れていた。

「いったい何が……？　――!!」

背後に殺気を感じ、サクトは身をひねった。ひゅん、という風を切る音とともに、直前までサクトのいた場所を何か・・が通過する。

何が通り過ぎたのか視認することはできなかった。

「うぐっ」

ノアが悲鳴を上げて床に倒れた。背中からわき腹にかけて斬撃を受けたのか、鮮血を滴らせている。重傷だ。あの傷の深さでは即死していてもおかしくない。生きているのは敵の攻撃にギリギリで反応し、急所を回避したからだろう。

――光学迷彩……？

人間もカメラも物体から反射した光を受容することで物体を認識する。光学迷彩は光の屈折を演算し随時変化させることで、その物体が反射すべき光をすべてリセットし、人間やカメラに存在を知覚させせない。

しかし結局、実際に物が消えてしまっているわけではないので、どうしてもボロが出てしまう。死体人形ダミーライフの強化された視力であれば、たいがいの光学迷彩は見破れるはずだ。それがまったく見えなかった。少なくともアライアンスの技術では、ここまで完璧な光学迷彩は作れない。ユニオンの新技術なのだろうか？

よりによってなぜ、この船橋ふなばしに配備されているんだ、とサクトは内心で歯嚙はがみする。

それだけ、東京陥落にユニオン側も賭けているのか。泥沼化した戦争を終わらせるための一手として。

——マズい。

一瞬で六人、戦闘不能。立っているのは自分だけ。

そして敵の位置を把握できていない。

——風の音がした。

正面からの斬撃である。

サクトは身を引くが、胸に裂傷を負った。相手が動き出し風を切ってから反応していては遅すぎる。

このままでは確実にサクトが負ける。

——ここまでなのか。

特攻するノアを助けるために参加した作戦。

たしかにノアを一時的に生かす形になったが、結局、死地にいるのは変わらず、今、敵を目の前にして敗れ去ろうとしている。

所詮、自分は十七歳の子供にすぎず、死体人形としての力を得たところで、非力なままだったのか。

そういう、単なる無慈悲な現実に過ぎないのか。

『生きて……』

再び聞こえる、あの懐かしい声。

『生きて……泣き虫(クライベイビー)さん』

この声はいつも、くじけかけた心にこだまする。

もう聞くことの叶(かな)わない、優しく、包み込むような声――。

かつてサクトは、漠然と、平和を望んでいた。

そのために何かするわけではなく、世界の仕組みに違和感を覚えつつも、和やかな日常を享受していた。

だから故郷を侵略されたあの日、何もできなかった。

あの日――空から機械仕掛けの天使(アンゲルス・エクス・マキナ)が舞い降りた悪夢の日に。

真っ赤に染まった、故郷の街。その赤は炎の赤であり、血の赤だった。たくさんの人が無残に八つ裂きにされ、道端に転がっていた。見知った顔もあった。商店の店員や、係員、学校の職員、友人……。

ただ逃げ惑うことしかできなかった。最愛の人さえも守れなかった。

そして、そんな弱い自分だけが、なぜか、のうのうと生きている。

――どうして、俺なんだ。

サクトは問うた。

どうして俺が生き残る？　誰だってよかったはずだ。俺じゃなくてもよかったはずなのに、どうして俺が――。

もう二度と御免だった。

もう失うのは耐えられない。

サクトは決めたのだ。
何があってもノアを守ると。
もう彼女を失わない、と――――

――――

そのとき、サクトの体内に巣くう者たちが目を覚ました。

［WARNING!!　ナノマシン〈エヴァーラスティング〉AWAKENING!!］

脳内で反響する警戒音(アラート)。
サクトの体内で眠っていたナノマシン〈エヴァーラスティング〉が活性化した。
ドクン、という大きな鼓動とともに、世界が色合いを変える。
今まで見えていた数倍の色彩が頭に流れ込んでくる。
先ほどまでは気づかなかった敵の息遣いが聞こえる。
過剰な情報を脳が完璧に取捨選択し、今もっとも必要な情報のみをセレクトする。
青い湖のようだった瞳が、赤く燃えるような色に変わっている。
もはや第六感と呼んでいいものの手引きを受け、サクトは体を大きく反らせた。直前までサクトのいた場所をヒュンという音を立てながら刃が通過する。覚醒していなければ串刺しになっていただろう。

　だが、攻撃をよけられたものの、敵の正確な位置は未だつかめなかった。次の一撃がどこから来るかもわからない。

　さて、どうする？

　ほんのわずかな逡巡のうちに、敵はさらなる攻撃を繰り出してくる。ギリギリのところで身をかわしたが、そのかわす方向を敵は読んでいた。刃が脇腹を深々とえぐり取ってくる。

　——この感触。槍か、あるいは薙刀か？

　破壊された肉体の状況から、敵の武器を推測する。おそらくは長尺の武器。自らの姿を隠し、さらになお、遠い間合いから攻撃をするという方法。

　圧倒的な慎重さ。

　完璧主義であり、同時に臆病な相手だ。おそらく、確実な攻撃しかしてこない。だからこそ、もはや詰み状況にありそうなサクトを未だ仕留めずにいる。絶対に息の根を止められるタイミングを見つけるまでは牽制を続けるのだろう。

　逆に言えば。

　絶対確実な瞬間さえ訪れれば、敵はリスクを取る。

　サクトの判断は早かった。斬撃の衝撃に乗るようにして左腕を突き出した。見かけとし

ては、ダメージを受けてよろけたように見えたはずだ。

突き出た左腕。あまりにも無防備なそれを、敵は危なげなく斬り落とした。

衝撃と痛み。

激痛という言葉では足りないくらいの苦痛を脳が感覚するが、サクトは精神力で抑え込む。同時に、痛みの感覚から刃の入ってきた角度を知覚し、そこから逆算して正確に敵の位置を割り出した。

腰に差してあった〈徒花〉を抜いて、斬り込んだ。

たしかな手ごたえ。

「うっ」という女性の呻き声と一緒に、鮮血が噴き出した。

サクトは小さく舌打ちする。

敵も手練れだった。急所を狙ったはずなのにギリギリかわされたのがわかる。

だが、敵の気配がなくなっていた。重傷を負い、戦闘続行は不可能と判断して撤退したようだ。

殺害して光学迷彩の秘密を探りたかったが仕方がない。

「さ、サクト……？」

ノアが呻き声をあげるように、サクトを呼んだ。

「ノア！　大丈夫か？」

「私は平気。放っておけば治るよ。それよりサクトは？」

「ああ、問題ない」

サクトは左腕を拾い、切断面を押しあてた。体内で血管が伸びて接合される独特な感覚が走り、傷口が融合と再生を始める。

死体人形の再生能力なら、切断面を触れさせれば、斬り落とされた腕でもとりあえず繋がる。しばらく痛みや痺れは残り、自由に動かすのも難しいが。

ノアも体の再生を進めているから立てるようにはなっていた。生き残った他の二人も、それぞれ復活している。

「部屋には俺一人で行く。三人は敵が来ないか、ここで見張っていてくれ」

サクトが言うと、二人はうなずいたが、ノアだけが心配そうに、

「大丈夫なの？」

と訊いてきた。

「ああ。中に入ったら、司令部機能を停止するのに少し時間がかかるから、その間、外の見張りを固めて、守っていてほしいんだ」

「……わかった」

サクトは〈徒花〉を構えなおし、部屋へと入った。

「撃てー!!」

部屋に入った瞬間、一斉に銃撃を受けた。

攻撃を受けるのは予想の範囲内だ。サクトは素早く床を蹴り、壁を走りながら銃撃をすべてかわした。

そして銃撃してきた兵士たちを複数人まとめて斬り刻んでいく。

ものの数秒で司令室は赤い部屋と化し、十人の兵士が絶命した。

命令を下した男が部屋で立っている唯一の人間となった。

「え……あ……」

絶句して、返り血を浴びたサクトを見つめる男。

サクトは刀を振って、刀身を汚した血を落としつつ、ゆっくり、男に近づいていく。

血だまりをぐちゃ、ぐちゃっと踏みながら近づいてくるサクトの顔を認識するや、男は驚愕（きょうがく）の表情を浮かべた。

男は、死体人形（ダミーライフ）化する前のサクトを知っているからだろう。

「マグナ！」

男は人間だったころのサクトの名前を呼んだ。

「おまえは死んだはず……いや、その動き、死体が再利用（リサイクル）されて、死体人形（ダミーライフ）になっただけ……？　だったらマグナと呼んでも意味はない、か……？」

死体を蘇（よみがえ）らせた死体人形（ダミーライフ）。彼らは生前の記憶を持たない。目の前に知り合いが現れて混乱した男は、頭を必死で回転させ、状況を整理している様子だ。

だが、続くサクトの言葉によって、いよいよ男の思考は停止してしまう。

「お久しぶりです、叔父上」

サクトは言った。

生前の記憶のままに、この男を叔父——父親の弟だと認識して。

「ば、バカな……死体人形（ダミーライフ）は生前の記憶がないはず」

男の——叔父の驚愕（きょうがく）は大きかったようだ。

声を震わせながら一歩、後ずさる。

「おまえは人間なのか？　生き残っていた？　だが、だったらあんな動き、できるはず……」

「叔父上。俺はたしかに人間ではない。しかし生前の記憶もあるんですよ」

「死体人形（ダミーライフ）でありながら生前の記憶を持っている……？　ま、まさか、レクスとラピスが開発していた新技術。あれの力だというのか⁉」

叔父はサクトの父親と姉の名前を出した。

「さすがは元シルワ皇国の政府要人の方。話が早くて助かります」

シルワ皇国の皇帝レクスとその娘であるラピス。

二人は中立国であるシルワ皇国を盤石のものとするため、死体を用いずとも人を死体人形並みに強化する技術として、ナノマシン〈エヴァーラスティング〉を開発した。そして国が落ちた際、サクトに投与したのだ。

彼を——たった一人の皇位継承者であるマグナ・シルワを生存させるために。

自分たち二人の命は犠牲にして——。

『生きて……』

女性の声が蘇（よみがえ）る。

サクトの姉――ラピスの声。

敵に追い詰められ、ラピス自身は重傷を負い、もう二人とも殺されるという状況だった。

そのときラピスは注射キットを取り出し、サクトの腕にナノマシンを投与した。

その後、事切れる直前に発した言葉――生きて……。

シルワ皇国はユニオンの襲撃を受けて滅亡した。しかし二人の犠牲のおかげで、たった一人の後継者であるマグナは、サクトと名前を変えてこうして生きている。体内に〈エヴァーラスティング〉を秘めながら。

――姉さん、俺は生きているよ。生きて、姉さんたちの無念を晴らす。

サクトは目の前の男――裏切者の叔父を刺すような視線で見つめる。

「父と姉のおかげで俺は人間でありながら死体人形（ダミーライフ）の力を保持しているというわけです。まだ一度も死んでいないから記憶もある。あなたのこともよく覚えていますよ？」

サクトは〈エヴァーラスティング〉について隠蔽するために、表向きは死体人形（ダミーライフ）として生活している。死体人形（ダミーライフ）は生前とは違う名前を名乗るため、彼もまた〝咲翔（サクト）〟という新しい名前を得た。

今思えば、事実としてはどうであれ、咲翔という名前をもらったときにマグナ・シルワはたしかに死んだのだ。あの瞬間からすべてが変わった。平和な中立国で暮らし、漫然とぬるま湯に浸（つ）かっていた状態から、大切なものを全部失い、戦場に投げ出された。

　今サクトは死体人形（ダミーライフ）として、生前のすべてを捨て戦う決意でここにいる。

「適合率ゼロパーセントと言われた、あの悪魔のナノマシンが適合した……？　殺人ナノマシンとまで揶揄（やゆ）された、あれが……」

「ええ、幸運にも」

　一歩、サクトは叔父との距離を詰めた。

「マグナ！　もし本当におまえなのだとしたら……ほら、昔のよしみだ。助けてくれよ。俺だって好きでこんなことをしてるわけじゃ……」

「父上の言葉を覚えていますか？　シルワ皇家の者の、義務についての」

「は……？　いまはそんな話をしているときでは……」

「答えろ」

　サクトは刀の切っ先を叔父に向けた。

「わ、わかった。高貴なるものの義務（ノブレス・オブリージュ）だろう？　身分が高い者は相応の義務を負うべきだという、古い言葉だ……」

「そうです。シルワ皇家の者は皆、高貴なるものの義務（ノブレス・オブリージュ）にもとる行いをしてはならない。それが我々の誇りなのだ、と。父は俺に、そう口を酸っぱくして言っていました。父は祖父から学んだと聞いています。つまりあなたも同じ誇りを学んでいるはず」

「そ、そうだ。俺も皇家の者。そのくらい、知っているさ」

「ではあなたの今までの行動は、高貴なるものの義務に則ったものなのですか？」

「な、何が言いたいんだ……？」

「俺は知ってるんですよ。あなたがシルワを裏切ったのだと。あなたが裏切ったせいでシルワはユニオンからの奇襲を受け、占領され、皇家の者は俺と叔父上を除いて全滅した」

「お、俺のせいじゃない！　俺はただ……ユニオンと組んだほうがシルワ皇国のためになると思って！」

「違います。ユニオンと組めば皇帝になれると思ったんでしょう」

シルワの皇位継承権は皇帝の長男が第一位になる。叔父は次男だったから、祖父が退位した跡を継げず、長男であるマグナの父が皇帝となった。そして皇位継承権はその長男であるマグナにあった。

しかし叔父はユニオンと組むことで皇帝である兄の政権を打倒し、新政権のリーダーとなろうとしたのだ。おそらくそのようにそそのかされていたのだろう。

「そ、それは……」

図星だったのか、叔父は気まずそうに視線を逸らした。

「皮肉なものですね。皇帝どころか、こんな辺境の地の前線に立たされるなんて」

ユニオンが占領後にシルワ皇国を残すと無邪気に信じてしまうなんて、この叔父は本当に愚かだ。現在シルワ皇国は主権機能を失いユニオンの単なる一地域となっている。ユニオンは転向した者の配置場所として敵前線を選んだ。一度裏切った者は二度裏切るという経験によるのか、そもそも占領地域出身者を厚遇する気がないのかはわからないが、叔父は散々利用された挙句、用済みになって捨て駒同然の扱いをされているわけだ。

「き、貴様こそなんなんだ！　じゃあ貴様の行いは高貴なるものの義務（ノブレス・オブリージュ）に則っているとでも言うのか⁉」

叔父がライフルを構えた。

「……」

サクトは無言で叔父の両腕を斬り落とした。

「う、うぎゃあ……」

「俺は高貴なるものの義務（ノブレス・オブリージュ）を貫くつもりです。シルワ皇家の者として恥じぬように」

叔父を無言で見下ろすサクト。

「俺はユニオンを滅ぼし、シルワ皇国を再興します。これから大勢の仲間たちを送ってやるから、せいぜい、地獄で苦しんでいてください」

「助けてくれ……頼むから………」

短くなった両腕を体の前に掲げ、命乞いをする。まるで存在しない両手を合わせているかのような体勢だった。

哀れな頭を、サクトは刀で斬り落とした。

頭部がゴロリと音を立てて落ち、遅れて体が床に倒れた。

転がる頭を見て、わずかに良心が痛む。

小さいころから知っている顔だ。子供のころから、あんまり得意な相手ではなかったが……親戚を殺して良かったのかと、わずかな呵責が生じる。

だが、すぐにそれを振り払う。

変わると決めたのだ。

あのころの弱い自分ではなく、やり遂げる意志を持った人間になると。

目標――それはシルワ皇国の再興。

父と姉、それから早くに亡くなった母――彼らが理念として掲げていた、平和で、かつ強い国としてのシルワ。

そして、強いシルワのもとであれば、ノアはもう戦わなくても済む。

――ノアのためにも、亡くなった家族のためにも、俺は、この程度のことで痛みを感じている暇はない。

刀――〈徒花〉を腰の鞘に納め、サクトはシステム制御の端末の前に座った。

すべてのアンゲルスたちに、停止の命令を送る。

すると、船橋の上空を飛ぶ〈ガブリエル〉たちが、一機、また一機と、地面に降りていく。

闊歩する〈ミカエル〉たちも、その場に座り待機状態となる。

サクトが司令室から命令を送り、船橋で稼働しているアンゲルスをすべてスタンバイモードへとシフトさせたのだ。

船橋(ふなばし)はアライアンスの手のもとに戻った。

＊

「サクト！」

部屋を出たところでノアが駆け寄ってきた。

「終わったよ。俺たちの勝ちだ」

すでに〈エヴァーラスティング〉を鎮め、目の色が青に戻ったサクトは、静かに微笑(ほほえ)んだ。

「やったぁ！　さっすがサクトだね！」

と言って、ノアが抱き着いてくる。

《お手柄だ》

シオンからも通信が来た。

「いえ。でもけっこう無茶(むちゃ)をしたから、上に怒られません？」

《問題ない。結果はすべてに優先する。勝てば官軍だ。帰投してくれ、〝クライベイビー〟》

「了解です」

6

「お、貸し切りじゃーん。ラッキー」

ノアは嬉々として、シャワー室に足を踏み入れた。

生き残ったほかの死体人形兵たちはシャワーを浴びずに就寝してしまったようだ。今日の作戦はイレギュラーが多く、精神的、肉体的疲労がともに大きかったので不思議はない。

実はノアも、さっさと寝てしまおうかと思っていたのだけれど、何となく眠れなくて、だったら体を綺麗にするかと思い、シャワー室に来たのだった。

掃除はそこそこ行き届いている。死体人形たちが交代で手入れすることを前提に開放されているものなのだが、意外とみんな真面目に管理している。

戦闘服を脱ぎ、下着を外して、シャワーブースに入る。

蛇口をひねり、頭からお湯をかぶりながら今日の戦いを思い出す。

――サクトって、どうしてあんなに優秀なんだろう？

今日の勝利はサクトのおかげだ。死体人形はたしかに、生まれたときから常識やさまざまな知識を脳にインストールされているが、知識があっても経験がなければ、なかなかうまく戦えない。だから戦闘のないときは施設で訓練を受けるのだ。

だが、サクトはまるで歴戦の戦士であるかのように状況を判断し、そして絶望的な戦況をひっくり返した。

起動してたった四日の死体人形にできる芸当とは思えなかった。

そして――

「あれ、どういう意味だったのかな……」

『死ぬ気はない。ノアも死なせない。俺がノアを守る』

頭の中でサクトの言葉がこだますると、全身が熱くポカポカしてくるのを感じた。

あのときは照れて「ナンパ？」と茶化(ちゃか)してしまったけれど、実際、どういう意味だったのか……。

戦闘が終わり、急に気になりはじめた。

本当にナンパなのだとしたら、意外と軽薄な子なんだなぁで済む。でも、サクトがそんなに軽いようには見えない。だとしたら、ノアを大切に想(おも)ってくれているのだろうけれど……。

「たった三日四日で、どうして私のことを、そんなに……」

一目惚(ひとめぼ)れみたいなものなのだろうか？　だとしたら嬉(うれ)しいけれど……自分にそこまでの魅力があるとは、さすがに思えない。ノアは前向きでポジティブな性格だが、自己評価が人より高いわけではない。

「隣、使うぞ」

声がして、現実に引き戻される。

一拍遅れて、その声の主が誰か悟り、衝撃を受ける。

「中佐!?」

シオン・オノ中佐が、隣のブースに入ってきた。

「ここ、死体人形（ダミーライフ）用のシャワー室ですよ!?」

「悪いな、人間の分際で邪魔して」

「そういう意味じゃなくて……人間用のがあるじゃないですか」

「どっちだって同じだろう。死体人形（ダミーライフ）だって体は人間なんだ」

「いや、そうかもしれませんけど、なんでわざわざこんなところに……」

「さっきまで負傷した死体人形（ダミーライフ）兵を見舞っていたんだ。帰る途中、シャワー室の前を通って、ちょうどいいから入ることにした。宿舎に戻ったあとに人間用のシャワー室まで行くのも面倒だからな」

「はぁ」

理には適（かな）っている。人間が死体人形（ダミーライフ）と一緒にいる点を除けば。

ノアの知識は、死体人形（ダミーライフ）の存在が合法のアライアンスであっても、死体は気味悪がられるものだと教えている。死体人形（ダミーライフ）化される死体は、生前、献体（ドナー）登録をした有志のものだが、献体（ドナー）登録するという行為を中流以上の階級の人間は卑しい行いと蔑む傾向にある。というのも、献体（ドナー）登録をすると、さまざまな恩恵を得られるからだ。

まず大きいものだと税金の優遇が受けられる。また、若いうちに献体（ドナー）登録を済ませると、

公立の学校への優先入学が可能になったり、大学の授業料が免除されたりする。下層階級の子弟にとっては、献体（ドナー）登録ほど合理的な選択はない。

ゆえに、献体（ドナー）を行うのは、どうしても身分の低い者が多い。

アライアンスの国々は、ほとんどが発展途上国であり、皆で一丸となってユニオンの脅威に立ち向かわねばならないというのに、社会内での階級分裂は深刻だった。

また、だからこそだろうが、死体人形（ダミーライフ）は物であり、卑しい存在、蔑んでよい存在と扱われがちだった。身体機能の基本を見れば、人間と大差ない死体人形（ダミーライフ）が、同じ施設内で、シャワーもトイレも、食事場所さえも分離されている。

こんなこと、シオンは百も承知だろうに、なぜか彼女は隙を見て死体人形（ダミーライフ）の輪の中に入ろうとする。作戦中は冷徹で合理的な司令官でありながら、私生活においては飾らない、気立てのいいお姉さんといった感じがする。

「そういえば……今日の作戦は助かったよ」

作戦中とは違う優しげな声でシオンが言った。

「いえ、あれはサクトがすごかったんですよー」

「ノアの戦闘力を見込んでアイツも作戦を立てたんだろう。おまえがきちんと役目を果たしたからこその成果だ」

アイツ……？

「それに……アイツはノアを気にかけている。ちゃんと生還してくれたのもありがたい。

おまえが死んだら、アイツの士気に関わるからな」

「私を気にかけてる？」

「なんだ、聞いてないのか？　あの朴念仁……そういうことはちゃんと本人に伝えないと意味がないだろうに……。アイツが今回の作戦に志願したのは、おまえを助けるためだぞ？」

　血液が沸騰するかと思った。

　え!?　私のため!?

「自分が参加すれば作戦を成功させ、ノアを玉砕させずに済むなんて抜かしやがった。まったく、どこから出てくるんだろうな、あの自信。普段は大人しいくせに、突然、強気にグイグイ来たりする。変なやつだよ。それで結局、作戦を成功させてしまうんだから」

「え？　え？」

　突然の爆弾発言にビックリしつつ、だけどなんとなく、シオンが妙にサクトについて詳しくて、ノアが知らないサクトの一面を知っているのが面白くなくて、つい、

「中佐とサクトってどういう関係なんですか？」

と訊いてしまう。

　サクトを特別扱いしてません？　という言葉は飲み込んだ。

　なんだろう。モヤモヤする。

　サクトが中佐と仲良くしているのを想像すると、なんか、嫌な感じ……。

「ある人から、アイツのことを頼まれてる。それだけだ」

頼まれてる？

死体人形（ダミーライフ）のことを頼むって、いったい誰が？

「じゃあ、私はこれで。明日からも頼むぞ」

シャワーの音が消え、隣のブースからシオンが出ていったのがわかった。

やっぱり特別なんじゃん、と思いつつ、ノアは自分の中に生まれた〝モヤモヤ〟な感情への戸惑いを洗い流すように、しばらくシャワーを頭から浴び続けていた。

The 2nd Movement：深淵の子供たち（チルドレンオブアビス）

1

粗末なベッドの上に仰向け（あおむ）けになりながら、サクトは考えていた。時刻は朝。朝食を取った後、部屋に戻ってきて、暇をつぶしている。船橋（ふなばし）での戦闘が一段落した関係でサクトは非番だった。しかし駐屯地内でできることと言えば寝転がっているか本を読むくらいだ。今、サクトは読書をする気分ではなかったから、ゴロンとベッドの上に寝転がっている。元気のよい死体人形（ダミーライフ）たちは友人と語らうために食堂でたむろしたり、中庭に行ったりするのだろうが、サクトはお世辞にも社交的とは言えないので、こうしてひきこもっていた。

天井に手を伸ばす。

死体人形（ダミーライフ）専用刀〈徒花（あだばな）〉を握っていた右手を。

アンゲルスを斬り、人を斬り、そして——叔父を斬った右手を。

悩んでいるわけではない。今は戦争をしている。サクトはアライアンス側、叔父はユニオン側だった。それだけのこと。

目の前に立ちふさがる壁はすべて壊す。その決意は揺らがない。

だがそれでも——どこかで迷っていないか、不安になる。

「器が小さいな」

自嘲気味につぶやく。

器――「彼は器が大きい」などと使う比喩表現。

サクトにとってなじみ深い言葉に〝皇の器〟がある。ただ、好きな言葉かと聞かれたら、必ずしもそうではない。

その言葉へのサクトの感情は実に複雑だった。

サクト――本名、マグナ・シルワは、シルワ皇国の跡取りとして生まれた。

かつて民主主義が世界を席巻し、君主制を敷く国も国王や皇帝は国の象徴としてのみ扱われていた時代があったと言う。ユニオンの支配の強い現在は、民主主義が強い時代とは言えないが、とはいえ君主制は相変わらず、いわゆるメインストリームとは言えない立場にあった。

シルワ皇国はそのような世界で君主制を貫いていた。

その国の皇子として生まれたサクトは、皇の器を求められた。具体的に言えば、幼いころから帝王学を叩き込まれた。

正直な話、サクトは皇帝になりたいと思ったことがなかった。自分が皇帝になるべくして生まれたという話もピンとこなかった。

「僕は皇帝になるの？」

幼いころ――おそらくは五歳か六歳か、そのくらいのころ、サクトは姉のラピスに尋ねたことがある。

「うん。マグナは生まれながらの皇帝なんだよ」

ラピスはサクトより十歳も年上だったから、シルワという家の事情をかなりの程度把握していた。〝皇帝〟という言葉の意味も重みもラピスは理解していて、サクトはまったく理解していなかった。

「それは……僕が父上の息子だから？　僕が皇帝にふさわしいからなるんじゃなくて、皇帝の息子だからなるってこと？」

「そんな露悪的な言い方をしなくても」

ラピスの苦笑をサクトはまだ覚えている。自分は生意気なガキだったなと今では思う。

「たしかに皇位の継承権があるのは父上の息子だからだよ。だけど、もしマグナが〝皇の器〟を育てられなかったら、きっと皇帝になってもこの国は不幸になる。それは本当の意味で皇帝になったとは言えないよ」

サクトには屁理屈（へりくつ）にしか聞こえなかった。うまく丸め込まれているように感じた。

「だったら……姉さんが皇帝になればいいじゃないか」

その言葉は、先ほどの屁理屈に対する仕返し半分、本心半分といったところだった。

サクトはラピスを尊敬していた。彼女は賢く、強く、そして優しい。サクトにとって自慢の姉だった。彼女が国を継ぐのであれば、世襲制も悪くないのではないかと思っていた。少なくとも、自分が継ぐよりもずっと国のためになるように思えた。

けれど、ラピスは首を横に振った。

「私はなれないんだよ」

「どうして？　もしかして女だから？　今の時代に、そんなくだらない理由で皇帝になれないの？」

「まさにその通り。私は女だから皇帝になれない。この国は古い国なんだ。それに、仮に私が皇帝になれたとしても私には〝皇の器〟がないから、やっぱり駄目だよ」

「そんなの、僕にもないよ」

「これから学んでいけば大丈夫だから、頑張ろう？」

姉がそう言うのであればと思い、サクトはサクトなりに、いろいろ学ぼうと努力してきた。

帝王学と言えば、古典的な本であるマキャベリの『君主論』が有名だ。サクトも読んでみた。哲学の専門家ではないので、だいたいの概要を理解するにとどまったが、それでも、「国家のために手段を択ばないことを良しとする場合がある」という思想だとはわかった。

皇帝は目的のために非情な手段も取りうる存在なのだ、と――。

自分にそんな恐ろしい真似ができるだろうかとずっと悩んでいた。

「俺は、目的のために肉親を斬った」

天井に手を伸ばしながら、サクトは言った。

皇の器に近づいたと考えていいのだろうか？　それとも――。

『できるできないじゃないよ。やるかやらないか。ま、やって失敗したほうがやらないで後悔するより、私は好きかな』

かつてノアが言ってくれた言葉が蘇(よみがえ)った。「生きて……」という言葉と同じく、何度も蘇るノアの言葉──。

きっとノアは何気なく言ったのだろうけれど。

その言葉が、サクトの背中をいつも押してくれる。

「シルワを再興する。そのためにユニオンを倒す。そして俺は皇の器を育て、皇帝になる」

言葉として紡ぐことで自分を奮い立たせた。迷いを振り払い、目標に向かっていくために。

2

シオン・オノ中佐に呼び出され、サクトの非番は終わりを告げた。

執務室に来るように、とのことだった。

《先日の作戦について報告書をまとめているが、意見を聞きたい》

通信上でシオンは言った。

先の作戦についての問題。それは、なぜサクトがシルワ皇国製のアンゲルスをハッキングできたのか、である。

サクトは普通の死体人形(ダミーライフ)だということになっている。サクトが実は新技術〈エヴァーラスティング〉を用いて生きながらにして死体人形(ダミーライフ)と同等の能力を有しているのを軍内でも知る者はほぼいない。シオンはその数少ない一人である。政治家でも、首相や官房長官といった、ごく一部の人物だけにとどまっている。あとは、〈エヴァーラスティング〉のサンプルの解析、およびサクトの実働データを分析している小規模な研究チームの面々も、〈エヴァーラスティング〉について知っているが、こちらはそのサンプルと実働データの提供者が、シルワ皇国の第一皇子であるということのほうを知らない。いわば匿名のサンプルという扱いになっているのだ。

〈エヴァーラスティング〉は、この戦争の趨勢(すうせい)を左右する最上級に重要な技術だ。正式に実用化されれば、対ユニオンへの切り札になりうる。それゆえアライアンスは、ユニオンへの情報漏洩(ろうえい)をきわめて恐れており、〈エヴァーラスティング〉および、それを投与されたサクトに関する情報をトリプルA級の機密として扱っている。

公式にはサクトには生前の記憶がなく、だから自分がシルワ皇国出身であるとも知らないことになっている。すると、シルワ皇国製のアンゲルスだと気づいても咄嗟(とっさ)にハッキングしようとは考えないし、シオンもそれを指示する合理性がない。

この点について、もっともらしい理由をでっち上げて報告する必要がある。

言葉短くシオンはサクトに告げた。表向きは報告書の作成のため。実際には、「おまえがアンゲルスにハッキングできた言い訳を考えている。おまえにも査問がいくだろうから、私の報告と矛盾しないようにあらかじめ考えておく必要がある」というメッセージを言外に伝えている。

シオンの執務室に入ると、シオンは部屋中を丹念に調べていた。これから話す内容を考慮し、盗聴器やカメラが仕掛けられていないか調べているのだろう。密告者やスパイ対策として、上層部が駐屯地内に仕掛ける場合がある。中佐などの佐官クラスに対しても問答無用だ。むしろシオンくらいの地位の人物に裏切られると機密が大量に敵側に洩れる危険があるから警戒されている可能性も高い。

「問題ないな。座れ」

椅子をすすめられるままに座り、二人で額を突き合わせて考える。

「おまえの素性――生前のプロフィールについては上層部も把握している」

シオンは言った。

「ただ、生前の記憶は失っているから、もしおまえが普通の死体人形(ダミーライフ)ならシルワ皇国時代に身につけた知識も失っていないとおかしい」

「じゃあシルワ時代の知識を使ってハッキングプログラムを組んだと報告するわけにはいきませんね……。軍内部で共有できてしまえば、楽なんですが」

「現状では難しいだろうな。〈エヴァーラスティング〉は、まだまったく研究が進んでいない。この間の実験も失敗に終わったようだ」

「……」

沈痛な気分になる。

〈エヴァーラスティング〉の最大の問題は、現状、適合者がサクト一人だけだということだ。これまでいくども投与実験が行われたが、すべて被験者は死亡。

　死刑囚たちに恩赦として、「研究中の薬を投与することを死刑執行として選べる」という超法規的措置を取り、志願した者たちに投与している。そのすべてが失敗しているので、一か八か（いちかばち）の賭けとしても分が悪く、最近では志願者も減ってきているらしい。

　姉のラピスがサクトに投与したのも一か八かの賭けだったように思う。あの場で投与されなければ確実に死んでいたので、投与せず死ぬより投与して死ぬほうがマシではあった。それでも一思いに投与できた姉は凄（すさ）まじい決断力を持っていたと、サクトは思っている。

「実験、俺に協力できることがあれば何でもしますよ」

　本心からの言葉だった。

　サクトの目標はシルワ皇国の再興。シルワは現在、ユニオンの占領下にある。

　ユニオンは総統という唯一の元首が統治する政治形態をとっている。その領地には、総統直轄領と、同盟国の二区分がある。同盟国はユニオンの理念に賛同し、同盟を結んだ国々でユニオンの傘下に入ったものたちだ。総統直轄領は、ユニオンに賛同しなかった結果、ユニオンに攻め滅ぼされ占領された地区の総称。シルワは戦争をしかけられ滅ぼされたので、総統直轄領となった。つまりシルワ皇国は消滅したのである。シルワ皇国出身の者たちは、転向者（コンバート）と呼ばれ、ユニオン市民よりも下級の位置づけになっている。

　シルワを解放するためにはユニオンを滅ぼす必要がある。アライアンスは、現在は連合的に動いているが、戦争終結後はまた各国の主権を確立することを公約として掲げているので、アライアンスが勝利すればシルワ皇国は主権を回復できる。

だから――

「アライアンスが勝てるのであれば、俺は協力します。実験で痛い目に遭おうが、すべて耐える自信があります。むしろ、俺が苦しむだけで勝利に近づけるなら喜んで行きます」

「――現状、おまえにできるのは実戦データの提供だ。オルド・モジュールにおまえの体内での反応が記録されている。体内での〈エヴァーラスティング〉の挙動を解析することで、適合者と非適合者を割り出せるかもしれないと研究チームが報告してきている」

「わかりました」

「あまり気負うな。この戦いは長期戦だ」

「はい」

ノックの音がして、二人の会話が中断された。

「入れ」

「失礼します」

軍服の青年が執務室に入ってきた。

細身の長身で、立ち姿が優雅だった。髪はきらめく銀。眉目秀麗という言葉の似あう端整な顔立ちに、瞳はエメラルドのようで……。

彼が誰なのかわかった瞬間、サクトは息を呑(の)んだ。

そしてそれは向こうも同じだったようだ。

青年は小さく「え？」と声を漏らしたかと思うと、サクトを見つめたまま固まってしまう。

シオンだけが不審げに二人の様子を見つつ、

「用件は？」

と訊いた。

「失礼しました。フォンス・ウェスペル大尉であります。本日付けで本隊に配属されました」

「話は聞いている。わざわざ挨拶に来るとは殊勝だな。これからよろしく頼む」

「はい！　よろしくお願いいたします！」

ハキハキと元気よく答えるフォンスだが、どうしてもサクトのことが気にかかるのか、チラチラとこちらを見てくる。

サクトは平静を装ってはいるが、実際には心臓が止まるような気持ちだった。

「どうしたんだ、ウェスペル大尉」

「いえ……彼のことを、その、知っていたので」

「……そうか、君はシルワ皇国出身だったな」

知っていたなどという生易しい言葉で表せるレベルではない。悪友と言っていい存在だ。少し照れくさい言い方をすれば、〝親友〟と言ってもよい。

ALLIANCE

二人はシルワで一緒に育ち、学び、競い合った。

驚きの次に来たのは喜びだった。

――フォンス、生きてたのか。

シルワが落ちた際にはぐれてしまったから、その後どうなったのか知らなかった。とはいえあの状況では生き残るのはかなり難しかったはずだ。奇跡的な生還と言える。純粋に嬉しかった。

そして最後に来た感情が――悲しみ。

旧友との再会。しかしサクトは、表向き死体人形だ。記憶は消えたことになっている。いまのサクトは他人なのだ。

こういう辛さもあるのか、とサクトは思い知る。まったく想定していなかった。だがサクトに選択の余地はなかった。どのみち、〈エヴァーラスティング〉を投与されていなければ死んでいたのだ。生きることを選んだ以上、この痛みも必要な苦しみだ。

むしろ再会できたことを喜ぼう。たとえ自分だと伝えられないとしても。

「シルワ出身なら説明は不要だろう。サクト、彼は生前の君を知っているようだ。だが、生前について死体人形が詮索するべきではない」

シオンは一般的な対応を取った。あくまでサクトを死体人形として扱い、フォンスに不審に思われないよう配慮している。

「心得ています」

　サクトはシオンに合わせて答える。

「用は挨拶だけか？」

「はい！」

「では席を外してくれ。私は今、サクト……この死体人形（ダミーライフ）から先の作戦の報告を受けている。君には関係のない話だ」

「了解です。失礼いたします」

　フォンスが退出すると、シオンが厳しい眼差（まなざ）しをサクトに向けてきた。

「ウェスペル大尉とはどういう関係だ？　向こうがおまえを知っているのは当然だ。おまえは皇太子、有名人だろう。だがその顔は、おまえも彼を知っているな？」

　シオンには隠し切れなかったようだ。

「ウェスペル大尉は……フォンスは友達です。小学校（プライマリースクール）のころからずっと仲よくしてきました」

　サクトは正直に答えた。

「まさかそんな偶然が……」

　シオンの口から出てきたのは呻（うめ）くような声だった。

「ウェスペル大尉は、シルワ皇国滅亡の際、一度ユニオンに捕らえられたが、脱獄し、アライアンスに亡命してきたんだ。そして軍に志願し、シルワ皇国時代の功績から、大尉として入隊した。ユニオンに恨みを持っているのは当然だから、軍に志願しても不思議はないが、まさかおまえと同じ大隊に配属になるとはな……」

運命の悪戯めいたものを、サクトも感じていた。

「サクト。わかっていると思うが……」

「はい。たとえ友人相手だったとしても秘密は守ります」

親友をも欺く。目的のためなら。

この痛みもまた必要な苦しみ。覚悟はできている。

それに……フォンスがアライアンスの軍に入隊してくれて嬉しく思っている自分もいた。フォンスにとっても敵はユニオンなのだ。彼もサクトと同じ方向を見て、道を歩んでいるのだ。だとしたら、秘密の一つや二つ、語り合えなくたって些細な問題だ。

――俺たちはともにユニオンに立ち向かい、倒す。それで十分だ。

3

執務室の椅子に一人座る女性――シオン・オノ中佐。

背筋を伸ばして座る姿勢は威厳に満ちている。対しているのがＰＣなのがやや不自然に見えるが、それも通信している相手の〝格〟を考えれば当然である。

アライアンス統合軍司令部――軍の上層部とのオンラインＭＴＧであった。相手をしているのは日本の国防長官をはじめとするアライアンス軍のお偉方たち。

船橋基地を落としたアライアンスは、この勢いで千葉基地を攻め落とし、一気に千葉奪還へと弾みをつけたい。それに向けての作戦会議である。

アライアンスは船橋を前線基地として、周囲をじわじわと取り返していた。破竹の勢いと言ってよかった。大勝が軍全体の士気を復活させ、よい循環を生んでいる。さぞユニオン本国のほうは気を揉んでいるだろうと予想された。

しかし——。

「まさか、〈スカディ〉が設置されているとは……」

そう嘆いたのは初老の男性——国防長官である。

固定砲台〈スカディ〉。正確無比なレーザー射撃を得意とする、遠隔操作型砲台である。高性能のレーダーとオート照準性能を備えており、敵を探知すると自動で攻撃し排除する。

ディスプレイには〈スカディ〉の稼働している様子が流れている。実際に他国で使用されたときの映像だった。幾筋ものレーザーが展開し、上空から迫る戦闘機をすべて撃ちぬいており、敵対する立場としては戦慄を禁じえない。

千葉ではまだ使用されておらず、ドローンの偵察によって千葉基地に設置されているのが発見されただけだが、これがあるかぎり攻め込むのは難しい。

戦闘機やヘリを使って上空から近づこうにも、アライアンスの技術力で作られた輸送手段では〈スカディ〉に撃ち落とされて終わりである。アライアンスの技術力は攻撃兵器に限って言うと、資源の少なさも相まって二十一世紀序盤からほとんど進んでいない。前世紀の遺物のような兵器と死体人形（ダミーライフ）、そして死体兵器（ダミーライフアームズ）によって戦ってきたのが正直なところだった。

「時間がかかりすぎたか。〈スカディ〉を配備するだけの余裕を与えてしまった私の失策だ」

　国防長官が言った。

「私たちも力及ばず、申し訳ないです」

　国防長官の言葉に、シオンは頭を下げる。

「〈スカディ〉を何らかの方法で無力化する必要がある。中佐には作戦の立案を命じる」

「了解です」

　通信がアウトする。

　執務室でディスプレイを睨（にら）みつける。

　国防長官も言っていたが時間をかけすぎた。一年前、ユニオン軍が千葉に上陸して以来、アライアンスはずっと防戦一方だった。苦しい戦いに耐えながら、やっと先日白星を挙げられたのだ。その間、ユニオンは余裕しゃくしゃくで地盤を固められた。敵地を自分たちの土地へと変貌させる準備を。このままではユニオン市民の移住が始まるのも時間の問題だ。もしも東京が落ちれば本格的に日本の侵略に王手がかかる。おそらくユニオンは日本政府機能を壊滅させ、日本はユニオンの領土であると世界に宣言するだろう。

「正攻法では無理だ。奇策が必要になる。それもユニオンが想定していないような策が……」

ノックの音がした。

「入れ」

「お疲れ様です、中佐。ちょっといい茶葉が手に入ったのでおすそ分けにと思いまして」

フォンス・ウェスペル大尉だった。

「茶葉？」

「軍内だと安い茶葉しかないでしょう？　あれじゃあ気が滅入(めい)ると思い、ちょうど非番だったので、外に出て茶葉を買ってきたんですよ。せっかくなのでいかがですか？」

外とは新宿(しんじゅく)駐屯地の外、つまり東京の街である。

「はあ……」

どう反応してよいか迷ってしまう。戦争中だからといって人は茶くらい飲む。実際、東京の街は、まだ都市として機能していて、そこでは多数の人々が生活を営んでいる。地方へ疎開した人々も多いが、政府の中枢機能が未(いま)だ東京に集中しており、また大企業の本社も多い関係で、残っている市民も多い。人がいれば商店や飲食店、宿泊施設なども営業していて、それらの仕事に従事する人間や死体人形(ダミーライフ)も街で暮らす。戦争が起きたからといって、人々の〝日常〟が消(き)え失(う)せるわけではない。

だからフォンスがその〝日常〟を豊かにするために茶を買ってきても別に不思議はない。

ただ、一上司に過ぎないシオンのもとまで持ってくるものだろうか……？

フォンスの整った顔立ちと人懐っこい笑みを観察し、コミュニケーションを円滑に進めるために行われているのだとおぼろげに理解する。

「わざわざ悪いな。ありがとう」

「いえいえ」

彼のようにうまく愛想を振りまけるような人間であれば、どこに行っても苦労せずに済むのではないかと羨ましく感じる。いつもしかめっ面をしている自分とはずいぶん違う。

「上との会議はどうでした？」

「資料を見ているからわかっていると思うが、やはり〈スカディ〉の対処方法を決めるまでは動きを取れないという結論になった」

「しかし、オレたちの装備では厳しいですよね？」

「ああ。手札が少なすぎる。他国に助けを求めることも考えたが、どこも自分たちの国を守るので必死で戦力を割けないだろう」

「弱りましたね……」

形の良い眉をハの字にして困った顔を作るフォンス。

その顔がふと明るくなる。何かよい案を思いついたのだろうか？

「中佐、サクトに意見を求めてみるのはいかがですか？」

「は？」

呆(ほう)けた声を上げてしまう。

「死体人形を作戦立案に参加させる、と？」

　自分以外の者からこの案が出てきたのが驚きだった。死体人形への差別感情は根強い。また死体人形には「心がない」と考えられているため、創造的な活動に向かないと判断する人も多かった。

「もちろん上には内緒にしますよ。サクトに意見を聞いて立案したものを中佐が考えたことにすればいい。死体人形が考えた作戦なんて上も通さないでしょうから」

　フォンスも死体人形に関する一般的な見解に無頓着ではないらしい。理解したうえで、彼自身は死体人形の意見を取り入れようと言っている。

「だが……なぜサクトに？」

「中佐は、ラピスさんとお友達なんですよね？」

　警戒する。ラピスはマグナの姉でありシルワの皇族だったから、シルワ出身者であれば知っていても不思議はない。だがシオンがラピスの友人だと知っている者は多くないはずだった。ヨーロッパの国シルワにいるラピスと、極東の島国日本にいるシオン——直接会う機会は友人にしては少なく、共通の友人も数えるほどだった。だからこそラピスはマグナをシオンに託したのだろう。マグナの秘密を守りやすくするために。

「——どこでそれを？」

　ここは慎重に問いただすべきだ。何か対処する必要があるかもしれない。

「本人から聞いたんです。オレ、ラピスさんとはけっこう仲良かったんですよ？」

「……」

フォンスはマグナとかなり仲が良かったようだから、ラピスと知り合いでも不思議はないが……。

――ラピスが私の話を他の人間にした？

関係を隠していたわけではないから問題ない。しかしラピスが自分の話を誰かにする様子を想像できなかった。

「――ってのはオレの願望かな。実際は、弟のほうと仲が良かったんですよ。これはホントです。学校じゃいっつも一緒にいたし」

「そうか……」

「中佐。こんなこと訊(き)いていいのかわからないんですが……あのサクトっていう死体人形(ダミーライフ)、ラピスさんの弟の――マグナの死体ですよね？」

見間違えるようなものではないからシオンは肯定するしかなかった。

「そうだ。どういう経緯かは知らないが、彼の死体はこの日本で死体人形(ダミーライフ)として蘇(よみがえ)った」

「生前の彼――マグナ・シルワは、凄(すご)いやつなんですよ」

フォンスはため息交じりに言った。陶酔しているような表情だった。

「記憶はないとしても死体人形(ダミーライフ)は肉体の素質を引き継ぐ。特に身体能力と違って頭脳は強化されないから、より素質が重要になる。マグナは賢かった。だからおそらく、サクトも賢い」

シオンは、サクトがマグナ・シルワとしての記憶を保持しているのを知っている。彼はマグナ本人だ。

フォンスがそこまでマグナを買うのなら、意見を出させてみるか……？

実際、攻めあぐねているのはたしかだ。時間もあまりない。意見の数は多いほうがいい。ダメな意見を聞くのも大事だ。問題のある意見を検証すると、作戦に何が必要なのか見えてくる場合もある。

「ダメもとで訊いてみるか」

＊

サクトの携帯端末にシオンから着信があったのは、食堂でノアと二人で昼食を取っているときだった。

もともと一人で食べていたのだが隣にノアが座ってきたのだった。

「俺なんかと食べてていいのか？　ほかに一緒に食べるやつがいるだろう？」

「サクトは私と食べるの嫌？」

「別にそういうわけじゃない」

「じゃあ一緒に食べようよ！　ヤバい作戦を生き残った仲じゃーん」

ノアは嬉しそうに隣に座った。ノアが楽しいなら、まあいいかと思う。

「ん〜おいしい！　おいしくごはん食べれるのもサクトのおかげだね」

「？」

「サクトが意志剥奪（はくだつ）プログラムを使わないようにって言ってくれなかったら、もう私は初期化されてたんだよ？　ありがと。はいこれ、お礼にあげる」

唐揚げを一つポンとサクトの皿に放ってくる。

無邪気な笑顔を見ていて、彼女を守れたことを再び噛（か）みしめる。

皇の器からは遠いかもしれない。けれど着実に前には進んでいる。少なくともノアを一度は守れた。

そんな他愛（たあい）のない話をしている最中にサクトの携帯端末が着信を告げた。

「はい、サクトです」

《話がある。執務室まで来い》

「わかりました。ちょうど食事が終わったので今から行きます」

「なんかサクト、いっつも中佐に呼ばれてない？」

シオンの声が聞こえたのか、ノアにも電話の内容が伝わったようだ。なぜか不満げに口をとがらせている。

《ちょうどいい。ノアも来い》

「え？　私もですか？」

サクトはスピーカーモードにして、携帯端末をテーブルに置いた。

《千葉基地攻略作戦について現場の意見を聞きたい。サクトに訊くつもりで連絡したが、ノアの意見も何か役に立つかもしれない》
「え～、私アホですけど大丈夫ですか？」
「素朴な意見も大事なんじゃないか」
　サクトはフォローを入れた。
　実際、ノアは賢いとサクトは思っている。戦場に出たときの状況判断や都度の行動選択など、頭が切れる者でないとなかなかできるものではない。
《問題ないだろう、ウェスペル大尉？》
《ええ。サクトの言う通り、素朴な意見から得られる着想もあると思います。意外と斬新な作戦を思いつけるかもしれません》
「ウェスペル大尉もいるんですか？」
　サクトは少し驚いて尋ねる。
《そもそもサクトの意見を聞こうと言い出したのはウェスペル大尉だ。生前、研究者だったおまえなら何かいい案を思いつくのではないか、と》
「わかりました。ではノアと一緒に向かいます」
　通話を切る。
「中佐も大尉も変わってるよね」
　執務室に向かう道中、ノアが言った。

「普通、死体人形(ダミーライフ)の意見を聞こうなんて思う？　私たちって物なんでしょ？」

アライアンスの人々にとって、死体人形(ダミーライフ)は物である。もっと言うと、物でなければならない。そうでないとこの戦争は本当に悲惨で耐えがたいものとなる。ただでさえ、負けている。それに加えてたくさんの国民が犠牲になっているなどと考えたら、精神的な重圧に耐えられない。

　前線で戦う死体人形(ダミーライフ)は物であり、単に戦争用の人形が破壊されたに過ぎない。戦車や戦闘機が壊れるのと同じこと。そう考えれば誰も犠牲になっていないのだから問題ないというわけだ。

　ゆえにこの戦争は歴史上、最も人道的な戦争だと言われたりもする。

　アライアンスで暮らす人々の精神衛生を守るために死体人形(ダミーライフ)は物でなければならないのである。

「そうだな、変わってる。ただ、千載一遇のチャンスをものにするために手段を択(えら)んでいないのかもしれない」

「一つでも多く意見を募って取り入れておきたい的な？」

「ああ。ここで失敗したら、もう次はないかもしれないんだ。可能性はすべて検証しておきたいのかもしれない」

　気になっているのは、これがフォンスの発案だという点だ。

――バレているわけでは、ないよな？

もしフォンスが、サクトがマグナ自身であると考えているとしたら、こういう提案をしてくるのもわかる。フォンスはマグナの実力を買ってくれていた。サクトはフォンスのほうが優秀だと思っていたが、フォンスはマグナのほうが優秀だと考えていたようだった。

学業の成績も運動もフォンスのほうが上位だったから、サクトとしては不思議だった。

「おまえはさ、欲がなさすぎるんだよ」

いつか、サクトがこの点を指摘したとき、フォンスはそう言った。たしか高校生(ハイスクール)のときだ。フォンスがサクトを褒めていたので、「いや、フォンスのほうがすごいだろ」と反論した。

「勉強も運動も遊びもオレのほうがうまくやっているのは事実だ。勉強や運動では常に上を目指していたし、遊びにも手を抜かなかった。女性を口説くときも常に真剣勝負だ」

例の整った美貌をややしかめながら、フォンスは力説した。

「でもおまえは違うだろ？　どこかでいつも勝ちを譲るところがある」

「本気でやってるつもりなんだけどな」

本心からそう言った。フォンスは肩をすくめて、

「そう言ってるうちはオレが負けることはないから安心だけど……ちょっと残念だな。おまえならオレには見られない世界をきっと見られる。オレはその後ろをついていって、同じ世界を見せてもらいたいんだ」

まったくピンとこなかったし、今でも自分がそこまでの〝器〟を持った存在なのかは疑

問がある。

だが本気でやっていなかったという点については同意だ。

——俺はぬるま湯に浸かっていた。

自覚した。国を失い、日本までやってくる過程で。

フォンスが未だマグナに……サクトに期待してくれているのだとしたら、死んだ今こそ生まれ変わり、期待に応えるときなのかもしれない。


シオンの執務室で、サクト、ノア、シオン、フォンスの四人は、PCのディスプレイに表示された画像資料を睨みつつ、千葉基地攻略作戦について相談する。

画像資料から、迎撃システムである固定砲台〈スカディ〉が千葉基地の周囲四か所に設置されているのがわかった。シオンの話によると、部隊を千葉基地へ差し向けても遠距離から〈スカディ〉によって無力化されてしまうため、安易に攻め込めないのだという。

「上空から攻め込むのは難しいんですか？」

サクトは一応、質問する。このくらいの案でどうにかなるのなら呼ばれないと重々承知している。念のため順を追って選択肢を潰していき、漏れがないようにしたかった。

「難しいな」

シオンが答えた。

「衛星軌道から直接射出できればわずかに見込みはあるが……到達前に撃ち落とされる可

能性が非常に高い。〈スカディ〉の性能だと、あらゆる物体が射程圏内に入った瞬間、無力化されると考えたほうがいい」

「地下鉄網を使うのは？」

「場所によってはふさがれているし、強化人間兵が封鎖している場所もある。迎撃する側が圧倒的に有利だ」

「つまり、上からも下からも無理。正面は当然無理……」

「そう、八方ふさがりってわけ」

フォンスが肩をすくめる。

「うわー、めんどくさい兵器なんですね」

ノアも「むー」と唸りながら言う。兵器の知識があまりないノアでも状況の厳しさは理解できるのだろう。

「射程外からぶち抜ければいいんですけどね。ほら、スナイパーみたいな感じでバシュッと」

ノアは両手でライフルを撃つ真似をした。

「その場合はアンゲルスよりも巨大なライフルが必要だな。〈スカディ〉を一撃で破壊できるくらいの」

シオンが真面目くさった顔で言う。

「冗談ですよ冗談。そんなもの作れるわけないって私にもわかりますよ～」

射程外からの攻撃が可能であれば間違いなく落とせる。なぜなら、〈スカディ〉自身に移動能力はなく、ターゲットが射程外にいるかぎり攻撃できないからだ。

ほとんど同語反復(トートロジー)のような考えだが、なぜかサクトの思考に引っかかった。

別に射撃によるものである必要はない。何か弱点をつければ……。

〈スカディ〉の弱点、それは――。

「無人機……」

ぽつり、とサクトの口から言葉が漏れる。

「なんだ?」

シオンが訊(き)いてくる。

「〈スカディ〉はアンゲルスと同じ無人機です。つまり遠隔操作で動いている。だから一時的にでも無線をジャミングできれば、その間に千葉(ちば)基地内に攻め込めます。たとえば……」

サクトはPCを操作し、データベースにアクセスした。

「防空システム〈サルヴェーション〉に採用されているジャミング装置〈デッドナイト〉。これを単体で動かせるように改良して設置できれば行けるはずです」

固定砲台〈スカディ〉や遠隔操作兵器〈アンゲルス〉は、原則、無線接続による遠隔操作によって動いている。ゆえにジャミング装置〈デッドナイト〉を使って電波を妨害すれば、巨大な金属の塊と化す。この東京がユニオンからの侵攻を受けずに今まで来られたのも、防空システム〈サルヴェーション〉がこのジャミング装置〈デッドナイト〉を備えていたことが大きい。

「〈デッドナイト〉を千葉基地の有効範囲内に設置すれば、敵の固定砲台〈スカディ〉と〈アンゲルス〉を無力化できる。つまり攻め込み放題というわけか……」

シオンが顎に手をあて、思案げに言う。

「問題はどうやって建造し設置するかだね。有効範囲はかなり広いとはいえ、それでも建造中はユニオンに視認されるだろう?」

フォンスが問題点を指摘する。

サクトはすぐに改善案を思いつく。

「暗算なので正確な数字はあとで出すべきですが、〈デッドナイト〉はおよそ十五のパーツに分解できます。東京内で個々のパーツを建造し、千葉基地への総攻撃開始直前に有効範囲内へ搬送、そこで一気に組み立てるんです。組み立ては早くて一時間、遅くとも二時間で終わるはずですから、その間だけ持ちこたえれば、我々は千葉基地への攻撃が可能になります」

「完璧だね」

フォンスが満足げに言った。

「このプランならうまく行くだろうな」

シオンもうなずいた。

「すごいじゃん、サクト！　なんでそんなヤバい作戦思いつけるの⁉」

「あー、体が覚えてるっていうか……」

「サクトの体は科学者のものだ。だから少ない情報から推論を立て作戦を立案できるのだろう」

　サクトが答えあぐねていると、シオンがすかさずフォローを入れてくれた。

「それに……俺だけで考えたわけじゃない。ノアの一言……射程外からの攻撃って言葉がヒントになったんだ。ノアがいてくれてよかった」

「え⁉　も、もう、褒めたってなにも出ないぞ！」

　と言いながらも、ノアは照れて嬉しそうにしている。百面相というか、表情がコロコロ変わるので、見ていてとても面白い。

「あとは設置場所だな。どれ、ちょっと概算だけでもしておくか」

　フォンスが端末を操作し、

「うわー。サクト、この作戦はけっこう骨が折れるかもしれないぞ？」

　苦笑いというにはかなり苦々しい笑い方をした。

「どういうことです？」

「これだよ」

　ディスプレイに表示されているマップに、赤いピンが立っている地点を見て、サクトもまた眉をひそめた。

「ああ、なるほど……」

「面倒なことになったな」

シオンも渋い顔をしている。

「え？　え？」

ノアだけが、おそらく予備知識がないからだろう、戸惑いの表情を浮かべていた。

「この場所は、とある反ユニオン組織の支配地域なんだ。組織の名前は〝深淵の子供たち（チルドレン・オブ・アビス）〟」

サクトが代表して説明した。

Children of Abyss（チルドレン・オブ・アビス）――略称ＣＯＡは、千葉県茂原（もばら）市を根城とする反ユニオン組織である。構成員たちはユニオン支配下の諸地域で個々に反ユニオン活動を行っていた者たちで、千葉に流れ着き、改めて組織を結成したようだ。

「ユニオンに支配された千葉県でゲリラ的な戦闘を頻繁に起こし、粘り強く抵抗活動を続けている」

サクトがそう言うと、ノアは不思議そうに首を傾（かし）げた。

「え？　だったらラッキーじゃない？　ユニオンが嫌いな人たちなんでしょ？　協力してくれそうじゃない？」

「そう簡単にも行かないんだ」

シオンがため息交じりに言う。

「一方で、アライアンスとも一定の距離を取っている。あくまで何者にも縛られない国家の樹立を目指している彼らにとっては、アライアンスもまた、巨大な連合であるという意味で支配側の存在なのだろう。規模は小さいものの、何度か武力闘争も起きている」

「うーん、難しいんですね」

知恵熱でも出しそうな顔でうなるノア。

「ユニオンに恨みを持っていたとしても、自動的に私たちの味方になるわけではない。ユニオンに対抗できていないアライアンスの体たらくに批判を覚える者は多いからだ。情報の統制は行われているが、二十世紀ならまだしも今は二十一世紀。限界はある。そしてすでにユニオン支配下になった土地で抵抗活動を自力で行っている彼らが、大人しく私たちに協力するかどうかは不明だ」


このときは、これで会議はお開きとなった。シオンはフォンスに作戦の立案書を作らせ、上に提出。正式に作戦の承認が下りた。すぐさま〈デッドナイト〉製作の準備が始まり、問題は、ＣＯＡがアライアンスに協力してくれるか否かになったのだが……。

「サクト、ノア。仕事だ。私と一緒に駐屯地の外に出てもらう」

再びシオンから執務室に呼び出されたサクトとノアは、開口一番そう告げられた。

「ＣＯＡのメンバーと連絡がついた。リーダーが直々に作戦協力について話し合ってくれるそうだ」

シオンはそう言いながら、デスクの上のディスプレイをサクトとノアのほうに向けた。

「リーダーからのテキストメッセージだ」

『十年戦って領土を失い続けているアライアンスと協働するべきか否かシビアに判断する必要があると考えている。会って話をしよう。君が信頼に値する人物か見極めさせてもらう』

「妙なやつらですね。交換条件だったり、見返りを求めてきたりするならわかりますが……」

サクトは眉をひそめながら言った。

たとえばわかりやすいのは、千葉におけるＣＯＡの活動への支援だ。資金などは協力ネットワークから得て入るだろうが、とはいえ足りるとは思えない。資金援助だけでも相当助かるはずだ。あるいは死体人形（ダミーライフ）を差し出してもいい。貴重な人的資源である構成員を消耗せず、作戦行動をするのに死体人形（ダミーライフ）は役に立つ。この点はアライアンスやその構成国家である日本政府のアドバンテージが高いはずだ。

「ああ。だから私もその点については問い合わせた。するとこう返ってきた」

シオンがＰＣを操作すると、メッセージが切り替わった。

『物的な支援などについては追って交渉する。まず何より大切なのは、君たちが私たちを裏切らないかどうかだ。すでにわれわれは——千葉は一度見捨てられている。死体人形たちに危険な前線を任せ、後方で安楽椅子に座りながら、難しいと判断すれば現地を切り捨てる。君がそういう卑怯者ではないかどうかを見せてもらいたい』

「中佐を見極めることで、アライアンス全体を見る……」

「そういうことだな。三人まで来いと言われた。私と、護衛を二人。二人のほうは死体人形でも構わないそうだ。だからおまえたちを呼んだ。人間よりも戦闘能力が高いからな」

「危険ですね」

即座にサクトは言う。

「中佐を人質にして、交渉の材料にしてくるかもしれません。単にアライアンスから有利な条件を引き出すためにそうするつもりなら、要求を飲むだけで済みますが……」

「問題があるのは、ＣＯＡが反ユニオン組織の皮を被った親ユニオン組織である場合だな」

シオンが引き継いだ。

戦局は依然、ユニオン有利とはいえ、直接的な戦闘という意味では泥沼化している。この状況を打開するために、ユニオンがアライアンスを内側から瓦解させようとしてくる可能性は十分にある。

実際、先ほど軍内部でスパイと思しき男が見つかったという話も聞いた。

比較的新しいＣＯＡという組織は、その見極めが難しい。

「私が人質にされた場合は、私を殺せ」

「ええ⁉」

「わかりました」

ノアは驚いた声を上げたが、サクトは冷静に首を縦に振った。

「その場合、ＣＯＡはアライアンスへの敵対的な意図があると認識し、作戦全体の再検討をするということでよろしいですか？」

「そのつもりだ。上層部にはすでにそのように話を通している」

「……」

ノアは複雑な表情をしていたが、反抗はしてこなかった。ＣＯＡが敵対的行動をとるなら、交渉するわけにはいかない。当然の判断である。

だが、理性は理解しても心がついてこない。ノアは優しい子なのだろうとサクトは思う。戦争に向いた性格ではない。

時代と環境と運命が悪い。若くして亡くならなければ、軍人として死体人形化(ダミーライフ)されることもなかっただろう。戦争がなければ、死体人形化(ダミーライフ)されても、日常の世界で働けたかもしれない。

しかし、その生活が必ずしも幸福かどうかはわからない。

だとすればそもそも、彼女が献体登録(ドナー)をしなければならなかった運命そのものが、彼女をいまこの理不尽な世界に縛りつけている。

サクトにはそれがやりきれない。

心優しい彼女が、どうしてこんな世界で生きなければならないのか。

なぜ平和な世界ではないのか……。

そんな想いに駆られながら、サクトは内心、ため息をついた。

世界平和などという理想論を頭の中で考えながら、口では恩人を見殺しにしてもやむをえないという冷酷な言葉を吐いている。

自分が分裂しているような気持ちになる。

俺は変わった。でもノアはノアのままでいてほしい。

4

ノアの運転する車がパーキングに入る。危なげなく駐車された車からサクト、ノア、シオンの三人が降り立つ。

三人とも軍服姿ではなかった。シオンはこれ見よがしに毛皮を使ったコートをまとい、ピアスやネックレスといったアクセサリーで着飾っている。現在の日本のように貧乏な国には似つかわしくない格好である。

合わせるようにしてサクトとノアも着飾っている。サクトはグレーの細身のスーツ。ノアはブルーのドレス姿で胸元を大胆に開き、腰回りのラインもくっきり見せている。おそらく周囲からは、シオンが裕福な主人で、サクトとノアはその愛玩人形（セックスドール）に見えているだろう。

　東京の街は静かだった。道行く人々の数も多くない。戦線は東京の目と鼻の先まで迫っている。その関係で、一般市民は疎開している者も多い。企業もかなりの数が本社機能を移動し始めている。とはいえユニオンの上陸を千葉に許してから、まだ一年しか経（た）っていないため、東京に一極集中していた日本の首都機能を移すことは叶（かな）わず、全国的に見れば、まだ人口は多いほうである。

　しかし死体人形（ダミーライフ）の数だけは変わっていない。首都機能を維持するために駆り出されている労働力。

　コンビニエンスストアのガラス張りの向こうに、死体人形（ダミーライフ）の店員が見えた。ビルの窓を外から清掃している死体人形（ダミーライフ）がいた。タクシーの運転手ももちろん死体人形（ダミーライフ）だった。繁華街の入り口で客引きをしている煌（きら）びやかな衣装を着た女性の死体人形（ダミーライフ）もいた。

　彼らを視界の端でとらえながら、サクトは、かつてユニオンで流行（はや）ったと言われるブラックジョークを思い出す。

『もしあなたが子供を大学にやる自信がなかったら、献体（ドナー）登録をして自殺すると良い。一発で生涯賃金を稼げて学費を賄えるから――』

　アライアンスの国々では、あらゆる労働力に死体人形（ダミーライフ）が使われている。それだけの献体（ドナー）が賄えるのは、ひとえにこの制度ゆえである。献体（ドナー）が死亡し死体人形（ダミーライフ）化される際に、国から莫大な保険金が支払われる。国は死体人形によって経済が維持されることで税収を得るほか、死体人形を企業や個人に売ったり、派遣ビジネスを回したりして保険金を賄う。一方で貧乏な家庭はこの保険金を使ってやはり経済を回す。国内経済を回すのに死体人形は一役買っているというわけだ。

とはいえ人間の労働者がアライアンスから消滅したわけではない。東京に死体人形が多いのはあくまで戦地が近いからであろう。

例外的に東京に存在する人間は四種類。まず大多数が、疎開先を持たない貧民層。死体人形とともに単純労働についている。二種類めは公務員や教育関係者など、人間の労働者が必要とされる分野の人々。三種類めは企業の中堅層で、東京支部を守らなければならない人々。最後が物好きたちだ。

シオンが選んだのは、最後の〝物好き〟。裕福で、死体人形を所有できるにもかかわらず東京にいる変人。アライアンス軍関係者として歩くのは、COAという武装組織と会う以上、控えたほうがいいと考えた結果だ。わざわざ素性を喧伝して回る必要はない。

その物好きに飼われる存在として相応しいように、サクトとノアも煌びやかな服装をしていた。見るからに従僕兼愛玩人形という感じがして、サクトは気分があまりよくなかったが、自然に見せるためには仕方のない措置だ。ノアはわりとノリノリで着飾っている。愛玩人形に見えるのはもちろん嫌だが、可愛い服を着られるのは単純に嬉しいらしい。

連れていかれた先は死体人形が客を取る風俗店。

死体人形（ダミーライフ）はＬＤバチルスが病原体を殲滅（せんめつ）するので、セックスをしても性病のリスクが小さい。死体とまぐわうのを忌避する者も当然いるが、安全で従順なセックスの相手ということで、ファンも多い。しかも体力のある死体人形（ダミーライフ）は、人間よりもたくさんの客を取れるので薄利多売が可能である。壊してもすぐに元に戻るため、特殊性癖の人々が猟奇的なセックスをする相手に選ぶことも多い。

考えれば考えるほど、死体人形（ダミーライフ）は劣悪な環境下に置かれていて、サクトは気が滅入（めい）る。この状態で労働のモチベーションを保てるのは一見すると異常だ。

一応、死体人形（ダミーライフ）のモチベーションを支える仕組みが、ないわけではない。

たとえば、サクトとノアが扮（ふん）する愛玩人形（セックスドール）は、所有者が権力者の場合、寵愛（ちょうあい）を受けられれば擬似的な権力を握れる。権力者に気に入られたい人間たちが愛玩人形（セックスドール）にも媚（こび）を売るという逆転現象が起こるのだ。また、そもそもの暮らしが、人間の貧民層よりも圧倒的に贅沢（ぜいたく）な場合も多い。

また、軍などで功績をあげれば名誉市民として表彰され、準人間としての権利を得られるということになっている。ただこちらに関しては、実際にその権利を手にした例をサクトは知らない。

そのような〝成功〟をちらつかせることで、アライアンスの国々は死体人形（ダミーライフ）たちのモチベーションをコントロールしている。

店の前に立つと、黒服たちが集まってきて三人の身体検査をした。それを見越して三人とも丸腰で来ている。サクトとノアは武器などなくても充分な戦闘力を持っているので問題はない。

　入店し、廊下を歩いていると、各部屋から女性の嬌声が漏れ聞こえてきた。壁が薄く、粗末な作りなのだろう。悲鳴に似た声が聞こえるのは乱暴な行為に及んでいるからだろうか。

　この場所にはさすがのノアも怯んだ様子だ。サクトも正直、気分がすぐれなかった。シオンだけが眉一つ動かさない。

「ん？」

　その場にそぐわない者が一人だけいた。十三〜四歳くらいと思しき少女。栗色のセミロングを揺らしながら、モップを使ってせっせと床を掃除している。サクトたちに気づくと、ぺこりとお辞儀をし、すぐに作業に戻った。

　どうして子供が……とサクトは不審に思う。見間違いでなければ頭にオルド・モジュールが見えないので、おそらく人間だ。

　扉から男性客が出てきて、少女にぶつかった。少女のほうは悪くない。完全に相手の落ち度だった。にもかかわらず、男性客は舌打ちをし、

「邪魔だ、ガキがいるとこじゃねーぞ」

　と悪態をついた。

　少女は怯えたように首を縮め、「ごめんなさい」と謝る。

「ちょっと……」

「ノア」

男性客に突っかかりそうになるノアをシオンが窘めた。

「――すいません」

ここでトラブルを起こすわけにはいかない。男性客に突っかかるのは得策じゃない。それが理解できるからだろう、ノアもすぐに引きさがった。

突き当たりの部屋の前に男が一人立っていた。四十代くらいのガタイのいい男で、いかめしい顔つきと相まってまるで軍人のように見える。サクトたちに気づくと歩み寄ってきた。

「シオン・オノだな？」

「ああ」

「ヨシヒロだ。こんな場所で悪いな。俺も好きじゃないんだが、俺たちは非公式の組織だ。堂々と街で会うのも難しいのでな」

「事情はわかっているつもりだ。気にしないでくれ」

「助かる。では話は中で俺とサシでしてもらう。そこの二人は部屋の前で待っていろ」

サクトはシオンに目配せする。

シオンはうなずいた。基本的に相手の要求は飲むつもりのようだ。

「中を見せてもらっていいか？　本当に一対一で話せるのか、確認しておきたい」

「いいだろう」

部屋の中をシオンが覗き込み、うなずいた。

「では行ってくる」

部屋の中にシオンたちが消えた。

二人が部屋に入った瞬間、そーっとノアが扉に近づいて耳をあてた。

「うーん、中の音は聞こえないね。他の部屋はガバガバだけどここはしっかりしてるみたい」

「客室とは違うんだろう」

「中佐、大丈夫かなぁ」

「彼女は武術の心得もある。そう簡単にはやられないさ」

「一対一だったらそうだろうけど……でもさ、たとえば隠し扉とかがあって、中に入ってしばらくしたら仲間がわらわら出てきたりとかするかもしれないじゃん？」

ノアの心配はもっともだ。危ない橋を渡っているのは事実である。

あらかじめ護衛であるサクトたちとシオンが分断される可能性は予想していて、その際、安全に事を運ぶために、シオンの服にマイクをつけておくという案もあったのだが、シオン自身が却下した。

「今回、私たちは試される側だ。我々が相手を信頼しているという姿勢をしっかり見せる必要がある。武士が刀を右側に置いて対峙し、敵意がないのを示すのと同じだ」

刀は右利きの場合、左腰に鞘（さや）を差し、そこから抜く。右側に刀を置くと刀を取ってもすぐに抜けないので、攻撃する意思がないと相手に伝わる。そのことをシオンは言っていたのだ。

「何とか中の音、聞けないかなぁ」

「そうだな……」

サクトは目を閉じ、神経を研ぎ澄ました。普通に聞いてわからない音も、〈エヴァーフスティング〉によって死体人形化（ダミーライフ）した感度なら拾えるかもしれないと思ったのだ。ノアにはできなかったみたいだが、自分はどうだろうと思い、ものは試しでやってみた。

「どう？」

「ダメだな。部屋の中の音は聞こえない……ん？」

耳が女性の声をわずかにとらえた。廊下に聞こえる嬌声（きょうせい）の類（たぐい）ではない。聞き覚えのある声――間違いなく、シオンの声だった。

だが部屋のほうからは聞こえない。別の場所……。

音をたどった先にあったのは、先ほど掃除をしていた少女だった。しかし、なぜ少女からシオンの声が聞こえてくるのかわからない。

少女はベンチに座って、スマートフォンをいじっている。フリック入力で、おそらく日本語を打っている。母親が日系だった関係で、サクトは日本語が堪能で、ここ日本でも問題なく暮らせている。スマートフォンのフリック入力もできるが……。

親にメッセージでも送っているのだろうか。やけに真剣な様子である。時折、左耳に手をあてている。

いったい何を書いているのだろう。そう思い、フリック入力から内容を読み取ってみた。

いまのところ　ごうかく

──今のところ合格？　何の話だ？

じっと見ていたせいか、少女がサクトの視線に気づいた。

ひょいっとベンチから飛び降り、興味深げな様子でサクトたちのほうに近づいてくる。

ぱっちりとした大きな目をきらきらさせながら、サクトたちのことを凝視している。

「お姉ちゃんたちは人形なの？」

少女に話しかけられる。

「お人形と言えばお人形かな」

ノアがニコニコしながら答えた。

「じゃあここのお姉ちゃんたちと同じだね。さっきお部屋に行った女の人は人間だよね？　二人はあの人のセックスドールなの？」

「な……」

ノアが面喰ったような顔になる。

愛玩人形を装って街を歩いていたのは事実なので、少女の見立ては理に適っている。サクトたちの作戦が成功している証であり、少なくともこの場所に来るまではあまり怪しまれずに済んだのではないかと安心させてくれる発言である。だが、上に見積もっても中学生かそこらの少女から〝セックスドール〟などという言葉が出たのには、サクトも苦笑した。サクトも十七歳なので大人とは言えないが、それでも十代前半の子がそんなことを言っていると、マセた子供だなと思う。

ノアは驚愕といった感じである。

「まあ、そういうことになるな」

サクトは一応、肯定しておく。少女はＣＯＡとは無関係だろうから、外を歩いているときと同じ設定で話したほうがよい。

「ふぅん。お疲れ様。大変だね」

「それはどうも」

「あなた、お名前は？」

ノアが訊くと、

「アズサ」

短く答える。

「アズサちゃんはここで働いてるの？」

暇だからだろうか、世間話をする感じでノアが会話を続けた。

「うん。お手伝いしてる」

さっきからときどき手を当てている左耳――そこにはワイヤレスのイヤホンが収まっていた。

今も手を当てながら立ち上がり、サクトたちのところから離れた。耳を押さえながら、スマホを操作して何やら入力している。

オフィスからの指示が来て、それをメモしている――そんな風に見えるが、サクトは疑問を抱いた。児童労働は違法だ。また、労働力不足は死体人形（ダミーライフ）によってそこそこ賄われている。わざわざ子供を働かせる必要はない。そもそも効率が悪い。十三～四歳くらいの子供にできる仕事は限られているし、その限られた仕事も大人の死体人形（ダミーライフ）のほうがうまくやるだろう。

アズサは不適切なピースだ。この場所のどこにもはまらない完全な余りもの。無垢（むく）な子供という表象を免罪符にして存在を許されているだけで、本来いるべきではない存在だ。

そして、イヤホンから聞こえてくる音の内容に気づいたとき、疑問は確信に変わった。

――こいつ、ただの子供じゃない。

《ノア》

サクトは〝念話（ヴォイスレス）〟をノアに発信した。

《ん？》

《アズサの左耳。イヤホンがついてるだろ？　そこから部屋の中の音が聞こえる》

《ほんとだ！　ぜんぜん気づかなかった》
《会話の内容を聞き取れるか？　俺も聞いてるが、答え合わせというか、完璧を期したい》
《待ってね。えーっと……中佐の声で、『見返りは用意できる。自治を認めるところまでは約束できないが、活動に関して相応の便宜は図れるはずだ』》
サクトはノアが聞き取ってくれた内容を頭に置きつつ、アズサの手元を凝視する。

——非合法活動に関する恩赦を引き出せ

《なるほど……どうもアズサが部屋の中の人物——おそらくヨシヒロに指示を出している》
《アズサちゃんが!?　どうして!?》
《理由は……》
そのとき、部屋からヨシヒロとシオンが出てきた。
「一度、仲間に今日のことを相談して、改めて返事をさせてもらう」
「ありがとう。サクト、ノア、行くぞ」
「中佐、待ってください。このまま帰ったら、協力を断られます。俺たちはこのままじゃ不合格です」
「何？」

「部屋の中で話してもいいですか？　ここで話すのは少しためらわれます」

ちらりとヨシヒロのほうに視線を飛ばすと、

「いいだろう」

ヨシヒロはいかめしくうなずいた。

「それから、アズサも中に連れて行きたいです」

「アズサってのは、そこのガキか？　なぜ？」

「必要だからです」

「まあいいだろう」

ヨシヒロは拒否しなかった。

サクト、ノア、シオン、ヨシヒロ、そしてアズサ……五人が部屋に入り、扉が閉められたところで、サクトはおもむろに口を開く。

「ヨシヒロさん。あなたはリーダーではありませんね」

シオンは眉をひそめ、ノアはわかりやすく驚いた。

「……なぜそう思う？」

ヨシヒロはサクトを品定めするように見ながら問うてくる。

「最初に顔を合わせたとき、『ヨシヒロだ』としか言わなかったのが一つ目の理由。もう一つは……」

サクトはアズサに視線を向けた。

「このアズサがリーダーだからです」

「何を言い出すかと思えば……」

　バカバカしいといった感じでヨシヒロはため息をついた。

「死体人形(ダミーライフ)はやはり死体。頭の中身は腐ってるのかもな」

「あえて暴言を吐いて感情を逆なでしても意味はないです」

　サクトは言い返す。

「あなたたちＣＯＡがフェアなゲームを仕掛けてきたと仮定します。あなたたちから来たメッセージによると、今回の会合は『中佐とリーダーが直接会って話をする』会です。つまりこの場に、ＣＯＡのリーダーが存在していなければならない。ここで会ったＣＯＡメンバーと思われる人間は、ヨシヒロさんとこのアズサのみ。普通に考えれば、ヨシヒロさんがリーダーだと思うでしょう」

「私はそのつもりで話していた」

　シオンが相槌(あいづち)を打つ。

「しかし、ヨシヒロさんは自分がリーダーだとは名乗っていません。少なくとも俺は聞いていない。中でリーダーだと言われましたか？」

　シオンはやや目を見開いた。

「――いや、彼の口からリーダーだとは聞いていない」

「だったらリーダーとは限らない。仮にヨシヒロさんがリーダーではないとしたら、自動的にアズサがリーダーになります」

「辻褄は合っているな」

シオンは言った。

「また外でアズサはイヤホンで部屋の中の会話を聞き、スマホで指示を出しているようだったので、リーダーとしての仕事をしているのも確認できています。もしこの場にＣＯＡのリーダーがいないとすれば、あなたたちがフェアなゲームを仕掛けてきていないことになるので、ゲームは成り立ちません。フェアなゲームをしているなら、アズサがリーダーです」

サクトがここまで話すと――

「面白いじゃないか」

にやりとアズサは笑みを浮かべながら言った。

あまりの違和感に、ぞわっと、背筋が寒くなった。

間違いなくそこにあったのは十代前半の少女の顔。だが、その表情が異常だった。老獪というのだろうか。とても十代には刻まれないような深く、思慮深げな笑みが張りついていた。だまし絵でも見ているような気分になる。また声も少女の声音ではあるのだが異様に落ち着いていて、たとえば大人の体が縮んでしまったらこんな声でしゃべるのではないかと思うような、老成した声色だった。

「合格だ。まさか初めて合格したのが死体人形とはな。これは人間様の天下も長続きしないかもしれないぞ？」

　アズサが言うと、ヨシヒロがため息をついた。

「ったく、ホントに回りくどいテストだ。悪いな、こういうやつなんだ、うちのリーダーは」

「ほ、ホントにアズサちゃんがリーダーなの⁉」

　ノアが目を白黒させている。正直サクトも自分で言っていて信じがたい。

「本当だよ」

　アズサは笑う。

「なぜこんな無意味なテストを？」

　シオンが問う。

「無意味ではないさ。相手の観察眼や推理力を試すのは大事だ。ヨシヒロとの話を聞いていて、君は信頼できると思ったので、私がリーダーだと見破れなくても協力するつもりではあったよ。その場合、帰るギリギリのところで種明かしをして散々笑いものにしてやる予定だったけどね」

「……」

　さしものシオンのポーカーフェイスにも苦いものが混ざっているような気がした。

「ふふふ、なぜこんな子供がリーダーなんだ、みたいな野暮な質問はしないいんだな？　もう十四歳だし、私としては十分大人のつもりだが、年長の方々からするとまだまだ子供ら

しいからな。君は気にならないのか？」

「事実だから仕方ない」

サクトは言った。

「もちろん理由は気になる。子供がリーダーをやっていることについてではなく、子供なのにリーダーができる君が何なのか、だけどな」

「簡単だ。私は頭がいいんだよ。二年前……十二歳のときに大学を卒業している」

サクト――マグナでさえ、十四歳のときにやっと大学に入学したところだった。それでもかなり早いほうだと言われていたから、アズサはほとんど異常なレベルだ。

そう考えると、納得半分、不思議さ半分ではある。知能が高いだけで組織のリーダーが務まるわけではない。

「父がもともとリーダーだったのも理由としては大きいな。そういう意味では七光りだ」

「七光りなもんか。こいつがいないと俺たちの組織はまとまらねぇ」

ヨシヒロが横やりを入れてきた。

なるほど、メンバーからの信頼は厚いようだ。何らかのカリスマがあるのかもしれない。

ともかく、担がれているわけではなさそうなので受け入れるしかない。

「まあよろしく頼むよ、アライアンスの諸君」

アズサはニヤッと渋い笑みを作った。

＊

執務室に帰り、一息つくシオン。

「一つ問題をクリアしたな」

シオンとしては苦い思いもある。ＣＯＡのリーダー、アズサは狸(たぬき)だ。一筋縄ではいかない協力相手。もしあのまま気づかず行けば、イニシアティブは相手に握られていただろう。危ないところだった。

「またサクトに救われた、か……」

自分を不甲斐(ふがい)なく思いつつ、サクトの〝成長〟に感慨を覚えている自分もいた。

サクトと初めて会ったとき……「こんなひ弱そうな少年がシルワの皇太子？」と眉をひそめたものだった。姉のラピスから「大人しい」とは聞いていたが、実物を見ると単に「弱い男」という印象が強かった。

けれどすぐに彼は優しすぎるだけなのだとシオンは気づいた。

優しすぎるから――誰かを傷つけたくないから、いつも控えめで愛想笑いを浮かべている、八方美人な少年。

出会ってすぐ、うちに秘める才能をシオンは感じた。

怜悧(れいり)な理性、ときに残酷な判断力。それらを可能にする粘り強い精神力。優しさとは相容(あいい)れない数々の才能が、彼の中で育ち、産声を上げるタイミングを待っていたのだ。

「優しさに包まれて隠れていた才能が、戦争に巻き込まれた結果、花開いたか……」

戦争が彼にもたらした怒り、悲しみ……。

それらを養分として咲いた豪奢な花。

「ラピスの望みとは裏腹になってしまったかもしれないな……。だがマグナは、シルワが再興したときに国を背負って立つに値する存在だよ」

旧友に想いを馳せつつ、シオンはつぶやくのだった。

今のサクトに初めて会ったときの〝弱さ〟はない。一方で、あの頃の〝優しさ〟も。

ラピスが望んでいた、〝マグナはマグナのままでいてほしい〟という願いはおそらく叶えられない。彼はすでに選択した。鬼となり、ユニオンを潰すと。

「すまないラピス。だがアライアンスにはマグナが必要なんだ」

シオンは頭を振った。

感傷に浸る時間は終わりだ。次の問題の解決に進まなければならない。

「〈デッドナイト〉の設置場所は決まった。あとは本体が建造できれば……」

シオンはＰＣを操作し、技術部からの報告書に目を通した。

目と目の間を指で揉みしだきながら、天井を仰いだ。

「本当に問題ばかり起こるのだな」

この仕事について以来、問題のないときはなかった。劣勢で戦争を戦う軍にいるのだから当然だろうと思いつつ、なぜこんな目に自分が遭わなければならないのだと愚痴の一つも言いたくなる。
また新しい問題。非常に単純な問題だが、面倒でもある。
シオンはアズサに連絡を入れた。
《おやおや、昼間会ったばかりなのにもう私が恋しくなったのか？》
携帯端末から挑発的な声が聞こえてきた。
「皮肉を聞く練習をしようと思ってね。鬱陶しい上司の説教に耐える訓練に君との会話はちょうどいい」
《口の減らないやつだね、君も》
「おまえもな。茶番はいい。協力してくれるのだろう？　さっそく相談がある。資材を集めたい。千葉で最適な場所を教えてほしい。可能であれば、人材も借りたい」
《資材を集める？　まさか〈デッドナイト〉の資材が足りないとは言わないよな？》
「それは足りている。ただ、〈デッドナイト〉用の資材として他のものに使う予定だったものを一部融通してしまっているので、長期的に見ると足りなくなる恐れがあるから集めておきたい」
《船橋(ふなばし)基地の奪還で鹵獲(ろかく)したアンゲルスはどうなったんだよ？》
「まさにそれを〈デッドナイト〉用に使い切ってしまったんだ。研究用に数体、京都の技術班が持ち帰ったのを除いてね。各企業へ卸す予定だったものや、軍の兵器を作るのに使う金属、レアメタルなどが不足してしまっている。特にオルド・モジュールの製造に使うために集めたものを〈デッドナイト〉用にかなり使ってしまっているので、足りなくなる前に補充しておかないと今後、怖いんだ」
《ふむ。我々には直接関係ないなぁ》
「そこを何とかお願いしたい。最終決戦に向けて資材の消費は免れないが、決戦後に枯渇させてしまうと後が続かない。早め早めの対応が必要になる」
《話はわかった。貸し一つだぞ。あと条件がある》
「条件？」
《面白い死体人形（ダミーライフ）がいただろう？　私がリーダーだと看破したやつ。あいつを資材集めに参加させてほしい》
「なぜだ？」
《単純に興味がある。話をしてみたい》
サクトに関心がある？　何か気取られていないか、シオンは心配になる。
《頭のいいやつと話をするのは面白いからな。それが死体人形（ダミーライフ）となれば、さらに興味深くなる。あの絶望的な境遇に賢い者が放り込まれたら何を思うのか知りたくてね》
「悪趣味な関心だな」
《知的好奇心とは時に不謹慎なものさ。ファーブルという学者を知っているか？》
「十九世紀フランスの博物学者か？　たしか昆虫記で有名な」
《そうだ。彼の行った実験は非常に興味深いものが多く、しかし同時に残酷なものも数多い。たとえばサソリの研究。当時サソリは自分のまわりを火で囲まれると、自分を刺して自殺すると考えられていた。ファーブルは、本当にそうするのか疑問に思い、実際にサソリを火で囲む実験を行った》

「たしかに残酷な実験だな。それで、サソリは自殺したのか？」

《いや、結局気絶するだけで自殺はしなかった。しかし、だからセーフという問題ではないだろう。ファーブルは、意識していたかどうかはわからないが、自分の興味関心のためにはサソリの命など二の次だったのさ。私たちの観点で言い換えれば、たとえば、オルド・モジュールをつけていない死体人形（ダミーライフ）は人間を食い殺すと言われているが、本当にそうなのだろうかと思い、死体人形（ダミーライフ）を人間と一緒のケージに入れてみるようなものだ。それに比べれば、私の興味関心などはるかに人道的だと思わないか？》

　オルド・モジュールによって統制されていない死体人形（ダミーライフ）は理性を持たず、ただ欲望の赴くままに動いてしまう。そしてなぜか近くの人間を襲って食い殺す。だがたしかに、それは実験室で調べられたものではなく実際に殺害事件が起こったから言われているだけの話である。それが偶然だったのか、それとも百パーセント起こることなのかは、実験してみないとわからないが、行われた例はない。

「人間に対するそれと、虫に対するそれは違うように思うが」

《ほう、君もまた人間中心主義者か？　まあアライアンスで死体人形（ダミーライフ）を扱う以上、そういう意見を持たないと精神が持たないだろうけどね。と、そういうわけだから、頼むよ》

「了解した。非番だから招集しよう」

アズサの残酷な好奇心はこの際どうでもいい。重要なのは任務の遂行。それに、サクトと話をさせるくらいなら彼に負担もかからないだろう。

5

「あーあ、かったる～」

だらしない声を上げるノア。

「そう言うなって」

サクトは苦笑した。

「だってー、だるいじゃん。これゴミ拾いでしょ?」

事実、二人がやっているのは完全にゴミ拾いだった。

戦闘によって破壊され、廃墟(はいきょ)と化したショッピングモール。そこで家電製品の残骸を漁(あさ)っているのだから。

拾った残骸は箱に放り込み、ある程度たまったら台車に載せて移動し、外まで運ぶ。

その繰り返し。

「拾ってるのはジャンク品だが、今のアライアンスには宝の山だ」

サクトは言った。

　空は快晴で、なかなかの気温。サクトもダルくないと言えば嘘になる。作業も果てしなく地味。

　ただサクトは、いつも前向きなノアも単純労働には音を上げてしまうんだなぁと、新たな発見があって面白かった。

「そーかもしれないけどさー、戦闘用死体人形のする仕事じゃなくない？　私たちの仕事って戦闘でしょ？　護衛ってことなのかもしれないけどさ」

「君たちみたいな力持ちには楽な仕事だろう？　優雅におしゃべりするには、このくらい単純な仕事のほうがちょうどいいじゃないか」

　棚の上にちょこんと座る少女――アズサが言った。作業着のような格好ではなく普通に私服である。

　見た目は快活な十四歳の少女という感じなのに表情と口調は大人のそれなので、妙に浮いて見える。自分より年下の人間とはサクトはどうしても思えなかった。

「アズサ。こんなところで油を売っていて大丈夫なのか？」

　サクトが訊くと、ニヤッとアズサは笑う。

「メンバーたちに指示は出してきたから問題ない。彼らは優秀だ。必要なものは彼らが揃えてくれる。なんだったら死体人形兵諸君は有事の際までは休んでいてくれてもいいぞ」

「やることないし仕事するよ～」

　ノアは気だるげに作業を続行する。

「サクト。君の前世は科学者の卵だったそうじゃないか」

唐突にアズサに訊（き）かれ、警戒心が湧きあがってくる。

いったいどうやって知ったんだ？　シオンが話すとは思えない。

「ふふふ、警戒しているな？　心配するな。ちょっとこちらで調べさせてもらっただけだ。なにせ初めて私の試験に合格した人物なんだ。興味深いからね」

「そりゃどうも」

「君たちは自分の前世について説明を受けないんだよな？」

「ああ」

死体人形（ダミーライフ）であれば前世は必ずあるのだが、原則、その情報は本人に伝えられない。生前の記憶を保持していないため、自意識の上では生前の自分とは違う存在であるし、生前の社会的な地位や財産も引き継がないので、それらの情報は不要だと考えられている。

「気にならないのか。自分が何者であるか、知りたいとは思わない？」

サクトは言葉に詰まった。

どう答えるのが正解だ？

サクトは死体人形（ダミーライフ）の振りをしているだけだ。〈エヴァーラスティング〉を投与される前の自分を知っているから、そもそも知りたいという感情自体がない。死体人形（ダミーライフ）たちが前世についてどう思っているのかサクトには理解しようがなかった。

アズサがなぜこんな質問をしてくるのかはわからない。どういう意図があるのか。

「私は知りたい半分、知りたくない半分って感じかなー」

　ノアが先に答えてくれた。

「ほう、その心は？」

「前世があるって言われると気になるよ、たしかに。でもさ、前世の自分がめっちゃ悪い人の可能性もあるじゃん？　凶悪殺人犯だったり、そうじゃなくても超イジワルな人だったり……だったら知らないほうがいいかもって思っちゃうな」

「だとすると、ノアは前世の自分も自分自身だと思っているってことか？」

「え？　違うの？」

「君たちは記憶の連続性がまったくないわけだろう？　それに実際、身体機能は一度停止し死亡しているわけだから、前世とは違う人物だとも考えられないか？」

「えー？　考えたこともなかった！　じゃあ私たちは前世とは違う人間なの？」

「そうとも言い切れない。ノアは三週間前の朝食、何を食べたか覚えてるか？」

「いや、ぜーんぜん覚えてない！」

「じゃあ記憶がないよな？　三週間前と今のノアは同じだと言えるのかなー？」

「え？　えー!?」

　アズサの意地悪な発言に、顔色をコロコロ変えながら四苦八苦考えるノア。それを面白そうにアズサは眺めている。

「自己同一性（アイデンティティ）の問題、か……」

「そのとおり」

サクトのつぶやきに、アズサは満足そうにうなずいた。

たしかに、記憶の連続性がないことを理由に、前世と現世を違う人物だと考えるのは乱暴な議論だ。一方で、記憶の連続性がそれなりにあるからといって、現世でもまったく同じ人物であり続けると考えるのも乱暴。伝統的な哲学の問題である。

「あいでんてぃてぃ？」

「自分を自分たらしめる何か、くらいの意味で使うことが多い言葉だな」

ノアが疑問の声を上げ、アズサが説明する。

「ちょっと待ってよー。結局前世の私は私なの？　それとも違うの？」

ノアがそう言うと、アズサはサクトのほうを見た。

説明しろよという顔だ。また試されるような気分になって居心地が悪くなる。定説を話しておけばいいだろうか。

「たとえばの話。ここにメガネがあるとするだろう？」

サクトは言った。

「うん」

「この右のツルの部分が折れたから交換したとする。そしたらこの眼鏡は、前の眼鏡と同じ眼鏡だよな？」

「そうだね」

「一年後、レンズが二枚とも割れたから新しいのに交換した。同じ眼鏡だよな？」

「うん」

「それまた半年後、左のツルが折れたから交換。同じ眼鏡のままだ。三か月後、フレームが壊れたから交換。さて、じゃあこの眼鏡は一番最初の眼鏡と同じ眼鏡か？」

「え？　同じ眼鏡だよね？」

　わざわざサクトが訊(き)いたからだろう、ノアは混乱した様子だ。

「ホントに？」

　あえて念を押すような雰囲気でサクトは問う。

「同じだと思う」

「だけどよく考えてみてくれ。もうこの眼鏡に最初のパーツは何も残っていない」

「あ!!　たしかに!!　じゃあ違う眼鏡なの？」

「いや、同じ眼鏡だよ。こういうとき人は、前のものと後のものに同一性を感じる。そもそも、人間の体の成分は、数年もすれば全部入れ替わってしまう。それでも俺たちは、全員を数年前と同じ人間だと感じる」

「わー、頭がこんがらがってきたよー！」

「要するに同一性なんてそんなもんだってことだ。だから――」

　サクトは微笑(ほほえ)む。

「ノアはノアだ。昨日も、一昨日(おととい)も……きっと半年前も」

「半年前が前世だったとしても？」

「半年前が前世だったとしても、だ。少なくとも、俺はそう考える」

「そっか……じゃあ一年後も、私は私だよね？」

「そうだ」

「ちょっと安心したかも」

「なんか、先生と生徒みたいだな」

アズサが言った。

その言葉で学生時代を思い出す。

サクトは高校、大学と、成績だけはよかったがあまりパッとしない存在だった気がする。

皇国でありながら自由と平等を貴ぶ気質のあったシルワでは、皇太子であるサクトも学校では普通の生徒として扱われていた。

友人のフォンスとつるんで、いろいろとバカなことをしたのを覚えている。

それで先生に怒られる。

そのバカなことをして先生に叱られているサクトの隣に、もし、ノアがいたら……楽しかったのかな、とか。

――くだらないことを考えるな。

サクトは頭を振って想像を振り切る。

ノアが自分の学生生活にいた可能性はゼロだ。絶対にありえない。

ありえたかもしれない過去を想像するのですら無意味なのだ。絶対ありえないｉｆ(もしも)を想像するのは、有害ですらある。

過去に縛られて前に進めないのでは目的は達せられない。

「どうしたの、サクト？　難しい顔して」

ノアに問われて、サクトは物思いから現実に浮上する。

「うん？　ああ、みんなと一緒なら、退屈な仕事も意外と楽しいもんだなと」

「サクトはシュショーだね。私が不真面目すぎるのかなー？」

「ノアはノアのままでいいと思うよ」

サクトは微笑(ほほえ)む。

そのとき、携帯端末が着信を告げた。

《サクト、ノア。いい知らせと悪い知らせだ》

フォンスからの連絡だった。

「当ててあげようか」

アズサが会話に割り込んできた。

「悪い知らせは、アンゲルスがこの地域に近づいてきていること」

《正解》

「いい知らせは、そいつらを戦闘不能にして鹵獲すれば、素材集めが楽に終わることだ」

《ご明察の通り。さすがはＣＯＡのリーダーだ》

「よーし、私たちの出番だね！」

　ノアが張り切った様子で言う。が、すぐに少し不安そうになり、

「でも人数はあんまりいないけど大丈夫なの？」

《偵察機〈ラファエル〉が六機だから〈ミカエル〉を相手にするよりはずっと楽だと思う》

　フォンスが状況を説明してくれる。

《ただ、ＣＯＡの非戦闘員が逃げる時間をうまく稼いでもらわないとマズいかもしれない。人質にされたら動きづらいだろう》

　あらかじめ作戦は考えてあった。ＣＯＡの支配地域であるとはいえ、敵と交戦すると予想できていたからだ。

　アズサはヘッドセットを装着し、ジープの助手席に飛び乗った。運転席には死体人形（ダミーライフ）。ジープは屋根なしのオープンタイプで、ほかの座席に乗っている死体人形（ダミーライフ）たちは重火器で武装している。

　ヨシヒロは非戦闘員の避難の指揮を執り、戦闘の指揮はアズサが執る。

「諸君！　現在、機械仕掛けの悪魔どもの群れが近づいてきているとの情報があった。どうやら我々のゴミ拾いが気にくわないらしい。しかしここは我らＣＯＡの縄張りである。わからせてやる必要がある。武器を取れ!!」

「「「「おー！」」」」

「敵を闇へ引きずりおろせ！」

「「「引きずりおろせ！」」」

一斉にジープが走り出す。死体人形（ダミーライフ）の運転するジープ群はまっすぐアンゲルスへと向かっていった。アンゲルスの放つライフルの弾丸をジグザグ走行で巧みにかわし、すれ違いざまに、後部座席に乗った死体人形（ダミーライフ）がロケットランチャーをぶっ放す。

ロケットランチャーを食らったくらいでは装甲が剥（は）げるだけで致命的なダメージは与えられない。それでも六機のアンゲルスのうち、二機がジープを追いかけ始めた。敵の分断に成功した形だ。

そして二機のアンゲルスが商業施設のビルのそばを通ったとき、事は起こった。ビルは二十階建てくらいありそうな巨大なものだった。

「くらえ！」

アズサがリモコンのスイッチを押した瞬間、ビルの根元が爆発した。下部を破壊されたビルはアンゲルス二機に向かって倒れ込んでくる。アンゲルスは避けられず、コンクリートの雪崩にのまれた。

それでも瓦礫（がれき）を撥（は）ねのけながらゆっくりと二機が立ち上がった。体のいたるところに損傷があったが、それでも戦闘能力を失ってはいなかった。

しかしそれだけの時間、動きを止めていたことが致命的な結果を生んだ。

アンゲルスたちの背後には——チェーンソーを振りかぶった少女の姿がある。

「いえーい！」

ヴウウウウン!!　という野蛮なエンジン音とともに、ノアのふるうチェーンソーが二機の〈ラファエル〉の頭を連続で切り裂いた。二機の〈ラファエル〉が爆散する。

その様子を、サクトは別のビルの上から見ていた。

サクトは驚いていた。死体人形たちの士気が異様に高く見えるのだ。差別され、死地に赴く死体人形たちの士気は、どうしても上がり切らないことが多い。

戦う相手はザコではなく一筋縄ではいかない強敵だ。それに対するにあたってこの前向きさ。アライアンスの正規軍では考えられない。

と、味方の惨状を受けて残り四機の〈ラファエル〉がノアとアズサたちのほうに急行する。

ライフルを構えて、彼らに向けて弾丸を放つが――

〈ラファエル〉の目の前にサクトが着地し、〈徒花〉による斬撃ですべての弾丸を切り裂いた。

そして一度〈徒花〉を鞘に納めた。

体勢を低くして構え、柄に手を置く。

四機がサクトを射程圏内に収め、一斉にライフルを構えた瞬間、

「はっ!!」

短い掛け声とともに、超高速で刀を抜き、一閃した。

斬撃は、空を切った。

だが、四機の〈ミカエル〉は腰から両断され、崩れるようにして地面に沈んだ。

斬撃によって放たれた衝撃波によって、両断されたのだ。

——居合術〝幻影抜刀（ファントムエッジ）〟。

鞘の中で刀身を高速で滑らせ、死体人形（ダミーライフ）専用刀〈徒花〉の高周波振動の勢いを最大限に高めることで、衝撃波を放つ技である。

サクトは、母が家系的に一部日本人の血を引いていた縁で、幼い頃から日本流の剣術を学んでいた。その際、高度な居合術も修めている。その技術と、ナノマシン〈エヴァーラスティング〉によって死体人形（ダミーライフ）化した体、そして死体兵器（ダミーライフアームズ）である専用刀——それら三つを組み合わせてサクトが編み出した、まったく新しい剣技である。

その破壊力は、アンゲルスすら一撃で戦闘不能にしうるレベルである。しかし威力が高い分だけ電力の消費量も多く、ゆえに血液も大量に喰われるため、乱発はできない。放つ際には一度、納刀しなければならないし、放った後も衝撃でわずかに動けなくなるので、前隙も後隙も甚大である。だからここぞというタイミングで最大限の効果を狙って使う。

「よーし、全滅だな！」

アズサの勝利宣言により、周囲から雄たけびが上がる。

アズサたちが陽動を担いつつ、不意をついて爆破。加えてノアによる攻撃。そしてさらにそれらを囮（おとり）にしてサクトが〝幻影抜刀（ファントムエッジ）〟で一網打尽にする。作戦は完璧に決まった。

「これで必要な資材はすべて揃（そろ）っただろう。さあみんな、帰るぞ！」

アズサの号令で任務完了となった。

6

拠点に戻ったCOAの面々はそのまま宴会を始めた。宴会といっても貧乏なようで、安酒とジャンクフードが並んでいるだけで、勝利を祝っての夕食、くらいの塩梅(あんばい)ではあった。

サクトとノアは帰ろうとしたのだが、アズサにぜひ残ってほしいと言われたので残っている。

「二人は今回の作戦の立役者だからな。ごちそうするよ」

まるで人間の客をもてなすような対応に、サクトもノアもやや戸惑った。

一応シオンの許可を取る必要があったので連絡すると、

《逆らえば協力を断られかねない。希望通りにしてやれ》

と苦々しい口調で言われた。

シオンを手玉に取ってしまうとは、アズサもなかなかの手練(てだ)れだ。

そのアズサはジュースを片手に踊っている。COAのメンバーの一人がギターを弾き、それに合わせて周囲の人間や死体人形(ダミーライフ)が歌い、そしてアズサが踊る……。

その輪の中にノアも入っていた。

「おまえは交ざらなくていいのか?」

　いつの間にか隣にヨシヒロがいた。頬(ほお)がかすかに上気しているのは酒を飲んでいるからだろう。ただ喋(しゃべ)り方(かた)はしっかりしており、酒が回りすぎてはいないとわかった。

「俺はあんまり騒がしいのは得意じゃないから。まあ、ノアが異常なんだよ。なんでさっき会ったばかりの人たちとあんなに楽しそうにしていられるんだろう……」

「アズサとも打ち解けちまったみたいだし、すごいやつだよなあいつは」

　ビールの瓶を傾けて酒を勧めてくるヨシヒロ。サクトは手を軽く振って遠慮した。死体(ダミー)人形(ライフ)の代謝であれば飲酒をしたところでほとんど酔っぱらわないのだが、未成年だし、これから帰るまでに何かあったときが怖い。

「ＣＯＡのメンバーたちはずいぶん仲がいいんだな」

「いい雰囲気が作れている。結果が出ているのが大きいだろうな。それから、死体人形(ダミーライフ)を差別していないのもデカい」

　死体人形(ダミーライフ)たちの士気が高かったのはこれが理由かもしれない。

「人間のメンバーから不満が出たりしないのか？」

「アライアンスにいるよりＣＯＡにいたほうがずっとマシだからな。俺も含めて、アライアンスにいたら泥をすするような生活になってしまうやつらも、ＣＯＡなら活躍できるし、仲間もできる。そこそこまっとうな生活もできる。まあ、金があるわけじゃないから飯はマズいし衣服は粗末だがな」

　楽しさが最高潮に達したところで、アズサがけつまずいて転んだ。手に持っていたジュースを盛大にこぼして服にぶちまけ、ノアが巻き添えを食らう。

「ああいうアクシデントも面白い」

ヨシヒロは笑った。

サクトは初めてアズサの子供らしい一面が見えて少し安心する。

「もうアズサ、はしゃぎすぎだよー」

ノアが慌てた様子でタオルを出してくる。

「いやはや面目ない」

「これお風呂入っちゃったほうがいいんじゃないかな？　シャワー借りれる？　ついでに私も入ってこようかなって」

連れ立って風呂に行くノアとアズサはまるで姉妹みたいで微笑（ほほえ）ましかった。

「アズサもまだ子供なんだよ。だが俺たちにとっては元リーダーの子供で現リーダー。なかなかフラットに接するのは難しい。サクトとノアはいい距離感なのかもしれないな」

ヨシヒロは酒を飲みほして、ふぅと息を吐く。

「アズサと仲良くしてやってくれ。死体人形（ダミーライフ）に頼むようなことじゃねえのかもしれないが」

「かまわないさ。俺も彼女のことは嫌いじゃない」

＊

　アズサはノアと一緒に風呂場まで来たが、それは二人とも服を汚してしまったから入るだけであって、別に風呂に入れてもらうために来たわけではない。しかしなぜかノアはさも当然という感じでアズサの世話を焼いている。

　服を脱がせて、風呂場まで手を引いていき、椅子の上に座らせて、

「はーい、目ぇつぶって～」

　と言いながら頭からシャワーを浴びせてくる。

「こら、頭くらい自分で洗える！　子供扱いするな！　背は低いかもしれないが、私は十四歳なんだぞ！」

「まあまあいいじゃん。コミュニケーションコミュニケーション」

　ノアは取り合わず、アズサの頭にシャンプーをつけてゴシゴシ洗い始める。

　――いつからだろう、自分で頭を洗うようになったのは。

　多くの大人たちとは違って、アズサの両親はアズサをきちんと子供扱いしていた。小学校に上がるころには高校生レベルの勉強に手をつけるほど早熟なアズサだったが、両親の前では頭がよすぎるだけの普通の子供として生活できていた。

　けれどアズサの両親は仕事の関係で頻繁に家を留守にした。ＣＯＡができる前から、反ユニオン組織の一員として働いており、世界中を飛び回っていたのだ。両親がいないときにアズサの面倒を見るのは祖父母の役目だった。

　祖父母はアズサを持て余していた。嫌いだったわけではないのだろうが、極端に賢い彼

女にどう接していいかわからなかったようだった。対する両親はずぼらだったのかあまり気にしていないようだった。むしろ子育てに興味がなかったとも言えるのかもしれない。

「アズサはいいなぁ、頭よくて」

アズサの頭を流し終えて、今度はアズサの体を洗いながらノアが言った。

アズサはその言葉に違和感を覚えた。

いままで気味悪がられたり腫れ物に触るように扱われたりすることはあっても、羨ましがられることはなかった。

皮肉か？　と疑うが、純朴そうなノアの声に皮肉の色はない。

「私もアズサくらい頭がよかったら、サクトも一緒に話してて楽しいだろうな」

「サクトとノアはあまり仲が良くないのか？」

「どうだろ。私はサクトを気に入ってるけど、サクトはどう思ってるかわからなくて。いや、サクトはね、私を守るって言ってくれたんだけど、正直なんで私を守ろうなんて思ってくれてるのかわからないっていうか……」

おいおい、まさかこの死体人形(ダミーライフ)は恋愛相談をしているのか？　たかだか十四歳で、しかも知り合って間もない小娘相手に。

「今日の昼間もさ、自己同一性(アイデンティティ)だっけ？　なんかそういう難しい話をしてたじゃない？　説明してもらって何とかわかった気がするけど、最初はぜんぜん意味不明で。私、あんまり頭よくないから、サクトが考えてること、たぶん半分も理解できてないんじゃないかな。

サクトはいつも一歩前を見てるっていうか……」

ざーっとアズサの体をシャワーで流し、「はいオシマイ」と言って、湯船に浸からせる。

そして今度は自分の体を洗いながら、ぽつぽつと話を続ける。

「でもね、ときどきサクトはすごく寂しそうな顔をするんだ。自分は一人ぼっちだっていうような顔。なんか遠くにいる感じがするんだよね、そういうとき。こんなにそばにいるのにって」

恋愛相談のように見えつつ、話を聞いていて、アズサはサクトが羨ましくなった。

「サクトは、ノアと話してて楽しいと思うよ」

「え？」

「わかろうとしてくれてるだけで、きっとサクトは嬉しいよ」

サクトもアズサと同じく非常に優秀なのだろう。唯一アズサの〝ゲーム〟をパスした人物だし、今日の戦闘の動きを見ても無駄がまったくなかった。

優秀な者は孤独になる。他者からの理解を得られないから。

アズサは他者と話をしていると、世界がゆっくり動いているように錯覚する。あらゆる会話のテンポが遅く、人々の作業効率も悪く感じる。まるで自分一人だけが速く走っていて後ろからみんながゆっくり追いかけてくるようなスピード感。

後ろを歩いている人たちは、自分の背中が遠ざかっても気にせず楽しそうにおしゃべりしながら歩いているのだ。

そんなとき、遠くにいて追いついていないなりにも、頑張って追いつこうとしてくれたり、こちらに手を振ってくれたりする人がいたら、きっと心が慰められるのではないか。

「アズサは大人たちと話してても満足しない感じ？」

ずばりアズサの考えていることを読み取って訊いてくるノア。ノアは、自分は頭がよくないと言うが、洞察力は一級品で人の心を読み取る力も強い。そのうえで不快にならない範囲でそっと距離を詰めてくる。

「……サクトが初めてだよ。話をしていて面白いと思ったのは」

アズサは自然と自分が思っていることを口にしてしまう。

「誰かと話をしてもいつも退屈なんだ。もちろんＣＯＡは私の居場所だ。彼らのことは大事に思っているが……それでもときどき寂しく思うときもある」

「頭がいいってのも大変なんだね」

ノアは微笑むと、

「じゃーまあ、私のことは後輩だと思ってくれていいから！　いえ、いいですから、先輩！」

「は？」

虚を突かれた。

何を言われているのかまったく理解できない。

「私ね、実は稼働して三か月なんだ。見た目はこんな感じだし、知識もいろいろインストールされてるから、まーパッと見は十七歳くらいに見えると思うんだけど、生まれて三か月の赤ちゃんなんだよね」

そういう解釈もあるのか、と少し驚かされる。

「で、アズサは十四年生きてるわけじゃん？　ほら、私のほうが全然年下だよ！　ってわけで先輩、よろしくおなしゃす！」

「やめろよ気持ち悪い、タメ口でいいから」

「えー？　ホントですかぁ？」

「いいからいいから」

笑い出すアズサ。

なんでそういう話になるんだよ。

一生懸命励まそうとしてくれているのだろうけれど、なんだかズレている。ズレているけれど、ナチュラルに接してくれるノアがアズサは嬉しかった。

自分を一人の人間として見てくれた気がした。アズサはノアを人形扱いしているのに過ぎた待遇だ。

自分の小ささを見つめるとともに、すっと心の中に入り込んでくるノアの偉大さを想う。

The 3rd Movement：笑顔の慟哭

1

ジャンク品収集作戦から数日経っていた。戦闘らしい戦闘はなかった。まるで嵐の前の静けさ。アライアンスは千葉基地攻略作戦の準備を粛々と進めていて、ユニオンはどっしりと千葉の大地に陣を張っている。睨み合っている状態だ。

戦闘がないからノアは非番だった。

駐屯地内はとても暇なので食堂で仲間たちとお喋りをしたり、トランプに興じたりすることが多いのだが、ノアはなんだかそういう気分になれず、自室でベッドに寝転がっていた。

アズサとの仕事の件で忘れていた——いや考えないで済んでいたけれど、サクトがなぜノアを守ろうとしてくれているのか考えていた。

先日思わずポロッとアズサにこぼしてしまったとおり、気になって仕方ないのだった。もし暇だからなのかもしれないが、頭の中を支配するのはサクトのことばかりだった。もしも任務があったら支障をきたしていたかもしれないと思うくらい、ぐるぐると頭の中を駆けまわっている。

どうして私なの？

すべてはそこに集約される。

アズサ曰く、「わかろうとしているだけサクトは嬉しいと思ってくれている」らしいけれど、それだったらノアよりシオンのほうがずっとサクトを〝わかっている〟気がする。

もちろんシオンは人間でしかも上官だから親しくなるのは難しそうだけれど、ただなんとなくシオンはサクトを近しい存在とみなしているような気がする。

そしてシオンとサクトが仲がよいと思うと、なんだか胸の奥がチクリと痛んだり、もやっとしたりするのだ。

「む～～～～～」

ベッドの上で枕を抱きしめ、ゴロゴロと転がった。

わからない、自分の気持ちがわからない。

自分は死体人形で心なんかないはずなのに、もうほんと、わけがわからない。

知りたい。サクトのことが。

そこでふと、前世の話を思い出す。前世と今は違う人間みたいなところもあるけれど、ノアたちは前世の影響を色濃く受けるらしい。

もしもサクトの前世について理解できたら、いまのサクトも理解できるかも。

そういえば、アズサがサクトの前世についていろいろ知っていたような……。

さっそく携帯端末を使ってビデオ通話を発信した。

忙しくて出てくれないかな、と心配だったが、アズサは出てくれた。

《サクトのバックグラウンドを知りたい？》
「ほら、この間、サクトの体が科学者だったみたいな話をしてたでしょ？　ってことはアズサはサクトのバックグラウンドを知ってるのかなって思って」
ノアはアズサに両手を合わせて懇願した。直接話をしているわけではないからどのくらい気持ちが伝わるかわからないので、一生懸命誠意を込めて。
携帯端末を使ってビデオ通話をするのは、これで二回目だ。一回目は向こうから連絡が来てアズサに雑談に付き合わされた。サクトのほうがいいんじゃないかと思ったらサクトとも話をしているらしい。
《サクトとは難しい話を、ノアとは楽しい話を》
というのがアズサの談。
アズサが話したのは本当に他愛（たあい）のない話ばかりだった。昨日食べたオートミールがすごくマズかったとか、忙しくて本を読む時間がなくて困っているとか。もしかしたらCO　A（チルドレンオブアビス）にいてもリーダーだから他愛ない雑談はできないのかもしれない。
《どーしよーかなー》
ノアのお願いに対し意地悪な笑顔をアズサは作った。
「そこを、何とか!!」
《そうだなぁ、じゃあ……明日一日、ショッピングに付き合ってくれ》
「ショッピング？」

《気晴らしに東京の街で散財したいんだ。といっても私は一応ＣＯＡのリーダーで重要人物だから一人で東京に行くわけにはいかない。ＣＯＡの面々に護衛役を頼んでもいいが、ここのところ働きづめだし、千葉基地攻略作戦に向けて休みを取っておいてほしい。ノアに来てもらえたら助かるんだ。できたらサクトも呼んでくれ》

「でも私たち、好きに外出できるわけじゃないし……」

ノアもサクトも死体人形である。移動の自由などないからシオンに許可を求めなければならない

《そこは心配しなくていい。私が中佐に頼もう。ＣＯＡはとてもとてもアライアンスのために働いているからな、リーダーの頼みは断れまい》

アズサは画面の中で携帯端末を操作した。

数分後、

《よし、ＯＫをもらった》

満面の笑みで言った。

《というわけで、サクトのバックグラウンドについて情報を共有しよう》

携帯端末にデータが送信されてくる。

さっそくノアは開いてみた。

「もとの体は……ええ⁉　皇子様なの⁉」

サクトの体の主はマグナ・シルワという名前だった。シルワ皇国皇帝レクス・シルワの

長男。
シルワ皇国は、半年前にユニオンに侵略された。もともとは中立国で、アライアンス、ユニオン、どちらとも交流があったようだ。
《データ上だと、ユニオンによって侵略された際に亡くなってるみたいだな》
と同じ情報を見ていると思(おぼ)しきアズサが言う。
「半年前に亡くなってるってこと？　でもサクトは、稼働してまだ二週間くらいでしょ？」
《そうだな。二週間前に死体人形(ダミーライフ)化して配属されたと書かれている。死亡してから配属までの間には特に情報がないから、初期化歴はなく、二週間前の配属の際、初めて死体人形(ダミーライフ)になったんだろう》
「半年も死体が放置されてるなんてこと、ある？」
《さあ……技術的には可能だろうが、普通はすぐに死体人形(ダミーライフ)化すると思う。あるいは……本当はすぐに死体人形(ダミーライフ)化されたけれど、表向きのデータとは異なるか》
「誰かが改竄(かいざん)したってこと？」
《そうとも限らない。機密上の措置で、私が得た情報筋からはアクセスできなかったという可能性もある》
　ノアは思う。
　あの知識量。半年あれば、オルド・モジュールの力と本人の努力で、可能かも。
もしかしたらサクトは特別な死体人形(ダミーライフ)で、特別な任務についているから、稼働二週間っ

て嘘をついているのかも？
なるほどなー。だとしたら、あんまりつついたら悪いかも……。
《それで、いつ告るんだ？》
さも当然、といった感じで、アズサが訊いてきた。
「ひゃ⁉　こ、こここ告るって何が⁉」
《何がって、サクトに告って付き合いたいから、前世について調べたんじゃないのか？》
「そんなこと一言も言ってないじゃん！　違うよ！」
《なんだー、つまらん。恋バナらしい恋バナを聞けると思ったのになー》
「そういうのはCOAのみんなの話を聞けばいいでしょ！」
《恋バナはいくら聞いても飽きないからな。そっちはそっち、ノアたちはノアたち》
「とーにーかーく！　私とサクトは何にもないから！　だいたい、まだ会って二週間とかなのに告白なんて……っていうか私たち死体人形だし……」
言いながら顔が熱を出したみたいに熱くなっている。
意識している。言葉とは裏腹に、サクトのことを男性として。
《死体人形が恋人作っちゃいけないなんて法律はないぞ？　ちゃんと体があって快楽だって得られるんだから、作ったってぜんぜん不思議じゃない》
「か、かいらくって、そんな……」
《へぇ、ノアって、ギャルっぽいのに初心なんだな？》

　アズサと話していると年上と話をしている気分になる。このあいだ、半ば冗談みたいに自分は後輩だ、とノアは言ったが、これじゃあ本当に年下みたいだ。

《だけど急いだほうがいいんじゃないか？　サクトは頭がよくて戦闘能力も高くて、しかも優しい。顔だって整っている。あの澄んだ青い瞳なんか女性受けするんじゃないか？　ノアが手を出さないと他の女に取られてしまうかもしれないぞ？》

「取られる⁉」

　ひゅん、と胸の奥が縮こまるような感覚が走った。そして想像するのは、サクトが自分以外の女性と手を繋いだり、抱き合ったりしている様子……。

「そ、それは嫌かも」

《恋してるじゃないか》

「そんな、恋なんて、そんな……」

　何て言えばいいんだろう？

　サクトのことは気になってる。そして実際、サクトが他の人に取られるかもと聞いて、モヤっとした。このモヤっとは、シオンがサクトに馴れ馴れしかったのを見て感じたものと同じ。

　でもそれを恋心って言って、いいんだろうか。

「恋なんかじゃ、ないよ。だって私たち、心、ないんでしょ？」

《まあ、それを言われると弱いけどな》

苦笑するアズサ。

ノアたち死体人形(ダミーライフ)には心がないらしい。なぜなら、涙を流すことができないから。

《君たち死体人形(ダミーライフ)は哲学的ゾ・ン・ビだって言われるからね》

アズサは寂しげだった。

哲学的ゾンビとは、見た目や行動は人間と全く変わらないゾンビのことで、もともとは哲学的な概念である。人間のように笑ったり泣いたりするし、喧嘩(けんか)したりもする。しかし意識や感覚はないという存在を指す。

意識や感覚がないのに、なぜ人間と同じような行動ができるのか。

それは、哲学的ゾンビの場合、あらゆる行動がすべて物理的な反・応・にすぎないからだ。

たとえば、人に罵倒されたら神経を通じて脳が『傷ついた顔をしろ』と命令する。それと実際に『傷ついた』と思うのは別だ。

人間には意識や感覚があるから、この物理的反応と一緒に「痛い」とか「傷ついた」とか感じているのだけれど……哲学的ゾンビには意識や感覚がなくて、ただ物理的に反応しているだけなのである。

死体人形(ダミーライフ)も、それとまったく同じだと言われている。

その証拠として一つ挙げられるのが、死体人形(ダミーライフ)が決して涙を流さないことだ。もともと人間の体が使われていて、食事や睡眠などは取るにもかかわらず、なぜか涙は流さない。

しかし涙腺が存在することだけは確認されている。ではなぜ泣かないのか。それは悲しみを感じないからだ、と。悲しみに限っては物理的な反応すら起こらないのだ、と。

ノア自身は悲しいと感じているつもりではあるのだけれど、実際、一度も涙を流したことはない。

《ただ死体人形（ダミーライフ）たちに質問してみると、痛みも感じるし快感も感じるし悲しいと思うこともあると答える者が多い》

と、アズサは言う。

ノア以外の死体人形（ダミーライフ）も悲しいと感じているつもりらしいと聞いて、やっぱりなぁという気持ちになる。

どうして泣けないんだろう、私たち。

《厳密に何を感じているかを決めるのは自分なんだ。心があるかどうか考える必要はないだろう》

「そう言ってもらえると、ちょっと救われるかも」

ノアは微笑（ほほえ）んだ。

アズサはノアたちを人間みたいに扱ってくれる。対等な存在として。それが嬉（うれ）しかった。

《で、いつ告るんだ？》

「もー、その話はオシマイだってば！」

ちょっと優しくなったらすぐこれだ。まったく、アズサは調子がいいんだから。

キャッキャッと楽しくじゃれつきながら、ふとノアは思う。

――仮に、サクトが半年前から稼働している死体人形（ダミーライフ）だとしても、ノアを大切にする理由にはならない。

サクト……いったいあなたは誰なの？　何なの？

不思議だ。

どうしても、サクトのことを知りたいと思ってしまう自分がいる。アズサの言う通り、これは恋心なんだろうか。

心のない私でも、恋ができるの？

わずかな期待。

だが、フラッシュバックした光景がノアの希望をズタズタに引き裂いた。

廃墟（はいきょ）。

いたるところに転がる、赤黒い肉塊――かつて、仲間（ダミーライフ）だったもの。

稼働一週間で参加した作戦でアンゲルスに囲まれ、ノアの部隊はノア以外全滅した。ノアは持ち前の戦闘力で、逆に敵のアンゲルスを倒し生還したのだが――。

ノアは、戦いのあと、笑った。

悲しいと感じているつもりだった。

直前まで新米のノアを気遣って話しかけてくれていた先輩たち。緊張しないように冗談を言ったりして……彼らがアンゲルスの銃撃によって破壊され動かぬ物と化して、辛（つら）く悲しい気持ちになっているとノア自身は思っていた。

それなのに、自分の口角は上がり、漏れた声は明るかった。

ノアの感じているものと体の動きがチグハグだった。自分の行動はすべて物理的なものでしかなくて、内面は全部まやかしなのだと、このとき思い知った。だって全然関係がない。ただランダムに感情のようなものをノアが感じていると思い込んでいるだけで、実際にはきっと空っぽなんだ。

――私にはやっぱり心なんかない。だからこれは恋心なんかじゃない。

アズサと笑い合いながら、ノアの心の底は冷めきっていた。

そんな自分に恋心みたいな温かいものがあるとは、到底思えなかった。

2

今回は煌（きら）びやかな格好ではなく、サクトもノアもラフな私服を身に着けていた。サクトはパーカーとジーパン、ノアはタンクトップとショートパンツ。アズサはトレーナーとスカート。アズサの付き添いとして駆り出された家事手伝い用死体人形（ダミーライフ）という設定だったので、一般人風の格好を心掛けた。

サクトとノアの頭部にオルド・モジュールが見えていなければ、三人は兄弟姉妹に見えたかもしれない。

「買い物って何を買うの？」

ノアが訊くと、

「まずは書店に行って本を見たい。あんまり買うと荷物になって怒られるから、まあ一冊買えればって感じだ。さっさと戦争が終わって本を好きなだけ買えるようになるといいな」

そうやって笑うアズサは珍しく年相応に見えた。

ショッピングモールの中は閑散としている。売店の類は閉まっている場所も多かった。千葉基地攻略に成功すればここにも活気が戻るのだろうか。

書店に行くと、アズサは棚を端から順番に吟味していった。手に取って唸ったり、感嘆の声を上げたりしている。

ノアは不思議そうにそんな様子のアズサを見ている。

「あんな紙切れを見て面白いのかな？　いや、中にいろいろ書いてあるのはわかるけどさ」

「そもそも紙の本が売っている場所が稀だからな」

サクトはアズサの気持ちがよくわかるので代弁する気持ちで言った。

原則、書籍はデータ化されたものを紐解く時代である。木材は重要な資材であり無駄遣いができないというのもあるし、データのほうが便利だというのもある。数十年前と比べると書店の数は数十分の一以下になっているのではないだろうか。現在では東京のような大きな町の大型の商業施設にたまに存在するくらいである。

「本なんて情報なんだから何で読んでも同じだと思うかもしれないが、紙の本を手に取って開いて読むっていうのが好きな人間もいるんだよ」

なぜか本が好きな人間というものはいなくならないらしく、サクトをはじめ紙書籍を愛好する人は根強く残っている。そのため紙の書籍はいちおう商業的な価値を保っている。

ただ値段は、新刊の場合だと二十年前の十～二十倍になっているという話である。

「サクトも古本読んでたもんね」

「ああ。俺も紙本好きの一人だよ」

結局一時間くらい書店にいたのではないだろうか。

「よし次は服を見るぞ」

意気揚々と、アズサはサクトたちを引き連れて歩いている。

アパレルショップに向かうと、店の前が騒がしかった。

「何だ？」

見ると、マネキンが床に散乱していて、遠巻きに野次馬（やじうま）が集まっている。その中央には一人の男が。

頭部に機械部が見えるので、おそらくは死体人形（ダミーライフ）。見た目は若く二十代前半くらい。

男は血走った目で周囲を舐（な）めるように見ている。手にはマネキンの首を抱いている。

「暴走状態の死体人形（ダミーライフ）……！」

アズサがつぶやく。

死体人形（ダミーライフ）はオルド・モジュールが故障するなどして統制を失うと暴走状態になってしまう。

今のところ人的被害は出ていないようだが……。

警備係の死体人形がやってきて取り押さえようと近づくが、男の拳が警備係の顔面に突き刺さった。すさまじいキレのよさだった。

「若い死体人形……軍用か？」

サクトがつぶやくと、アズサが首を横に振った。

「いや、おそらくは愛玩用だ。ほら……」

「カケル！　やめなさい！　カケル！」

中年の女性が少し離れたところで、男に声をかけている。男は聞く耳を持たず、警備係と乱闘している。

「古い死体人形で、もともとは軍用だったのを安く買い取ったとか、そんなところだろう。しかし、警備係とは身体能力のレベルが違い過ぎるな」

アズサは呻くように言った。

「ねえサクト、アズサ。このままだとあの人、どうなっちゃうの？」

「おそらく警察官と警察に配備された死体人形が呼ばれて殺害されるだろうな」

アズサが答えると、ノアはショックを受けたように青ざめた。

「そんな……」

ノアの視線は中年の女性に向けられている。女性は懸命に呼びかけているが、声は男に届いていない。

その必死な表情と、男の身なりを見て、愛玩用だったとしても大切にされていたとわかる。愛玩人形(セックスドール)の類(たぐい)なのかもしれないが、それでも乱暴に扱わない人間もいるらしい。女性にとっては大切な存在なのだろう。

「大切な人を失うのは辛(つら)いよな」

そう言ったのはアズサだった。

「だがこれが寿命とも……」

「まだわかんないよ」

ノアが遮った。

「大切にしてもらってたんだもん。きっと本当は彼も暴れたくなんかないはず。サクト、何とかならないかな」

「……単にオルド・モジュールのシステムが不具合を起こしている可能性がある。ソフトウェア的な問題なら、取り押さえられれば、オルド・モジュールを操作して調整できるかもしれない。その辺は任せてくれ」

「捕まえられれば大丈夫、だね？　よし――」

ノアが走り出した。サクトもついていく。

警備係が思いっきり蹴りを食らって吹っ飛ばされたのと入れ替わるようにしてノアが男に飛び掛かった。

男は回し蹴りで応戦するが、ノアはその足を両腕で抱き込むようにして受け止めると、蹴りの勢いを利用して投げ飛ばした。男の体が放物線を描きながら吹っ飛ぶ。それでも男は器用に空中で体勢を立て直し着地したが、その背後にすでにノアが立っていた。

「おりゃ」

ノアが羽交い締めに成功した。

男はもがくが、しっかりノアにロックされてその場にはりつけになる。男の力は強いがノアも軍用だから負けていない。むしろ男は普段戦闘を行っていないから多少衰えているのだろう、ノアに締め上げられてまったく身動きが取れなくなっていた。

その間にサクトは男に近づき、携帯端末から無線でオルド・モジュールに接続した。防壁はあってないようなものだったので簡単に突破し内部のシステムに侵入。

「どう？」

もがいている男を必死に押さえながらノアが訊いてくる。

「ＯＳのアップデートファイルが一つ欠損してる。ダウンロードの事故だろう。払い下げられた死体人形(ダミーライフ)にはたまにあるんだ。少し待ってくれ、調整する」

端末を操作してメーカーのサイトからアップデートファイルをダウンロードしてインストールする。

ぴたりと男の動きが止まった。

「あれ……俺は、いったい…………」

呆(ほう)けた声で男が言った。

ノアが恐る恐る腕を放す。男は暴れることなく大人しかった。

「カケル！」

中年の女性が駆け寄ってきて抱きしめた。

「俺は何を……？」

「みんなにごめんなさいして。暴れちゃったの。ほら！」

その後、ショッピングモールの責任者がやってきて女性と弁償の件などを話し合った。

とはいえ死体人形（ダミーライフ）の警備係がかすり傷を受けたくらいで怪我人（けがにん）はいなかったので大事には
ならず、金銭支払いと謝罪だけで事件は落着した。

「ありがとうございます。なんとお礼を言っていいか……」

女性からはずいぶんお礼を言われた。サクトもノアも死体人形（ダミーライフ）だというのに、女性は何
度も頭を下げた。

「いえ。整備には早めに出してください。金銭的な余裕があれば、オルド・モジュールの
交換も検討したほうがいいです」

「必ず交換します」

サクトが説明すると、女性は真剣な様子で言った。

仲良さそうに去っていく女性と男を、ノアは微笑（ほほえ）みながら見送っていた。

彼女の優しい行動力が二人を救った。サクトも思わず微笑んでいた。

3

サクトたちは買い物も終わり、帰る前にショッピングモールのフードコートでおやつを食べていた。

「いろいろあったけど楽しかったね。私たちもリフレッシュできたよ。誘ってくれてありがとね、アズサ」

「私も楽しかったよ」

だがアズサの表情は言葉とは裏腹に楽しそうではなかった。

何か思いつめたような顔をしている。

「アズサ？」

ノアが心配そうに問うと、

「二人とも、ＣＯＡに来ないか？」

唐突に、アズサは言った。

思いがけない言葉に、サクトは咄嗟（とっさ）に相槌（あいづち）を打てなかった。ノアも驚いたのか、息を呑（の）んだような顔をしている。

「ＣＯＡはアライアンスとは違う」

アズサはそんな二人の様子には構わず言葉を続けた。

「死体人形（ダミーライフ）に人権を認めている。人間と同じように。ＣＯＡでは人間と死体人形（ダミーライフ）は平等なんだ。それがアライアンスとも距離を置いている理由の一つだ」

　にわかには信じがたかった。

　ヨシヒロから、ＣＯＡでは死体人形を差別していないとは聞いていた。だがそれが人権を認めるレベルだとは思っていなかった。

　死体人形たちの圧倒的な士気を思い出す。

　死体人形たちの潜在能力を最大限引き出す魔法としての〝人権〟。

「そして私は、君たち二人をその平等な世界に迎えたい。死を目前にした死体人形がどういう状態か、君たちは知識をインストールされているか？　死んで生き返るとかそういう話ではない。蘇生が不可能になる寸前の死体人形の状態だ」

　死体人形も少しずつだが劣化していく。何度も死に、記憶を失い、再生を繰り返していると、元の状態には戻らなくなっていく。

「知能は失われ、運動能力も落ち、廃人同然になる。そのくせ体だけは丈夫だから、使い道は格安の愛玩人形だ。今日暴走した死体人形だって、劣化していなければオルド・モジュールの異常に自力で気づけたかもしれない」

「たしかに、あれだけシステムが欠損していれば、体調に異常を感じていてもおかしくない」

　サクトが言うと、アズサはうなずいた。

「そう、それに気づけないくらい認知機能が落ちていたということだ。もっとも、彼はそれでも幸運なほうだ。今の戦況では、そこまで生き残らずに戦場で破壊され再起不能になる可能性が君たちの場合は高いだろう。どちらにせよ、悲惨な末路だ。アライアンスにいる限りはそうなる。だがＣＯＡは違う。ＣＯＡは自治区の樹立を目標としている。そこは、人間と死体人形(ダミーライフ)が平等に共存する世界だ」

　それはまさにサクトがシルワ皇国を再興して実現しようとしている世界だった。サクトと同じように考え行動している人物がいることに驚くとともに、頼もしさを感じた。十四歳の少女が、それだけの革新的な思想と大志を抱いて目的へと邁進(まいしん)している。

「ＣＯＡには君たちのような優秀な死体人形(ダミーライフ)が必要だ。サクトには私の参謀になってほしい。ノアは死体人形(ダミーライフ)を率いて戦ってほしい。サクトの頭脳とノアの協調性。どちらも得難いものだと私は考えている。君たちを引き抜いても怒られないくらいの恩をアライアンスには着せているはずだ。問題なく引き抜ける」

　皇の器という言葉がよぎる。

　アズサこそ、皇帝にふさわしい存在なのではないか？

　自分は皇帝を支える立場でいるほうが、似合っているのではないか？

　ただ懸念もある。ＣＯＡは小さな組織だ。樹立できるのも所詮は自治区。ユニオンを倒せるほどの組織にはならないだろう。この戦争において、一貫して脇役であり続けるだろう。だとしたら自分は、ＣＯＡに入ってしまってもいいのか？

　だがそもそも復讐(ふくしゅう)に意味があるのか？　ユニオンを滅ぼしたところで、父さんや姉さんが帰ってくるわけではない。

ぐるぐると迷いが渦巻いてくる。それくらい、アズサの提案は魅力的に映っていた。サクトもまたアズサに魅了された人間の一人なのかもしれなかった。あるいは、皇帝になるための戦いから逃げようとしているのかもしれなかった。自分の代わりに皇帝になってくれる人がいるなら、戦わなくてもいいのではないか、と。そもそも小さい頃から皇帝になりたいと思ったことはない。

「ありがと。でも、ごめん」

先に結論を出したのはノアだった。そして答えは否。

「アズサが誘ってくれるのは嬉しいけど、私、アライアンスを抜けれない」

「どうして。君たちが特攻作戦に参加させられたのだって知っている。あんな作戦を強いる場所になぜ残ろうと思うんだ」

「不満はあるよ、それなりに。でもさ、仲間がいるから」

清々しい笑顔。一点の曇りもなく邪気もない。本当に心の底からそう思っているのだと見た者全員がわかる笑み。

「一緒に戦ってきた仲間。オノ中佐。ウェスペル大尉。サクトが残るなら、サクトも。いろいろ辛いことはあるけど、みんなで頑張ってきたから。私一人だけみんなを置いて出ていくのは難しいな」

仲間と呼んだ。入れ代わり立ち代わり、死んでは交換を繰り返す死体人形たちを。シオンを。フォンスを。サクトを。それほどの思い入れがあの場所にあるなんて……サクトにとっても驚きだった。

でもノアらしいとも思った。ノアは人を好きになる天才だ。一緒に戦った人たちを、そして散っていった人たちを仲間と呼ぶ彼女をサクトは嫌いになれない。

そして結局、ノアのいる場所がサクトのいる場所なのだ。

「俺もノアを置いていけない」

ＣＯＡに行けばノアはある意味幸せに暮らせるかもしれない。だがユニオンがあるかぎり彼女はずっと脅かされる。サクトの故郷も戻らない。やはり自分が皇帝にならねばならない。

ノアの決意がサクトに思い出させてくれた。弱い自分を捨て強くなろうと決めたことを。すべてを取り戻すために戦い抜くと誓ったことを。

「……」

アズサの表情は複雑だった。怒りにも似ていた。悲しみにも。やるせなさにも。悔しさにも。あるいはすべてが詰まっていたのかもしれない。

何かを言おうと口を開け、踏みとどまる。もしかしたら悪態をつこうとしたのかもしれない。それを踏みとどまったアズサは立派だった。他者を尊重している。死体人形（ダミーライフ）に人権を与える彼女は、当然のようにサクトとノアの意見を尊重してくれる。

「――わかった。でも諦めないからな。何度でも勧誘する。気が変わったらいつだってＣ

OAに来てくれていい」

「あはは、アズサも頑固だね」

「取り柄の一つだ。粘り強くないとリーダーは務まらないからな」

アズサの顔に笑みが戻った。

その後、サクトとノアはアズサを現在の拠点まで車で送り届け、そして新宿の駐屯地に戻った。

COAの拠点から新宿まで、車でおよそ一時間半——。

その間に、事は起こった。

COAの拠点がアンゲルスの襲撃に遭った。アズサを含めて二十人が捕まり、収容所送りになったのだった。

4

その事実を、サクトとノアはシオンの執務室に呼び出されて聞かされた。

シオンは無表情かつ淡々とした様子で話をしている。フォンスも一緒にいるが、いつもの明るい様子は微塵もなく沈痛な顔をしていた。事態は相当深刻なようだ。

サクトもノアも唖然とした。アズサを送り届けてすぐに襲撃があり、一気に壊滅させられた形になる。

「人間の死者二十名、死体人形(ダミーライフ)の損壊数、十五……COA自体が再起不能になるレベルの損害ではない。拠点も一つが潰されただけで、全部が壊滅したわけではない」

シオンは言った。死者が出ているのに損害レベルは問題ないという表現に違和感を覚えるが、彼女も好きでそんな話をしているわけではないだろう。個人個人にとって死は悲劇だが、作戦レベルでは単なる数字でしかない。何より今は、戦線が膠着(こうちゃく)しているとはいえ、アライアンスは喉元に刃(やいば)を突きつけられている状態。怜悧(れいり)に状況を分析する必要ある。

「〈デッドナイト〉の設置予定場所は維持されている。あくまで襲撃を受けただけで、占領されたわけではない。だが……大量のメンバーが拉致された。中にはリーダーであるアズサやサブリーダーのヨシヒロも含まれている」

ノアの表情がさっと青ざめた。

「ここが一番マズいんだ」

説明を引き継いだのはフォンスだった。

「アズサはCOAの精神的支柱だった。メンバーと通話したけれどボロボロだったよ。何をしたらいいのかわからないという状態だった。アズサが殺されなかっただけマシなのかもしれないが、ユニオンはおそらく公開処刑の日程なりを公表しつつ、COAに交渉を持ちかける予定なんだろう。ユニオンがオレたちとCOAのつながりに感づいているかは定かじゃない。だが、COAはもともと反ユニオン活動を活発に行っているから、最終決戦前に掃除しておこうと考えてもおかしくはない」

「このまま放置したらCOAは終わりだ」

シオンの表情は暗い。普段のポーカーフェイスが崩れ、疲労の色が見えていた。

「COAの占領地域がそっくりユニオンのものとなる。結果、私たちの作戦は実行できない。よって君たちにアズサの救出を頼みたい」

「アズサだけでいいんですか？」

サクトは問う。

「アズサが最優先だ。彼女がいれば、COAは元の統率を取り戻す。彼女ならやれるだろう。ほかのメンバーも可能なら助け出したいが……アズサを助けるためであれば最悪、切り捨てろ」

シオンの発言で空気がさらに重くなった。しかし何よりもこの戦争に勝つことが最優先事項である以上、その観点から人の命の重さを変えるのは仕方がない。

ノアも何も言わない。彼女の性格であれば全員を助け出したいと思うだろう。彼女もわかっている。戦争に情はない。情による甘さが出れば、全滅もありうる世界なのだと。

「COAのメンバーの収容先は習志野(ならしの)収容所だ」

シオンは端末のモニターをぐるりとサクトたちのほうに向けた。

モニターに映っているのは、無機質な建物だ。

「攻め込むんですか？」

サクトが訊(き)くと、シオンは否定した。

「いや。収容所には千葉で暮らしていた一般市民も多数、捕らえられている。攻め込もうとすれば十中八九彼らを盾にされる。攻め込んだどさくさでアズサを殺されるのも怖い。だから、習志野収容所に二人で潜入し、アズサを脱獄させろ」

この作戦……たしかにサクトは適任だ。

死体人形（ダミーライフ）の多くは知識をインストールされているだけで稼働歴が短く、経験が少ないので、こういう臨機応変に自分で物事を考えて遂行する必要のある任務——工作員的な任務には向かない。だが、人間を送り込むよりも、はぐれ死体人形（ダミーライフ）としてサクトとノアを送り込むほうが潜入は容易だし、警戒もされない。

だから、表向きは死体だが実際は生きた人間であるサクトは好都合なのだ。もちろん、工作員としての訓練を受けてきたわけではないので、それでも次善の策なのだろうが。その相棒として、最も優秀な死体人形（ダミーライフ）の一人であるノアをつけるのも合理的。

ピピピッとシオンのポケットで電子音が鳴った。シオンはポケットから携帯端末を取り出し、電話に出た。

「オノだ。——何？」

「どうしたんです？」

フォンスが問うと、

「アズサから連絡が来たらしい」

その場の全員が「え？」と呆（ほう）けた声を上げた。

「習志野収容所の看守を買収していたようだな。用意周到なやつらだ」

COAをはじめとする反ユニオン組織は、フロント企業をさまざまな国に持ち、資金を蓄えている。またどこかの軍で鹵獲されたアンゲルスを強奪して、分解して資材を手に入れ売りさばくなど、限りなく犯罪に近いビジネスも行っていると聞く。その広いネットワークに、習志野収容所も入っているのだろう。

「転送してもらったから見よう」

シオンがデスクのディスプレイにメッセージを表示した。

『中佐、サクト、ノア、それから大尉。他の人も読むかもしれないが、まあこの四人が額を突き合わせて話し合っているだろうと思うので、こう書かせてもらうよ。

結論から申し上げよう。私の救出は不要だ。私やヨシヒロが死んだ場合のマニュアルは作ってある。それに則り、アライアンスと協働するようにという内容の手紙を同封したので、COAのメンバーたちに渡し、私たち抜きで千葉基地を攻略してくれ。

事態は一刻を争う。私たちを救出するために作戦を遅延させるわけにはいかないだろう。君たちが千葉基地を落としてくれれば、習志野収容所は陸の孤島となる。そうすれば収容所を落とすのも楽にできるはず。なあに、ブタ箱入りなんて反体制組織にいれば臨時の旅行みたいなものさ。運が悪ければ死ぬだろうが、そのときは大志に殉死したリーダーとして後世まで語り継いでくれればいい』

「何をやせ我慢言ってるんだ。放っておけばどうせ殺される。市民たちとはネームバリューが違うんだ」

シオンが言った。デスクの上で拳を握りしめながら。

シオンの言う通りだった。このまま千葉基地攻略作戦に突入すればアズサの生存は絶望的になる。これは見殺しにしてくれという手紙——遺書のようなもの。

サクトの脳裏をよぎるのは、数時間前にＣＯＡに勧誘してきたアズサだった。

彼女はサクトやノアを一人の人間のように扱ってくれた。そして今、自分を単なる数字——物として扱うよう命じている。やっていることが真逆じゃないか、という感情が湧きあがる。自分は駒扱いするのか、戦争に勝つために。

きっとそれだけではない。アズサを救出しようとすれば、また別の犠牲が伴う危険がある。アズサは、自分を助けるために誰かが犠牲になるのを嫌がっている。そう、たとえばサクトやノアが。

ノアはずっと黙っている。だが顔を見ればわかる。アズサを助けにいきたい。けれどアズサに止められている。もし、アズサなしでもＣＯＡの協力が得られて、千葉基地攻略が可能なら危険を冒さないほうがよいというのもわかる。それでも気持ちのうえでは、アズサを助けたい——。

どうしたらいい？　何を選択すればいい？　ノアを危険に晒(さら)したくないが、ノアの願いも叶えたい。ノアには幸せであってほしい。けれど死んでしまっては元も子もない……。

「助けにいったほうがいいんじゃないかな」

ずっと口を閉じていたフォンスが言った。

「なぜだ？」

シオンが訊き返す。

「アズサの言い分には一理あります。たしかに一刻を争うし、アズサなしで進められるなら問題はなさそうです。でもそうなるとＣＯＡのメンバーはリーダーを収容された状態で戦わなければならない。いくらリーダーなしで進められるとはいえ、あれだけのカリスマを持っている人物だ。もし千葉基地攻略中に公開処刑の日取りが公表され、交渉の材料に使われたらどうなります？」

ＣＯＡは混乱状態に陥るだろう。意見の統率が取れなくなり、戦力として数えられなくなる。最悪の場合、裏切られるかもしれない。

シオンは腕を組んで考え込んでいる。さまざまな事象を天秤にかけているのだろう。

たっぷり時間をかけたうえで、口を開いた。

「確実性を取るべきだな。もともとアズサを脱獄させるためにサクトとノアを呼んだ。計画は変更しない。二人には予定通り潜入してもらう」

ぱっとノアの表情が明るくなった。

それを見届けたうえで、フォンスはサクトに視線を向けるとウィンクしてきた。

もしかしたらサクトの葛藤に気づいて最善案を提案してくれたのかもしれない。

『マグナが皇帝になったら、オレが参謀になるよ』

かつてフォンスがかけてくれた言葉をサクトは思い出す。

フォンスが仲間でいてくれるのがこんなにも心強いとは。戦いの場でもフォンスは本当に頼りになる。

5

収容所に潜入するために、シオンがうまい方法を考えてくれた。

「おまえたちのオルド・モジュールにインストールされている識別コードを、この二人のものに書き換える」

その二人は、ＣＯＡの拠点が襲撃された際に死亡した死体人形（ダミーライフ）だった。すでに死体は回収されたが、まだ再起動はされていない。

「この二人のチームは何名か捕まって強制収容所行きになっているという情報が得られている。あの日にはぐれ死体人形（ダミーライフ）になったという設定で、労働力として収容されろ」

習志野（ならしの）強制収容所は収容した捕虜、つまり市民や軍人に屈辱感を与える目的で、死体人形（ダミーライフ）と共同生活させ、かつ共同で強制労働をさせている。その情報は逐一、インターネットで公開され、アライアンスの国々からも閲覧できるようにされている。アライアンスの戦意を喪失させるのが目的のようだ。

「そんなにうまく行くでしょうか」

サクトは疑義を唱えた。

「先進国であるユニオンも労働力不足は同じだ。いくら機械化によって補っていると言っても、泥沼化する戦争によって経済を圧迫されている。労働力として使えるのであれば、いくらでも使うだろう」

サクトとノアは習志野(ならしの)近郊まで車で運ばれ、そこで降ろされた。

格好はできるだけみすぼらしく。食事も一日抜いた状態で。

廃墟(はいきょ)の真ん中でポツンと立っていると、ぐーっとノアのお腹(なか)が低く鳴った。

「う〜、おなかすいたぁ……なんでご飯抜く必要があるの？」

「胃の内容物が多いと、説得力に欠けるからだ。検査の過程で中身を吐かされるかもしれないから、念には念を入れる必要がある」

「ううっ、アズサのためだから頑張るけど、これは辛(つら)いなぁ」

二人は歩いて習志野市内に入ったところで、巡回中の強化人間(サイボーグ)兵たちに発見された。

サクトとノアは、携帯していたナイフを構え、抵抗するそぶりを一応見せた。兵士たちはライフルの引き金を引いた。

放たれた弾丸の軌道を読み、二人はわずかに体をひねった。サクトは左のわき腹に、ノアは右の太ももに、それぞれ弾丸を受けたが、急所は避けられた。

重傷を負って倒れている——そんな風に見えるように、うめき声を上げながら二人は地面に転がった。実際、激痛は走っていて歯を食いしばって耐えていたのは本当だ。自分は大丈夫だが、ノアまで傷つけた相手に対しサクトは憎悪の念が湧いた。ぐっとこらえて、苦しむ演技を続けた。

「殺すか？」

一人の兵が言った。

「いや、上層部からできるだけ労働力を集めろと言われている。連れて帰るぞ」

兵士たちはサクトとノアを後ろ手に縛り、連行する。

二人は目くばせしつつ、〝念話(ヴォイスレス)〟で会話する。

《うまく行ったね！　ちょっと痛かったけど……》

ノアは右足を引きずりながら苦笑いしている。

《大丈夫か？　くそっ、作戦じゃなきゃぶちのめしてやるのに……》

《このくらいすぐ治っちゃうから大丈夫だよ。怒ってくれてありがと》

強制収容所に連れていかれると、身体検査を受け、二人一緒に大部屋に連れてこられた。

部屋の中には粗末な囚人服に身を包んだ男女が雑多に座っていた。

《え!?　男女別じゃないの!?》

〝念話(ヴォイスレス)〟をノアが送ってきた。

《男女別にしない……つまり人間だったら当たり前の待遇をしないことで屈辱感を与えているんだろう》

《うわあ、徹底してるんだね……きゃっ》

ノアが背中を乱暴に押されて部屋に放り込まれた。両腕を後ろ手に縛られているので、ごろごろと畳の床を転がった。続いてサクトが同じ運命をたどった。

ガシャン、と大袈裟(おおげさ)な音を立てて扉が閉められ、鍵がかけられる。

「鉄格子には電流が走っている。触るんじゃねーぞ」

看守が捨て台詞(ぜりふ)のように言い残し、去っていった。

「いったた……乱暴だなぁ、もう。あ、手錠が外れた」

看守がいなくなると手錠が外れる仕組みになっているらしい。サクトのものも外れた。

サクトはこわばった体をほぐすために軽く伸びをしつつ、周囲を見回した。

部屋はおよそ十畳。その中に、男女半々くらいで、全部で二十人くらいがひしめいている。年齢はまちまちで、十歳くらいの少女から、七十間近と見える老人までいる。

入り口の部分だけ、看守たちの足音を聞いて咄嗟(とっさ)に開けたのだろう。妙なスペースができている。

人間も死体人形(ダミーライフ)もいるようだった。頭部にオルド・モジュールが見える者がチラホラいる。

皆、髪が伸び放題で、満足に入浴もしていない。囚人服も汚れまみれで、ところどころ破れている者も多い。

人間のうちの何名かは咳をしていたり顔色が悪かったりしている。衛生環境が最悪なので、感染症も蔓延しやすいということか。

全員、表情が暗い。知り合いどうしと思しき者たちがヒソヒソと、サクトとノアを見つつ、話している。

雰囲気が異様に暗い。全員を救ってあげたくなるが任務を優先しなければならないので、それぞれについて思いを馳せないよう、心を強く持つ。

ざっと確認して、同じ部屋にアズサはいないとわかった。一発で見つけるという幸運には恵まれなかった。潜入がうまく行っただけ、まずはよしとしよう。


収容されてすぐ、サクトたちは労働に駆り出された。

作業場は、施設内の工場だった。

「携帯の組み立てか～」

ノアは作業をしつつ、興味深げだった。

ベルトコンベアーで、組み立て途中の携帯端末が流れてくる。それを一度手にとって、パーツをはめ込み、コンベアーに戻す。その繰り返しだ。

コンベアーの前がそのまま作業台になっており、椅子もあって座れるので重労働ではないが、単純作業なので眠気が出てくる。

「こんなの機械がやったほうが早いんじゃない？」

ノアは不思議そうに訊く。だがその視線はさりげなく周囲の人間、死体人形を捉えている。雑談をしている振りをしながらアズサが作業場にいないか確認しているのだ。

「機械のほうが人間より高くつくからな」

サクトも話を合わせつつ、周囲を確認する。

少なくとも、作業台で作業している者の中に、アズサもヨシヒロもいない。もしかしたらCOAのメンバーの誰かはいるのかもしれないが。

「あ、そっか……ユニオンもお金がないんだ」

「ああ。特に携帯端末はモデルチェンジが多いから、機械化するよりも人間や死体人形を労働力として使ったほうが安く上がる。それこそ、ここは占領した地域で衣食住費のみで捕虜を労働力として使ってるんだから、相当安く済むだろうな」

「え〜、そんなのズルくない？　だってユニオンは『機械を使ってるから死体を使わないで済んでて人道的でーす』ってアピってるんでしょ？　嘘じゃん」

ノアの声が小さくなる。ユニオン批判なので監督者に聞こえないように配慮しているようだった。

「ノアの言うとおり、ユニオンはクリーンでもなんでもない。ただ、本国の人たちは知らないだろうけどな」

これは、ユニオンの市民たちが知らないかもしれないユニオンの闇だ。

機械化によって労働力不足を解消し、経済問題も解決した先進各国。ユートピアを実現したユニオンは、その足で非人道的な行為——死体の再利用(ライフリサイクル)という野蛮行為を行う国々を粛清し、浄化している。

そういう物語をユニオンの市民は素朴に信じているのだろう。一種の思想統制である。

だが現実のユニオンは占領した地域に収容所を作り、人間と死体人形(ダミーライフ)を労働力として使っている。

「ちょっとやる気出てきたかも。やっぱユニオン、やっつけなきゃ」

「その意気だよ」

と——

若い男が老婆の胸倉を掴(つか)んでいた。

「おい、おめー、どこに目ぇついてんだ!?　ああ!?」

「す、すいません……」

若い男が一発、老婆を殴る。老婆はよろけながら後ずさった。

と、ちょうど老婆のほうに向かって、少女が歩いていた。

——アズサだ。

アズサは段ボールに入った部品を運んでいるところだった。そこに、老婆が衝突。アズサは転倒し、盛大に部品をぶちまけた。

「おい」

四十くらいの男が若い男に声をかける。ヨシヒロだ。

「喧嘩すんのは構わん。ここは個人の集まりだ。だが、大人が子供に迷惑かけるな」

「……すいません」

ヨシヒロに注意されると、一瞬で若い男は大人しくなった。

サクトとノアは顔を見合わせた。

「二人とも相変わらずだね」

嬉しそうにノアが言った。サクトも同じ気持ちだ。

おそらく、アズサはわざと老婆にぶつかり、転倒した。そうすることでヨシヒロが介入する機会と口実を作り、喧嘩を止めたのだ。場の秩序を人知れず整えていく手腕はさすがだった。また、アズサは収容者の間ではリーダーであることを隠し、普通の子供として過ごしているようだ。そのほうが都合がよいという判断なのだろう。

サクトとノアが見ていると、アズサとヨシヒロは二人に気づいた様子だが目配せするだけで話しかけてはこなかった。

どこかのタイミングで話し合えればと思うが、いったんサクトはその場では声をかけずにとどめた。焦って看守にサクトたちの素性がバレたら努力が水泡に帰す。いまはチャンスを窺おう。

*

「あ〜、疲れたぁ〜」

部屋に戻るなり、ノアはドーンとしりもちをつくようにして畳に座った。

「でも、狭いから大の字で寝っ転がれなくてキツいね、ホント。ちょっとのことでイラっとして喧嘩になっちゃうのもわかる気がするな。シャワーも浴びれないし」

ノアはできるだけ場所を取らないように、体育座りをして体を丸めていた。その隣にサクトも収まる。

「消灯！」

バチン！　と音がして、電気が消えた。

窓のない大部屋は完全な暗黒に包まれた。

「アズサたちと話できなかったね」

もぞもぞと隣で身動きする音と一緒に、ノアの声が耳元で聞こえた。

「さすがに監督者がいる場所で脱獄の相談はできないからな」

「どうにか連絡が取れるといいんだけど……」

「問題ない。私から会いにきた」

「わっ」

暗闇の中からアズサの声が聞こえた。

暗闇に目が慣れてきて、ぼうっとアズサの顔が目の前に浮かび上がってくる。その隣にいる大男はヨシヒロだろう。

「看守に心づけを渡して、この部屋に紛れ込ませてもらった。私も君たちと話したかったからな」

そして眉を吊り上げた。

「メッセージは読んだんだろうな？」

「ああ」

サクトはうなずいた。

「サクトは高い読解力を持っていると思っていたんだが、過大評価だったかな？　私は助けにくるなと言ったはずだぞ？」

「たしかにメッセージのおかげでアズサなしでも作戦は進められることになった。だがもしアズサを人質にされたらCOAの動きが鈍ったり、最悪裏切ったりするかもしれない。万全を期すために助けにきたんだ」

「COAを過小評価しないでもらいたいな。彼らは戦士だ。リーダーが捕まったくらいで大志を見失うような者たちじゃない」

「まあまあ、もう来ちゃったんだからしょうがないよ。喧嘩しないで、ね？」

ノアが仲裁に入ってくる。

「元気そうでよかったよ。私は助けにこれてフツーに嬉しい。一緒に脱出して、ユニオンをやっつけよう？」

　アズサはため息をつく。

「能天気だよな、ノアは。なんだか怒って損した気分だ。まあでも会えて嬉しいよ」

　アズサは再び真面目な声になると、

「脱獄方法は考えてあるんだろうな？」

「一番簡単な脱獄方法は、俺かノアが外壁を破壊して脱出させる方法だ」

「それはダメだ」

　ヨシヒロに反対される。

「一人脱獄者が出た場合は連帯責任で三人殺される決まりになっている。おかげでしっかり相互監視体制ができあがっている」

「ああ、だからそのままではできない。別の方法と組み合わせようと思っている。これを使うんだ」

　サクトは注射器を取り出した。

「そんなものどこから取り出したんだ？」

　アズサが眉をひそめる。

「ここだよ」

　サクトは腕（うで）をまくって見せた。

　周囲から呻き声（ごえ）が上がる。生々しい赤い亀裂が前腕に入っていたからだ。

「皮膚の下に隠しておいて、さっき切り裂いて取り出した。こうでもしないと持ち込めないからな」

　死体人形（ダミーライフ）の再生能力であればこのくらいの傷は数分でふさがってしまう。それを利用した運搬方法である。

「中に入っているのは、ＤＬＤβだ」

　アズサ以外の者は戸惑いの表情を浮かべていた。アズサだけが「ほう、なるほどな」と言った。サクトの意図を理解している様子だ。

「ＤＬＤβ――死体人形（ダミーライフ）用Ｄｉｇ－β（ジグベータ）は、ジギタリスを精製して作った薬剤だ」

　サクトは注射器の中に入っている薬剤について説明する。

「ジギタリスは南ヨーロッパ原産のジギタリス属の多年草で、強心剤としても使われていた劇物だ。これは、その二十一世紀版。まだオルド・モジュールがない時代に、死体人形（ダミーライフ）に投与していたものだ。これを使うと、暴走状態を鎮静化できる。そして人間に投与すると、効果が強すぎて仮死状態となる」

　もともとは、ＬＤバチルスの出現で無差別に死体が死体人形（ダミーライフ）化して暴れていた時代に、その鎮静を目的として生成された薬物である。現在では基本、使われていないが、人間を仮死状態にできるため、工作活動で使われる場合がある。

「これをアズサに打って死体の振りをしてもらう。潜入前に聞いた情報によると、この収容所は死体を一か所に集めて定期的に燃やしている。死体の振りをすることで一度死体集積所に運んでもらい、その後、俺とノアでアズサを回収。さきほど言った方法で外に出す。

死体集積所の死体が一体なくなったところで、ここの看守は気にしないだろう」

「よくそんな非人道的な方法を思いつくな？　鬼とか言われないか？」

アズサは肩をすくめた。

「考えたのは中佐だ」

「さすがは鋼鉄の処女。成功のためには手段を択ばないな」

そんなアズサの態度に、サクトは違和感を覚える。

無理におどけているような感じ。自分はまったく想定していなかった作戦だとアピールしているみたいに見える。

「アズサ。こんな方法、アズサだったらとっくに思いついていたんじゃないか？　それこそメッセージを外に送れるくらいの状態を瞬時に作れたんだったら、脱獄の準備も容易かっただろう？」

サクトが訊くと、アズサは目を逸らした。

アライアンスが思いつき、対応可能なレベルの作戦なら、アズサの頭脳なら問題なく思いつけるのではないか。そして、外部に連絡を送れるほどのネットワークをすでに作れているのであれば、脱獄を考えないのは不自然に思えた。だからアズサがこの作戦を初めて聞いたような反応をしたことにサクトは違和感を覚えたのだ。

「本当に、サクトにはかなわないな」

アズサは、ふぅっとため息をついた。観念しました、という感じの表情だ。

相変わらず、妙に大人びた顔をする子だな、とサクトは思う。

「そうさ。脱獄方法は考えついていた。なんなら準備もしていたよ。密かに同じ薬を持ち込んでいた。こういう事態に備えて、常に携帯している」

「アズサ⁉　どうしてだ⁉」

声を上げたのはリーダーだった。彼も何も聞かされていなかったのだろう。

「おまえはリーダーだ。ヨシヒロだった。おまえだけでも外に出られれば、みんなの士気は間違いなく上がる。これからの活動だってガンガンやっていけるんだ」

「私一人逃げるわけにはいかないと思っていたからだ。仲間を置いて安穏な暮らしをするべきじゃない。幸い、収容所の中からでも外に連絡すればリーダーとしての仕事はそれなりにできる。出ていくのはみんなで一緒にと考えていた」

「そんなの、簡単にはいかねーぞ」

「わかってるさ。でも実現したかった。何も相談しなかったのは悪かったと思ってる。このとおりだ」

アズサは深く頭を下げた。

「頭を上げてくれよ。あー、もう！」

自分たちのため、と言われたら怒れないだろう。ヨシヒロは頭をかいているだけだった。

十四歳とは思えない、大きな器。

リーダーとしての人格。

サクトには眩(まぶ)しかった。

ふとサクトはシルワ皇国時代を思い出す。

皇帝である父はサクトに非常に厳しかった。跡を継がせようと考えていたからか、サクトに帝王学を叩(たた)き込(こ)もうとした。

お世辞にもサクトはよい後継者とは言えなかった。引っ込み思案で、およそ皇帝とは程遠い性格をしていた。

一通りの武術は学んだ。特に剣術はかなりの才覚を発揮した。しかし好きなのは読書や計算、そして哲学と生物学と機械工学の研究だった。

——俺は、いい息子じゃなかったな。

もし自分がアズサみたいな器を持っていたら、早い段階から父の手伝いができ、父の手が空けば、内通に父も気づけてシルワは落ちずに済んだのではないか……。

そんなｉｆ(もしも)を思い浮かべてしまう。

「とはいえ、サクトとノアがここまで来てくれたんだ。言われた通り先に脱出するよ」

「やったね！」

ノアは一度大喜びし、

「って、でも待って？　私たちはどうするの？　サクトが言ってたのはアズサを外に出す話だよね？　私たちが外に出るのにも、これ使うの？」

「薬は使わない。さっきも言ったが、ＤＬＤβは死体人形(ダミーライフ)に投与しても仮死状態にはならないからな」

「ほっ」

「――安心しろ。俺たちはオルド・モジュールを操作すれば仮死状態にできるから、それで同じ作戦ができるはず」

「結局仮死状態にはなるの!? きっつー!」

笑いが起こった。

*

決行のタイミングは翌日に決まった。細かい点について打ち合わせたのち、サクトたちは就寝。とはいえ狭いので身を縮めながらなんとか寝転がるという状態で、サクトは眠れないでいた。

「サクト、ノア、起きてるか?」

ヨシヒロの声だった。

「ああ」

とサクトは答え、

「うん」

とノアも答えた。彼女も眠れていなかったらしい。

ノアの横からはアズサの寝息が聞こえる。

「おまえらが来てくれて感謝している」

「感謝？　ヨシヒロは怒ってないの？」

ノアが訊(き)く。

「アズサはああ言っていたが、俺たちは何とかしてアズサだけでも脱獄させるつもりだった。純粋に俺たちＣＯＡのメンバーはアズサを助けたいんだ。ここにいれば命は危ない。それと――」

一度口ごもった。言葉を選んでいるような感じだった。

「アズサは怒っている風だったが、きっとおまえたちが来てくれて喜んでる。リーダーとしてのアズサはおまえらの行動をとがめるが、個人としてのアズサは友人が助けにきてくれたことに感謝しているはずだ」

リーダーとしてのアズサと個人としてのアズサ。気になる言い方だ。

「死体人形(ダミーライフ)が友人？」

話の先を促すために、サクトは疑問を投げた。

「俺たちは死体人形(ダミーライフ)を人間と同じものだとみなしている。アズサから聞いてるだろう？」

「それはそうだが、やはりしっくりはこないな」

「正直に言えば、俺たちは死体人形(ダミーライフ)を人間扱いするのにまだ慣れていない。でもアズサは普通に接しているんだよ。若いってすごいよな。そしてその中でもおまえたちは特別なんだ。どうしても俺たちは、リーダーの子供でしかも極端に頭がいいアズサに遠慮しちまう。アズサの素性を知らない奴らは、気味悪がって近づかない。頭がよすぎるのも、いろいろ大変なんだよな。周囲にそういう人間しかいない中で、サクトとノアは、アズサを普通の人間として扱っている。そんなやつはアズサの人生で、たぶん一人もいなかった」

「う～ん」

アズサが声を出しながら身じろぎした。

「お母さん……お父さん……」

アズサが、ノアに向かって手を伸ばす。

顔がこわばっている。それは悲しみゆえなのか、寂しさゆえなのか。

苦しそうな表情。起きているときには決して見せないアズサの弱さだった。

「……」

ノアはその手を優しく握ってあげる。

「すっかり懐かれてるな」

ヨシヒロが微笑む。

「そうみたい。こうやって見ると、まだまだ子供だよね。当たり前なんだけどさ。きっと頑張って背伸びしてるんだね」

ノアが頭をなでていると、こわばっていたアズサの表情が和らいだ。まるで本当に親を見つけて、安堵したかのような。

「早く戦争が終わって……みんなが背伸びしないで済む世界になればいいのにね」

きっとそれはとても優しい世界で……そして今の混沌とした世界からは対極に存在するものだろう。そう思うと悲しくもあるし、実現するために戦う決意が湧きあがってもくる。

「俺はアズサを昔から知ってるが、雰囲気は変わってない。最初からヒネて妙に大人っぽかった。まあ、十二歳で大学を卒業しちまうような奴だから、同い年の子供はおろか、大人たちですらみんなバカに見えてたのかもしれないな」

それだけ頭がいいと、この混沌とした世界はどんなふうに見えるのだろう？

「両親を亡くして何か変わったわけじゃない。だが賢い奴だから、辛いのをうまく隠してるだけなのかもしれない。そう思うと……俺たちも申し訳ない気持ちになる。だけど、あいつより頭がいい奴も、胆力がある奴も、人望がある奴も、ＣＯＡにはいねーんだ。だから、あいつがリーダーをやってる」

「どこも人手不足、か……」

サクトのつぶやきにヨシヒロはうなずく。

「ああ、人手不足だ。俺たちはただ、この人手不足をどうにかしたかっただけ。そのために、おまえたちを作った。なのにユニオンの連中は非人道的だと決めつけて襲ってくる。非人道的？　じゃあ人道的に死ねってのか？」

ヨシヒロの言葉は非ユニオン圏に住む者たちの叫びを代弁している。

崩壊していく社会。徐々に腐食していく生活基盤……。

それらを前に何とかして生き残るため、死体の再利用（ライフリサイクル）は行われた。倫理的な方法ではなかったかもしれない。でも他に方法がなかった。それを取り上げるのは、暴力ではないのか。

「アズサだって、こんな世の中じゃなければ、あの才能をもっと別の方法に使えた。いや、才能を生かさなくたっていい。普通に暮らせてりゃ、それで……」

ヨシヒロの声は沈痛そのものだった。ユニオンへの怒り、そして自分の無力さへの怒り。アライアンスで暮らす多くの者たちが共有する、複合的な怒りの感情……。

「悪い」

ヨシヒロは頭を下げたが、サクトは首を横に振った。

「いや、俺も同じ気持ちだ」

「へぇ。死体人形（ダミーライフ）も使命感に燃えるのか？」

「少なくとも、そうは見えてるだろう？　心はないかもしれないが、見た感じは使命感がありそうなんだから、燃えてるってことにしておいてくれ」

「……おまえも、ノアも、変な奴（やつ）だな。妙に人間っぽい」

「他の死体人形（ダミーライフ）も、ちゃんと話してみたらきっと同じように感じる」

「そういうもんかもしれないな」

ふっと、ヨシヒロが笑い、

「明日、頑張ろうな」

「ああ、頑張ろう」

「頑張ろー！」


――しかし、アズサの脱獄は予定通りには行われなかった。

問題が解決し、いよいよ決戦に臨める――。

サクトもノアもテンションがあがっていたのだが……。

翌日、とんでもない爆弾がもたらされた。

食堂で朝食を取っていたときだ。

いつも余裕しゃくしゃくなアズサがこわばった顔をして、サクトとノアのところにやってきた。

「ユニオンの連中が動き出した。アライアンスへの千葉全域からの即時撤退勧告。要求が聞き入れられない場合は、一時間ごとに習志野収容所に収容された市民を三人ずつ殺害していく、と」

6

「なんで⁉　酷（ひど）すぎじゃない⁉」

驚くノアに対し、アズサは冷静だった。

「現在、アライアンス軍は千葉の各地でゲリラ戦を展開している。千葉基地攻略作戦の準備が整うまでの時間稼ぎだ。ＣＯＡも便乗して暴れている。それが目障りだったんだろう」

「だからって……非戦闘員を殺すなんて」

「それだけやつらも追い詰められてるんだ。いい仕事をしてるんだよ、ノアたちアライアンス軍は」

「了解した。とにかくアズサ、君一人でも脱出するんだ。あとのことは俺たちで考えるから」

サクトは言うが、アズサは首を横に振った。

「──それはできない。仲間を置いて逃げたとなれば、誰もついてこなくなる」

「そんなわけないだろ。頼むから逃げてくれ」

ヨシヒロの声はほとんど悲鳴みたいだった。

けれどアズサは首を縦には振らない。

「大事なのはリーダーそのものじゃない。理念だよ。私がリーダーをやれているのは父から理念を受け継いだからだ。私が死んでも、誰かが理念を受け継いでくれる。しかしここで私が逃げたら、理念が死ぬ」

「決意は堅いってのか」

ヨシヒロは悪夢でも見ているような顔をしている。

「ああ。だからプランを実行に移すぞ」

「プラン？」

サクトが疑問の声を上げると、

「反乱を起こす。もともと、ＣＯＡのメンバーが多数捕まったのには理由がある。絶対に逃げられないと追い詰められたときに、わざと仲間を逃がさないで捕まったんだ」

「そして、中で盤石の礎を築き、反逆する。それが早まった形になるな。正直物資不足は否めないが……どうにかやれるだろう。いや、やるしかない」

ヨシヒロが説明を引き継いだ。

「だからおめーらは早く死んだふりをして脱出したほうがいい。ここは戦場になる」

「ごめん、私も残る」

ノアが手を挙げた。

「残るって……何を聞いて残ろうなんて思うんだよ」

アズサは困惑した様子だったが、ノアはさも当然といった様子で言い返す。

「全部だよ全部。戦場？　ばっちこいだよ！　私、戦闘用死体人形(ダミーライフ)なんだ。専門家ってやつ！」

助けを求めるように、アズサがサクトのほうを見る。

申し訳ないが、サクトの腹も決まっていた。

「ノアが残るなら、俺も残る」

「そう来なくっちゃ！」

「まったく、肝が据わりすぎだ、二人とも」

はぁ、とため息をつくアズサ。

サクトとノアを心配して逃がそうとしたアズサ、ヨシヒロ。

半信半疑だった、死体人形(ダミーライフ)の権利保障。本当に彼らの間では浸透しているようだ。それを可能にしたのはアズサなのだろう。そしてそのアズサにＣＯＡの誰もが率いられて動いている。

圧倒的なカリスマと、先進的な思想。

――俺も目指そう。

シルワの皇帝になるつもりなら、彼女のように、自分も皇帝たる器にならなければ。

そのためにも、まずはここでみんなを助け出す。

「アライアンス軍にメッセージを送りたい。方法はあるか？」

「なくはない。メッセージの種類にもよるが」

サクトが訊(き)くと、アズサが答えた。

「俺たちが反乱を起こす時間を伝えたい。アライアンス軍も対応に困っているはずだ。敵と取引はしたくないだろうが、市民を見殺しにするのもリスクがある。ここに来て世論を二分するような事態は避けたいはずだ」

人質を取られた状態で、人質をどのように扱うかは難しい判断が迫られる。報道で敵の卑劣さを強調しても、それに対してどのような対応をしたのか市民は厳しい目で見るだろう。

「日本国内もだいぶ厭戦感が強いからな。市民によっては、ユニオンの支配を受け入れるべきと主張する者も時たまいるくらいだ」

アズサの言葉に、サクトはうなずいた。

「ああ。だから俺たちが反乱を起こすとなれば、軍も同じタイミングで何かしらのアクションを起こしてくれるはずだ」

サクトは信じていた。シオンやフォンスであればサクトの意図に気づいてくれる、と。

「了解した。抱き込んでいる看守を使って連絡を取ってみよう。連絡先は？」

「これだ」

紙に書いたメモを渡す。

「どこに連絡するつもりなの？」

ノアが訊いてくる。

「知らない人からの連絡じゃ、正規の軍の連絡先に送っても取り合ってくれないんじゃない？　悪戯だと思われるかも」

「その辺は考えてある」

まさか、シオンのプライベートのアドレスに送ってもらったとは言えない。あのアドレスを知っている者はかなり限られているから、サクトの名前で送ってもらえれば信じてくれる可能性が高い。符号も入れてある。

——まあ、あとでかなり怒られそうだけどな。

ただ、このことをノアに伝えるわけにはいかない。シオンと懇意にしていると知られたら理由が気になるだろうし、そうなるとサクトの正体も怪しまれてしまうだろう。そういうリスクは冒せなかった。

「いったいどこに送ったの？」

「機密事項だ」

「むー、怪しい！」

ノアは下から半眼になってサクトの顔を覗き込んでくる。

「もしかして中佐のプライベートのアドレスに送ったとか？」

「俺がそんなもの知ってるわけないだろ？」

図星を突かれ、焦る。なんでそんなに勘がいいんだ。

「ほんとかなぁほんとかなぁ？　なんか、サクトって妙に中佐と距離近いような気がするんだよねー。怪しい！」

くるくるとサクトの周りをまわりながら、サクトの様子を観察するノア。

「おい、仲がいいのはよろしいが、そろそろ準備を始めるぞ」

咳ばらいをしながらアズサが言ってくれなかったら、サクトは白状するまで解放されなかったかもしれない。内心で、「ナイス……！」とサクトはアズサに感謝の念を送る。

一方で、ノアの言動は周囲の緊迫した雰囲気を穏やかにするのに一役買った。

空気が弛緩して、アズサの言葉でまた引き締まったのを感じる。

いいチームだ。

――みんなでここから脱出する。

サクトは拳を握りしめた。

＊

軍用の携帯端末がメッセージの受信を知らせたので開いてみると、私用のアドレスからの転送だった。

シオンはちょうど執務室で仕事をしていたところだったので、デスクの引き出しから私用の携帯端末を取り出す。

だが、あまりに使ってなさすぎてバッテリーが切れていたため、充電器に繋ぎながらの作業となった。

「このアドレスにメッセージが来るのは久しぶりだな」

シオンはつぶやいた。

私的なメッセージのやり取りなど、もうずいぶんしていない。送ってくる人間がいるとしたら親戚か、学生時代の知り合いか。

思い浮かぶ顔はだいたい命を落としているか行方不明になっているかもともと疎遠であ

るかのどれかだった。

連絡帳には登録されていないアドレスからのメッセージだった。ただタイトルに、「サクトです」と書かれている。

文章は暗号化されており、一見すると文字化けしているように見える。解読用のアプリケーションにかけると、サクトたちが反乱を起こすタイミングや、サクトたちの戦力、そして習志野(ならしの)収容所の敵の戦力の予想が書かれているとわかった。

シオンは正確に、サクトの意図を汲(く)み取(と)った。

——要するに助けにこいということか。偉そうなやつめ。

だが、アライアンス軍が手をこまねいていたのも事実だ。脅迫の件はユニオンが意図的にネット上に流したため、情報管制を敷く前に日本国民、そしてアライアンス全域の市民の知るところとなった。

アライアンス市民の中には、ユニオンの支配もやむなし、という声を上げる者たちもいる。もちろん、アライアンスに所属する国々の政府は、全精力を上げて、この戦争に勝つことの重要性を説いてまわっている。それはほとんど思想統制と呼べるようなレベルのものである。しかし、二十世紀の戦争時などとは違い、現代では情報がインターネットを通じて一瞬で広まってしまう。完全な思想統制は難しい。

だからどうしても、政府の方針とはズレた考えを持つ者たちが出てきてしまう。

——ユニオンの支配下に入るのが何を意味するかわからぬ愚民ども。

シオンは彼らを軽蔑している。

シオンはユニオン支配下の元アライアンスの国をいくつも見てきた。ユニオンの者たちは元アライアンスの国出身者を転向者（コンバート）と呼び差別する。そして事実上、元アライアンスの国々は植民地化され、転向者たちは薄給の重労働に従事するのを余儀なくされる――。

だが、たとえ誤った考えを持っていたとしても、アライアンスの市民に反感を持たれると内側から瓦解しかねない。

今回の件はそういう意味で対応を誤った場合の危険はかなり大きいと言える。サクトの連絡は光明だ。ただ軍を動かすとなると、いろいろと面倒な手続きが必要なのも事実。

「また上層部（ジジイども）の説得か……」

ため息をつくシオン。

だがサクトたちの作戦に乗って成功すれば、また一つ陣地を回復できる。

自分が頭を下げれば助かる命があるのなら、シオンはいくらでも頭を下げる。

――作戦を立案し、準備を終え、かつ、上層部の承認を取れたのは、メッセージを受け取ってから一時間後……。

7

それはちょうど、サクトたちが反乱を起こすタイミングだった。

深夜零時――。

サクトたちの反乱は、静かに始まった。

まずサクトは看守の目を盗んで、死体人形(ダミーライフ)用ナイフで金属の扉に穴を空けた。ナイフはアズサたちがあらかじめ用意していたものだ。買収された看守が外でCOAのメンバーから受け取った大量のナイフを、支給される枕の中に忍ばせてサクトたちの部屋に持ち込んだものである。

サクト、ノア、アズサ、ヨシヒロほか数名のCOAメンバーが牢(ろう)から外に出た。

牢の前の扉には看守がいなかった。廊下を進み、外へと続く扉に忍び寄る。

先ほどと同じ方法で静かに、扉に穴を空けていく。

すると――

「貴様！　何を――」

看守が言い終わる前に、サクトは穴から速やかに外に出た。そして看守に近づき、その頭を両手で掴(つか)み、ぐいっと一ひねりする。ぐにゃりとあらぬ方向に首を回転させ、看守は血を吐きながら絶命した。悲鳴を上げる暇もない。

サクトは静かに看守を横たえると、扉の奥で待機していた面々に合図を送った。

音を立てないように注意しながら、ノアたちが出てくる。

サクトたちは移動し、建物の外に出た。

サーチライトが広場をゆっくり照らしている。

ライトの死角を通りつつ、サクトたちは移動する。

そして——倉庫の前で立ち止まった。

サクトがナイフでカギを破壊し、扉を開ける。

中にあったのは時限装置と爆弾。ＴＮＴ火薬でできた、ハンドメイドのものだ。昼間にサクトとアズサで仕掛けておいたものである。

アズサが時限装置のスイッチを入れる。

「離れろ！」

ダッシュでその場から全員が離れた、およそ三秒後——。

ドーンと派手な音を立てて、倉庫が木っ端みじんに吹き飛んだ。

サイレンの音が鳴り響き、わらわらと兵士たちが集まってきた。手にはライフル。

最初に射程内に着いたのは、十人だった。

「〝神速（ブリンク）〟」

ノアが小さくつぶやいた瞬間、十人の兵士の首が鮮血を飛び散らせながら宙を舞った。

降り注ぐ血しぶきと、十個の頭部。

瞬きをする程度のわずかな時間で、ノアが十人の兵士の首をナイフで斬り落としたのだ。

それを可能にする高速移動を彼女は〝神速（ブリンク）〟と呼んでいる。全身を侵食したＬＤバチルスを活性化させ、細胞を異常に興奮させることで、人間の限界をはるかに超える力を起こし、超高速で移動する技である。完全に異常な動きを細胞にさせるため、負担もかなり大きく、一度使うとクールタイムが必要になるので乱発はできない。

だが一撃で、一気に戦力を削(そ)ぐことに成功した。

〝切り裂き少女(シュレッドガール)〟はチェーンソーがなくても健在だった。

十の頭が地面に落ちる前に、ノアは一人ずつ、次々と兵士たちの首を狩り取っていく。

「あはは！」

アイドルみたいな華やかな笑顔で、花を摘み取るように次々と兵士の首を斬り落とす。

一面に咲いた赤い薔薇(ばら)たちが、一歩遅れて次々と倒れ伏し、地面に赤黒い泉を広げた。

「うわあああ!!」

おびえた兵の一人がライフルを乱射する。

その弾丸の軌道上にはアズサ。

だがアズサには一発も弾丸は当たらなかった。

アズサの体にだけ綺麗(きれい)に弾丸が当たらず、その他の弾丸はすべて背後の壁に炸裂(さくれつ)した。

結果的に、背後の壁にはアズサの体の写像ができあがった。

「すべての弾丸をはじき落とした……？　サクトが？」

身を縮めたアズサが驚愕(きょうがく)の表情でつぶやく。

そう、サクトがすべて弾丸を防いだ。

貸し与えられていた死体人形(ダミーライフ)用のナイフを使って全弾はじいた。兵士たちは練度が凡庸で、射撃には無駄があったから、死体人形(ダミーライフ)の運動能力であれば十分に可能だった。

それでも二人の戦闘能力を目の当たりにしたアズサとヨシヒロは、戦慄の表情を浮かべていた。味方であっても恐ろしいのだろう。

「ノア、アズサ、ヨシヒロ。作戦通りに！」

「「了解！」」

ノアが先導して、敵軍の空いた穴から走っていく。後にアズサとヨシヒロと数名のＣＯＡメンバーが続く。さすが、ＣＯＡを引っ張る二人だ。すぐにメンタルを切り替えて、作戦行動に入った。

生き残った兵士たちがその背中に銃撃を加えようとするが……。

「はっ」

サクトはナイフを数本投げた。

すべて兵士たちの後頭部に突き刺さり、銃撃できずに兵士は倒れる。

今投げたナイフは死体人形(ダミーライフ)用でも何でもない。だが死体人形(ダミーライフ)の腕力で投げれば、銃弾以上の破壊力を持つ遠距離攻撃になる。急所を突きさされた兵士たちはひとたまりもなかった。

絶命した兵士たちを飛び越え、地に立ったサクトは、走り去ったノアたちを背にかばうようにして立つ。

「ここから先は、誰も通さない」

自然体に構える。両手の五本の指の間に、ナイフを挟んでいる。

ライフルを構えた兵士たちが、一歩、後ずさった。

サクト以外のメンバーは、全員走り去った後である。しかし相手はすべて人間だったから、圧倒的にサクトのほうが有利だった。それは相手も気づいている。一歩でも動いたら、ナイフが飛んできて絶命するとわかっているから、動くに動けないという状況のようだ。

「そっちから来ないなら、こっちから行くぞ！」

ナイフを投げた。ヒット。八人が倒れる。

恐慌状態に陥った兵士たちが銃を乱射するが、サクトには一発もあたらない。むしろ同士討ちが加速し、血煙を上げながら周囲が混迷状態となる。逃げ出す兵士も出てきた。

完全な混沌（カオス）。いい調子だった。

サクトが起こした混乱に乗じて、別動隊が収容されている人々を脱出させる。そちらの役目はノアとCOAのメンバーたちが担っている。

大暴れして敵を攪乱（かくらん）しながら、サクトは同時に、オルド・モジュールで〝念話（ヴォイスレス）〟を繋（つな）ぐ。

《ノア、そっちの調子は？》

《いい感じ！　収容されてた人たちがどんどん地上に出て、出口に向かってる！》

《アズサは？》

《誘導に回ってくれてるよ。早く逃げて欲しいんだけど、本人は「リーダーはしんがりを務めるべきだ」の一点張りで。でもやっぱりアズサがいるといないとだと、統率の取れ方

が違うみたい》

　立派だが、危うい。

　アズサがいることで作戦の成功率はかなり上がるが、その分彼女を失うリスクも大きくなる。彼女自身が自分の死をＣＯＡの損害と考えていないところが、サクトからすると厄介だ。彼女のそういう態度があのカリスマ性を成り立たせているると理解できるから余計に。

　一つ、また一つ、と増えていく兵士の屍。

　このまま全滅できるのではないか——そうサクトが考え出したとき、突如、サクトの背後にあった格納庫がはじけ飛んだ。

「何だ……？」

　格納庫があった場所には大きな穴が空いていた。

　そこから鋼鉄の頭部が、ぬっと顔を出す。

　アンゲルス〈ミカエル〉の頭部だった。

「地下にアンゲルスを隠していた⁉」

　地上に上がってきた〈ミカエル〉が拳を振り下ろした。サクトは飛び退ってかわした。

　地面に〈ミカエル〉の拳が突き刺さり地面をえぐった。

《どうしたの、サクト⁉　外ですごい音がしたけど⁉》

　ノアから通信が来る。

《地下からアンゲルスが出てきた。どうやら密かに配備していたみたいだ》

《そんな！》

《大丈夫だ。こっちは俺に任せろ。ノアたちは予定通り市民の脱出を急げ！》

《わ、わかった！》

通信アウト。

「任せて、とは言ったものの……。丸腰で相手をするのはけっこう骨が折れる——な！」

二撃目の拳をかわす。

倒すことは考えないほうがいいかもしれない。敵の全滅を目指しているわけではなく、あくまで市民の脱出が第一目標。

走りながら攻撃をかわして、時間を稼ぎつつ……。

銃弾の嵐がサクトを襲い、思考が中断される。

「くっ」

右肩に一発かすって、鮮血が飛び散った。

敵兵の増援だった。かなりの人員がサクトを制圧するために使われている。作戦的には大成功だが——。

二体目の〈ミカエル〉が格納庫跡から出てきた。

二体の〈ミカエル〉に挟まれつつ、ライフルを持った兵に囲まれてしまう。

〈ミカエル〉、そして兵士が銃口をサクトに向け、一斉に引き金を引こうとしたそのとき——。

空から刀が降ってきた。

死体人形（ダミーライフ）専用刀〈徒花（あだばな）〉。サクトの愛刀である。

サクトは跳んだ。無数の弾丸が、サクトの足の下を高速で通過する。

軍用ヘリが上空を浮遊していた。アライアンスのものだ。

――ありがとう、中佐、フォンス。

メッセージが届き、こちらも増援が来たのだ。

空中で刀を掴（つか）む。鍔（つば）を捻（ひね）り、〈徒花〉を起動すると、無数の針がサクトの手のひらに突き刺さり、血液をむさぼる。

落下する勢いに乗せて刀を抜き、一体の〈ミカエル〉の右腕を斬り落とした。

軍用ヘリからは、パラパラと死体人形（ダミーライフ）兵たちが降下してくる。

《〝クライベイビー〟、大丈夫？》

フォンスからの通信だ。

《ぎりぎり。助かりました》

《中佐から伝言。貸し二、だそうだよ》

《一ではなく？　無茶（むちゃ）なスケジュールで増援をお願いしたのは申し訳ないと思ってますが……》

《もう一つは無茶苦茶な連絡方法を使ったことに対してだって。いったい何やったんだ？》

あー、やっぱり怒ってるか。

《外の撹乱（かくらん）はオレが連れてきた部隊に任せて、サクトはノアと合流してくれ。敵も必死だ。ノア一人では分が悪いと思う》

《了解です》

サクトは邪魔な敵兵を〈徒花〉で斬り倒しながらノアたちのいる出口のほうへと走った。

市民たちが列をなし、外へ向かって歩いている。

人数が多い関係で走り出るのは難しい。アズサやヨシヒロの指示に従ってぞろぞろと外へ出ていく市民たち。

敵兵が時折現れるが、ノアやＣＯＡに協力している死体人形兵（ダミーライフ）が市民を守っている。敵兵の数自体は多くないので問題はなさそうだった。

サクトは後ろから敵兵に斬り込んでいって道を作ると、ノアの隣に立った。

「サクト！　無事だったんだね！」

「なんとか。中佐が増援を送ってくれた」

「助かったよ、サクト」

アズサがこちらを向いて、声をかけてくる。

「おかげで、何とかみんなを脱出させられそうだ」

「そうだな。あともう少しだ、頑張ろ――危ない！」

サクトはアズサを抱えて、後ろに跳んだ。

風が、通り過ぎた。

「い、今のは!?」

アズサがサクトの腕の中で叫ぶ。

「敵だ」

サクトは答えた。

敵――船橋基地攻略作戦の際に遭遇した、透明な戦士。やはり重要な局面で出てきた。

サクトはこの見えない敵に再度遭遇する危険を考えて、作戦を立ててある。

見えない敵は、おそらく人型。生身の体を持っているが、スピードは人間をはるかに超える。空は飛べないので、何らかの形で足を地につけている。

足音はほぼしない。靴を加工しつつ、気をつけて動いているのだろう。

だが――

［WARNING!!　ナノマシン〈エヴァーラスティング〉AWAKENING!!］

サクトの瞳が赤く燃え上がる。

能力を解放したサクトの聴覚は、そのわずかな足音を認知した。

「ここだ！」

刀で敵の刃（やいば）を受け止めた。刃を受け流しつつ、刃の飛んできた角度から敵の位置を予想し、逆袈裟（ぎゃくけさ）に斬撃を繰り出す。

手ごたえなし。

――読みが外れた？　いや、位置を気取られないように、あえてありえない体勢で攻撃してきたか。

前回の遭遇時、サクトは自分の左腕を囮（おとり）にし、斬撃をわざと受けることで敵の位置を把握して攻撃した。それを受けて敵は、サクトに自分の位置を察知されないようにセオリーから外れた体勢で攻撃をしてきたのだろう。

相手は相当の手練（てだ）れだ。

空を切ったサクトの斬撃……。

敵の反撃を覚悟し、体勢を整えたが、追撃は来なかった。

音も消えた。

一瞬の静寂。

その後――

「ぎゃっ」

死体人形（ダミーライフ）の一人が背中から鮮血を飛び散らせながら倒れた。

サクトは敵の意図に気づき、驚愕（きょうがく）した。

――俺以外から狩っていくつもりか!?

サクトが攻撃に対応してきたから、まだ対応ができていない者を先に殺そうという魂胆のようだ。しかも動きの速さより音消しを優先していて、〈エヴァーラスティング〉覚醒後の耳でも知覚できなかった。

死体人形(ダミーライフ)が斬られた角度からだいたいの敵の位置を予想できるが、それもあくまで予想。いくつかのパターンから一つまでは絞れないし、直後にどこに移動したかもわからない。

刃についた血から索敵できないか目を凝らすが、おそらく、サクトの〈徒花(あだばな)〉と同様、高速で微振動する刃の振動によって、血液は一瞬で飛び散ってしまうのだろう。返り血もそのリーチの長さを利用して巧妙にかわしているため浴びておらず、位置の特定に役立たない。

「――ッ!」

また死体人形(ダミーライフ)が一人、首を斬り落とされた。

どうする?

どうしたらいい?

「足を止めるな!　恐れるな!　生き残ることだけを考えろ!!」

アズサが大声で叫んだ。

恐慌状態に陥りそうになったＣＯＡのメンバーと死体人形(ダミーライフ)兵、そしてサクトとノア――。

すべてが我に返る。

そして行動を再開する。
アズサの一言で、全員が息を吹き返した。
そしてそれは、敵にも伝わった。
この場の精神的支柱が誰なのか、今の一言で理解したのだ。
次の瞬間、アズサの胸に赤い風穴が空いた。
まっすぐ、左胸を刺し貫かれた。
「「「アズサ!!」」」
ノア、ヨシヒロ、メンバーたちの、悲痛な叫び。

＊

強烈な痛みを覚えながら、アズサが思っていたのは、これはチャンスかもしれないということだった。

見えない敵という脅威。唯一対抗できる存在はおそらくサクトだけ。そのサクトを無視して弱い者から順に狩っていこうという敵の意志。今の戦いにおいて最も合理的な選択で、おそらくこのままいけば壊滅的な被害を受ける。

その状況で直撃を受けたのがアズサだったのはもしかしたら僥倖だったのかもしれない。なぜならアズサならこの状況を最大限利用し勝利への道筋を構築できるから。

これは一種のうぬぼれかもしれないが、しかし同時に事実でもあった。

自分はほかの人間とは違うかもしれない。特別な存在なのかもしれない。

このような〝気づき〟は、人間誰しも経験するもので、特に思春期には大きな問題になる人も多いだろう。

周囲とのさまざまな軋轢(あつれき)、なんとなくその集団にいることへの違和感、居場所のない感覚……。

そんな数々の周囲とのズレがストレスとなり、「自分はほかの人間とは違うのかもしれない」と思い始める。

そしてそのズレが、「自分は特別だからズレを感じるのだ」という方向に感覚される。とはいえ大人になっていくにしたがって、その認識が誤りであると気づく人のほうが多い。意外と自分は普通の人間で、とりわけ能力が高いわけでもないとわかってくる。むしろ、若い頃に居心地の悪さを感じていたのは、己の未熟さゆえに周囲と適切な関係を築けていなかっただけなのだと知ってしまう。そういうほろ苦い経験をいくつもして、人は大人になっていく――。

ここまでの思考を、アズサは五歳の段階でしていた。非常にまっとうな洞察であり、多くの場合、アズサの洞察は正しいはずである。

アズサの場合は違った。それを七歳くらいで思い知った。小学校に上がったときだ。

そこまでアズサに自分の〝特別性〟を意識させなかった両親は、よい両親だったのか、悪い両親だったのか。アズサはよい両親だったと思うようにしているが……。

アズサは地元の公立小学校に普通に入学した。そこで、自分の知能が極めて高いことを知った。

それまでアズサは両親から勉強の手ほどきを受けていた。ほかに比べる人がいなかったから、自分の達成状況が普通だと思っていたが、大間違いだった。そして、今まで生きていてなんとなく違和感を覚えていた居心地の悪さが、知能に起因するものだと思い知った。

同級生の誰ともまともに会話が成立しなかった。かといって、年上の人間と話をしてもそれはそれで話が合わない。大人はやはり大人であり、アズサはやはり子供で、圧倒的に人生経験が不足しているからだ。

真の意味で、アズサは孤独だった。

そんなアズサが初めて居場所だと思えたのが――ＣＯＡだった。

アズサは八歳の頃に不登校になり、それを機に祖父母の手を離れて両親の〝仕事〟についていくようになった。以後、通信制の教育を受けながら、両親にくっついて世界中を飛び回り、両親が反ユニオン組織の架け橋となっている様子を間近で見続けた。

両親は一年前、祖国日本が侵略されたことを機に、自らの国でＣＯＡを決起した。アズサも司令部の人間として働くようになった。

人生経験の少ないアズサだったが、理詰めで作戦を立案するような仕事——つまりブレーンとしての仕事は問題なかった。

両親はＣＯＡが決起して一か月で亡くなった。アズサがリーダーを引き継いだのは自然な流れだった。

リーダーになったことで、アズサはまたしても居場所を失ったような感覚があった。

居場所はあるのだ。ただ、居場所がないような感覚が、ある。

ＣＯＡのみんなはアズサを慕ってくれている。さまざまなサポートもしてくれる。人生経験の少ない彼女がリーダーを続けられるのは仲間たちのおかげだ。

一方で、アズサは特別な存在だった。

年齢は十四歳。メンバーの誰よりも若いのにメンバーの誰よりも頭がよい。そして前リーダーの娘で、リーダーは慕われていたからその流れで慕われている。普通のメンバーではない。腫れ物に触るような感じではないとはいえ、アズサと対等の存在はいなかった。

不思議なことに、サクトとノアはアズサを対等の存在として扱っているように感じていた。

本当はＣＯＡのメンバーよりもずっと下等の存在である。なぜなら死体人形（ダミーライフ）だから。アズサ自身は、死体人形（ダミーライフ）と人間の差異を、頭ではわかっているが実感として認識してはいない。子供には難しい。とはいえ、大人たちは明らかに死体人形（ダミーライフ）を人間未満の存在として扱っている。これはＣＯＡの者たちも同じ。

ゆえに本来、サクトとノアはアズサとはまったく対等の存在ではない。

けれど不思議と、アズサはサクトとノアのそばにいたいと思ってしまう。

それはおそらく——彼らがアズサをまっとうに子供扱いしているからだと思っている。

つまりある意味で対等なものではないのだが、アズサが特別な存在というわけでもないのだ。

死体人形（ダミーライフ）でなかったらよかったのにという感情は、彼らに対する侮辱になるのだろうか？　あるいは何も嘆く必要などなく、彼らが彼らとして存在していることに感謝すればいいのか。

アズサには守りたいものが増えてしまった。ＣＯＡと日本とそれからサクトとノア。

だから本望だ。

守りたいものすべてを守るためにこの身を投げ出すのは。それは感謝の印。短い一生になるけれど、気にする必要はない。自分は使命を全うして死ぬ。あっぱれな死に方じゃないか。

同じレベルで話ができた初めての人物——サクト。

アズサをただの〝アズサ〟として見てくれた両親以外で初めての人物——ノア。

二人が自分を助けるために来てくれたのが嬉（うれ）しかった。彼らとともに戦いたいと真剣に思った。

だからこそ——。

二人をここで死なせるわけにはいかない。自分が壁になってでも二人の未来を切り開かなければいけない。

あの一瞬――体が勝手に動いてしまった理由をアズサはわずかな時間でそう理解した。

焼けつくような痛みが胸を貫く。

ひしと、自分の胸に突き刺さった武器を掴む。絶対に放さない。サクトとノアがやつの位置を理解するまで。たとえ命がついえようとも手だけは放さない。死した後でも爪痕を残す。

だからアズサは笑っていた。勝ちを確信して。サクト、ノア、ヨシヒロたちＣＯＡ……彼らであれば自分がいなくても絶対に勝てると知っていたから。

*

胸を貫かれたアズサは左手でガシッと相手の得物を掴んだ。その手の形から、それが槍か薙刀だとわかった。

相手の動きが一瞬、止まった。

サクトはその一瞬を見逃さず、手に持っていたナイフを投げつけた。

「――ッ！」

ナイフは刺さらず、空を通り過ぎたが、わずかに赤い残像が見えた。おそらく、敵の肩をかすめ、傷つけることに成功した。

敵の得物が引き抜かれ、アズサがくずおれる。

ノアやメンバーたちがアズサに駆け寄るが、サクトだけは、敵・の・流・し・た・血・の・跡・を・目・で・追・っ・て・い・た・。

地面を、蹴る。

距離を詰め、〈徒花（あだばな）〉を構えて、一閃（いっせん）。

たしかな手ごたえとともに、鮮血が噴き出した。

と、それと同時に、広場で戦闘をしていたと思（おぼ）しき死体人形兵（ダミーライフ）が集まってくる。アンゲルスと敵兵を全滅させ、サクトたちの援護に来てくれたのだろう。

そのときには、見えない敵の気配はなくなっていた。

相変わらず劣勢になると引くのが早い。引き際を心得ているとも言うし、逃げ足が速いとも言う。

作戦は成功した。脅威は去り習志野（ならしの）収容所は落ちた。

だが――

「アズサ！　アズサ！」

ノアがアズサを抱いて叫んでいた。

そのまわりをＣＯＡのメンバーが囲んでいる。

「アズサ！」

「リーダー!!」

アズサは胸を完全に刺し貫かれている。まだ息があるのが不思議なくらいだ。ぎりぎり、心臓が直撃を免れたのか。

だが、すでに顔は青白く、目にも霞がかかりつつある。

助からない、とサクトは直感していた。

「信じてたよ、サクト。一瞬でも相手の位置を特定できれば仕留めてくれるって……」

サクトの存在に気づいたのか、アズサが言う。けれど焦点は定まらない。もう目があまり見えなくなっているのかもしれない。

「ダメだよ、アズサ！　しっかりして！」

「ノア……私は大丈夫だから。そんな顔、するな」

アズサは弱々しく微笑んだ。

「私は普通の人より頭の回転が速いから、同じ時間でもできることの量が多い。そしてショートスリーパーだから使える時間も長い。十四歳だけど、まあ、普通の人の三十年くらいは生きてるようなものだよ。それに――」

アズサの視線がＣＯＡの面々をゆっくりと流れる。

「父と母を亡くして、一人ぼっちになって……何のために生きているのかわからなくなっていた私に、みんなはリーダーとしての居場所を与えてくれた。みんなのおかげで、生きようと思えた。だから――みんなのために死ねるなら本望だよ。あのままじゃ全滅してた」

痛いはずなのに、苦しいはずなのに、アズサの表情は穏やかそのものだった。

自分のことよりも、仲間たちのことを考えている。

アズサを失うみんなが、ショックを受けすぎないように。彼らを安心させるために、苦痛に耐え、穏やかな笑みを、たたえている。

これだけの器のある者が、はたしてこの世にどれだけ存在するだろう？

「あとは頼んだ——理念が繋がれば、きっとＣＯＡは大丈夫だ」

アズサが脱力した。

「リーダー!!」

「アズサ!!」

メンバーたちの叫び。

涙を流し、くずおれる者。

地面を叩き悔しがる者。

ヨシヒロは、声を上げて泣いていた。

サクトも目頭が熱くなる。だが、表向き死体人形として生活しているサクトは、涙を見せるわけにはいかないから、ぐっと耐える。

そんな中、ノアは——。

「……」

呆然(ぼうぜん)とした様子で、アズサを抱えているだけだった。

その顔から感情を読み取ることはできなかった。

8

それは小さな墓標だった。

土を盛り、ライフルを立てただけの、簡素なもの。似たようなものがいくつも、そこには並んでいた。COAの根城にしている廃墟(はいきょ)で、唯一、緑が茂っている一角――COAのメンバーたちの墓地だった。

サクトの目の前で、ヨシヒロが墓標にひざまずき手を合わせていた。アズサの墓だ。しかしその下にアズサは眠っていない。アズサは日本の国籍を持ち、献体登録(ドナー)をしていた。だから彼女の遺体は軍によって回収され、再利用工場(リサイクル)へ送られていった。

アズサはいずれ、死体人形(ダミーライフ)として蘇(よみがえ)ることになる。今までの記憶をすべて失って。

いつか戦場で共に戦うときが来るのだろうか。

サクトは墓標とヨシヒロを視界に収めながら、そんなことを思った。

ヨシヒロは立ち上がると、初めてサクトに気づいたようだった。

サクトは軽く会釈をして、

「次のリーダーになったんだって?」

と尋ねた。

　ヨシヒロは複雑そうな顔をした。

「遺書が残ってたんだよ。もし自分が死んだら次期リーダーに俺を推すって。まったく、ガキのくせに用意周到なやつだ」

「俺たちより圧倒的に頭がいいんだ。それくらい準備していても不思議はない。それに──実務はヨシヒロがかなりやっていたんだろう？」

「なぜわかる？」

「いくら賢くても経験の差は埋められない。アズサはカリスマと戦略担当で……戦術、つまり戦略を実現するのはヨシヒロの役目だったんじゃないか？」

「おまえも相当、切れるよな。アズサがＣＯＡに勧誘した気持ちがわかるわ。どうだ、考え直してＣＯＡに入らねーか？」

「ごめん。俺はノアのいる場所で戦うつもりなんだ」

「決意は堅そうだな。いいよ。少し弱気になってるだけだ。大役をもらっちまったからな」

　ヨシヒロは自分の手を見つめた。

「俺にリーダーの器があるかはわからねえ。だが仲間はみんな、俺がリーダーになることを認めてくれた。だから全力でやるよ。最初の仕事は……」

　まっすぐ、サクトのほうを見つめる。

「千葉基地の奪還。ＣＯＡはアライアンスの作戦に全面的に協力する。仲間たちの賛成は取ってある。アズサの仇を取るぞ」

「ありがとう」

＊

すべてが終わり、東京の駐屯地に戻ってきて——。

シャワーを浴びたり食事をしたりと、自分の体のメンテナンスを終えたサクトは、ノアの姿を探した。

アズサを失って、ノアはきっとショックを受けている。自分がそばにいて慰められるのかはわからなかったが、それでもどうしているか気になった。

ノアの部屋に行ってみたが、不在だったので、宿舎をあちこち探す羽目になった。

最後に行ったのが、屋上——。

赴くと、ノアがコンクリートの床に大の字に寝そべっていた。

「ノア……」

「サクトも来なよ。すっごい綺麗だよ」

満天の星空だった。

宿舎のまわりには意図的に建物が配置されていないため光源がない。だから星もよく見えるのだろう。

「アズサもさ、あそこにいるのかな？　死んだ人は星になるって、よく言うじゃない？　パパとママに会えたかな？」

ノアはそう言ったあと、「よっ」と掛け声をつけながら起き上がり、立ち上がった。

「さーて。そろそろ寝ないとね。死体人形（ダミーライフ）も睡眠不足になるとパフォーマンス落ちるし。久しぶりにベッドで寝れるの楽しみ～」

いつもの調子で立ち去ろうとするノアの後ろ姿に、サクトは声をかけないではいられなかった。

「ノア……大丈夫か？」

こんな、質問にもなっていないような愚問。

だが、ノアが消えてしまいそうなくらい小さく見えて――。

この場にとどめて、何でもいいから声をかけて、ノアが一人ぼっちにならないように足止めをしたかった。

たとえ自分がそばにいたところで彼女にとって何の意味がないとしても。

ただの、死体人形（ダミーライフ）の同僚でしかない自分には、何もできないとしても。

「大丈夫、ぜんぜん平気。だってほら、心がないんだもん。平気だよ。涙も出てないし……」

サクトに背中を向けたまま、ノアは言った。

「冷たいよね、私たちって。やっぱり、死体なんだなぁ。生きてないんだなぁ。こういうときに、思い知らされるね」

サクトは、自分の弱さを噛みしめる。

――俺がもっと強ければ、ノアをこんな気持ちにさせなくて済んだ。

アズサを守れれば、ノアがこんなに打ちひしがれる必要はなかった。

「でもね、サクト。なんか私、変なんだ。涙が出てないのに……悲しみなんて、感じないはずなのに……」

ノアはサクトのほうを振り返ると――

「胸の奥が張り裂けそうなくらい痛いの。アズサのことを考えるとどうしたらいいかわからなくて、体が震えてきて、ただ辛くて、痛くて……」

優しく、微笑んだのだった。

「ノア!!」

思わず、サクトはノアを抱き寄せていた。

ノアは抵抗しなかった。

サクトの上着を掴む。震えている。顔は笑顔のまま。

サクトは知っていた。

ノアは涙を流す代わりに笑顔になる。

辛いとき、悲しいとき、誰かを殺さなければならないとき――

涙を流せないから、代わりに笑うことで感情を表現する。

けれどノアはまだ気づいていない。自分が笑っている理由を。

「おかしいよね？　どうしちゃったのかな、私。この痛みは、いったい、何なんだろう」

「それは悲しみだよ」

「……」

「いま君は悲しんでいるんだ」

「涙も流してないのに……？」

「涙を流すだけが泣くことじゃない。人は心でも泣ける。君はいま泣いているんだ」

――俺は泣きたい。涙を流せない、君の代わりに。

意志が……決意が揺らぎそうになる。

しかし彼女を救うために……彼女が本当の意味で泣かなくて済むように、ただサクトは抱きしめる腕を強める。

絶対に守り抜くと誓う。

「サクトは優しいね。ありがとう。楽になったよ」

ノアが、身じろぎした。

サクトはノアを解放する。

ノアの顔は、わずかに明るくなっていた。

「頑張ろうね、サクト。アズサのためにも」

「ああ。絶対に千葉基地を落とそう」

ユニオンをぶっ潰す理由がまた一つ増えてしまった。

もうこれ以上ノアを悲しませないためにも——絶対に、千葉基地は奪還する。

The 4th Movement：ノア

1

ＣＯＡからの全面協力を得られることとなったアライアンス軍。ジャミング装置〈デッドナイト〉の各パーツも完成し、ＣＯＡと協議のうえ、設置場所も決定。

当日、市民の避難路をどこにするか、攪乱(かくらん)のためのゲリラの位置、そして〈デッドナイト〉設置後の突入場所など、細かなプランも数日で詰められた。

こうして、サクトとノアが習志野(ならしの)収容所に収容された日から数えて一週間後に、千葉(ちば)基地攻略作戦が実施されることとなった。


総攻撃の準備が整い、明日は決戦という夜——。

ノアはサクトの部屋の前に立っていた。

決戦を前にして、一度二人きりで話したくなった。

抱きしめてくれたあの日は、そのまま別れて眠った。翌日は、いつも通りだった。リクトはシオンに呼ばれて、作戦のブリーフィングに参加させられていた。ジャミング装置〈デッドナイト〉作戦を発案したのはサクトだから、彼も作戦立案に関わったほうがよいという判断だろう。

数日後に控える決戦に向けて、英気を養うため、ほかの死体人形(ダミーライフ)たちは休暇だった。

食事のときに顔を合わせたが、サクトの様子は変わらなかった。

穏やかな雰囲気で、いつもどおり他の死体人形(ダミーライフ)とはつるまず一人で本を読んでいる。ノアに話しかけてきたりするわけではない。

——意識してるの、私だけ？

なんだかムカッとした。

同時に、ムカッとしている自分に困惑もした。

——あんなに優しくしてくれた相手に腹を立てるなんて、サイテーじゃない？

抱きしめられたときのことを思い出すと、ドキドキする。

〝死体〟とは思えないほど元気よくノアの心臓は早鐘を打っていた。嬉(うれ)しかったから。心があるよって、言ってもらえて。サクトはノアが一番ほしい言葉をくれた。

サクトに抱きしめられてたら、本当に自分には心があるのかも、なんて思えた。だって、辛(つら)くて悲しかったけれど、サクトのぬくもりを感じると安心できて落ち着いた感じがして……。

この感情の動きはきっと自分のものなんだと思えたから。

戸惑いもある。

どうしてサクトをこんなに意識してしまうんだろう。

サクトが気になる。

どうしてあんなに過酷な戦いを自分一人で引き受けようとするの？

自分の腕を斬り落としたり、敵陣の真っただ中、一人で陽動を引き受けたり……。

ノアは結局、今日までぐるぐるとサクトのことばかり考えてしまって、このままちゃんと話をせずに戦いに赴くのは危険だと思った。

否。

それは言い訳。

ただ、サクトと一緒にいたかっただけ。もしかしたら明日死ぬかもしれないから、最後に少しだけ、二人っきりで過ごせたらいいなって思っただけ。

その感情の流れすら、ノアにとっては不思議なものだったけれど――。

「よーし！」

パンパン、と両の手のひらで自分の頬をはたいて気合いを入れる。

トン、トン、トン――と扉を三回ノックした。

ノックする手が震えていて、苦笑い。何をそんなに緊張してるんだろう？

「…………」

返事がなかった。

「サクト？」

ドアノブをひねってみる。鍵はかかっていなかった。

「入るよ？」

サクトは一人部屋だ。新しい死体人形（ダミーライフ）が補充されたら、二人部屋になる予定だったが、ずっと補充されていない。

部屋に入ると、サクトは机に突っ伏していた。

「サクト⁉」

驚いて駆け寄ってみる。けれど規則正しい呼吸音を聞いて、単に居眠りしているだけだとわかった。

――そっか。疲れてるよね。休暇だった私たちと違って、作戦の相談とか、説明とか、いろんなことをしてたもんね。

起こしちゃったら悪いな、と思い、ノアはその場を後にしようとしたが、視界の端に入ってきたものに気づき、足を止めた。

一冊のノートだった。

表紙には〝Noa's Diary〟と書かれている。

「ノアの日記……？」

自分の名前が書いてあったことに不気味さを感じてしまう。作者がサクトだと思ったからだ。ずっと監視されていて、観察日記でもつけられていたのか、と。

だが、表題の筆跡に違和感を覚える。

この筆跡は、サクトのものじゃない。

ノアはサクトの直筆の文字をほとんど見たことがない。けれど違うとわかった。

なぜなら、筆跡が自分のものだったからだ。

もちろん、書いた覚えはない。

ノアは誘惑に勝てなかった。

書いた覚えのない、自分の書いた文字……。

それが意味するものを、ぼんやりと予感しながら、ノアは日記を手に取り、開いた。

〝二〇七〇年一二月一日
日記帳を新調！
日記帳を使い切れたなんて、すっごくハッピーだね。まだ死んでないことに感謝！〟

書かれている文字の筆跡は間違いなく自分のものだった。

そして日付は、自分が起動するよりも前のもの。

これで確定した。

この日記は今のノアが起動する前のノア――つまり、前世のノアが書いたものだ。

死体人形(ダミーライフ)は前の体の個性を強く引き継ぐ。その代表格が筆跡である。だからこの日記は
もしかしたらノアのオリジナルのものかもしれない。

だが読み進めていき、それも否定された。

〝今日から新しい任務。日記はあんまり書けないかも？　ギターケースに入れといたらなくなっちゃうかもだしね～。
死体人形（ダミーライフ）たるもの、私物に執着しちゃダメ。
刹那的に生きようね〟

この書き手も死体人形（ダミーライフ）だったのだから。

「私……一代目じゃないんだ」

これが何代目のものかはわからないけれど、少なくとも自分は二代目以降――。死体人形（ダミーライフ）として生きている以上、想定内のことだが、やはり衝撃は大きい。長く生存していればそれだけ、自分が何代目なのか知る可能性も高くなるので、それが今だったというだけの話。

――でも、じゃあどうしてサクトが前世の私の日記を持ってるんだろう？

その答えはすぐにわかった。

〝サクト、いい子だなぁ。頑張り屋で。ただ、ちょっと、今の世の中で生きるのは、しんどいかも。優しい泣き虫さん（クライベイビー）だから〟

そしてそれは、ノアの疑問のすべてを解消するものだった。

──サクトは会ってたんだ。前世の私と。

サクトの経歴は、やっぱり間違っている。死体人形(ダミーライフ)になって三週間とか、そんなんじゃない。ちょうどこの日記の日付は、サクトの体が死んだ時期──シルワ皇国が陥落したタイミングと一致する。

死んだ直後に死体人形(ダミーライフ)になったサクトは、先代のノアと一緒に任務に就いたんだ。

ノアは日記を読み続けた。

そして知る。先代のノアがサクトをどう思っていたのかを。

──同じだ。

ノアは思った。

──きっと、〝彼女〟は私と同じ気持ちだったんだ。

頑張り屋で、不器用で、だけど優しいサクト。

そんな彼のことを、〝彼女〟もまた、気になっていて……。

ノアは、先代のノアの気持ちを知ったことで自分の気持ちを理解できた。

そしてこの気持ちをサクトに伝えたいと思った。

でもサクトはそんなことを言われても困っちゃうかもしれないから、大事な作戦が終わるまでは胸にしまっておこう。サクトが作戦に集中できるように。

ノアは毛布をベッドから引っ張ってきて、そっとサクトの肩にかけてあげた。

「頑張ろうね、サクト」

小さくささやくように言うと、ノアは部屋を後にした。

2

「パーツはこれで全部だな」

サクトはふぅっと息を吐いた。

ＣＯＡの拠点。破壊されたマンションの残骸を撤去し、そこに十五のパーツを集めることには成功した。

あとは完成までもたせることができれば、勝機ありだ。

サクトとノアの前では、ヨシヒロを含むＣＯＡのメンバーに手伝ってもらいながら、アライアンス軍の死体人形（ダミーライフ）がせっせと組み立てを始めている。

そんな二人の耳に、金属質な羽音が聞こえてくる。

「来たな」

「予想通り！」

サクトが言うと、ノアがニヤリと笑う。

ギターケースを開き中からチェーンソー〈バッドヴァージン〉を取り出すと、ヴオオオオン!!　というけたたましいエンジン音とともに走り出す。

だが戦うわけではない。

ある程度走ったところで、ピタッと立ち止まった。

その隣で、サクトも〈徒花(あだばな)〉を構えて待つ。死体人形兵(ダミーライフ)とCOAのメンバーも何名かサクトとノアのそばにやってきて待機する。

視線の先にはアンゲルス〈ラファエル〉。その数、五機。

全長が三メートルほどと、アンゲルスの中では小型の部類に入る。戦闘能力は低いが小回りが利くので、偵察任務や物資の運搬などに使われることが多い。

〈ラファエル〉は一定の距離を保ちながらサクトたちの様子を窺(うかが)っている。あえてサクトたちも攻撃を加えたりはしない。

敵の巡回を見つけ、ノアやサクト……それからCOAのメンバーが警戒している、という風を装う。

敵はまだアライアンスの意図には気づいていない。不審な動き――大量の物資がCOAの拠点に運び込まれたことを知って、偵察に来たレベル。

偵察に来た敵に対し、こちらも威圧で応える。

緊張状態になるが、まだ開戦はしない。少なくともアライアンスからは仕掛けない。

この緊張状態をギリギリまで維持し、時・間・を・稼・ぐ・。

――三十分後。

《上空にアンゲルス〈ガブリエル〉出現！　ジャミング装置を捕捉されました！》

司令部からの通信が入ったのと、目の前に集まっていた〈ラファエル〉が一斉にサクトたちのほうへ駆け出したのは同時だった。

背中の翼を広げジェットエンジンをふかし、滑走するようにして殺到してくる。

「下がれ！」

ＣＯＡのメンバーに指示を出しつつ、サクトは刀の柄（つか）に右手をかけた。

「はっ!!」

掛け声とともに一閃（いっせん）する。

〝幻影抜刀（ファントムエッジ）〟――鞘（さや）の中を滑らせることで、死体人形（ダミーライフ）専用刀〈徒花〉の高周波振動の勢いを最大限に高め、放たれる衝撃波。

五機の〈ラファエル〉が直撃を受け、腰から両断され崩れ落ちる。

サクトが破壊した群れの向こうから、急襲する機体――〈ガブリエル〉。

「〝神速（ブリンク）〟」

〈ガブリエル〉は死体人形（ダミーライフ）たちに襲い掛かろうとするが、そこに立ちはだかるようにノアが出現した。

「ノアちゃん参上でーす！」

突然現れたように〈ガブリエル〉の操縦者（リモートパイロット）には見えたのだろう。面喰（めんくら）ったように機体がブレる。

その隙を見逃すノアではなかった。

「えい！」

チェーンソーを振りかぶりながらジャンプし、落下の勢いに任せて垂直に〈ガブリエル〉の頭を叩き斬る。

ガリガリガリガリという耳障りな音とともに、チェーンソーの刃が〈ガブリエル〉の頭にめり込んでいく。

致命傷を負った〈ガブリエル〉が、どうっと地面に倒れた。

その背に立ったノア。

視線の先には、三機の〈ミカエル〉。

「ふぅー。これは本格的にバレちゃったかな?」

「少なくとも何か悪さをしているというのはバレたみたいだな」

サクトはオルド・モジュールを通して、通信をCOAのリーダー――ヨシヒロに繋ぐ。

「組み立てのほうは?」

《巻きでやってる。あと二十分、持ちこたえてくれ》

「だそうだ」

「よゆーっしょ!」

ヴヴン!! と唸るチェーンソーのエンジン音。

*

二十分後――ジャミング装置〈デッドナイト〉が起動した。

固定砲台〈スカディ〉の停止が確認されると、アライアンス軍の軍用ヘリが四方から千葉（ちば）基地へ堂々と進軍した。

基地上空から死体人形（ダミーライフ）兵たちが降下。

地上では千葉基地に詰めていた人間の兵たちが迎え撃つ。

銃撃の嵐に身をさらす死体人形（ダミーライフ）兵だが、血を流しながらも進軍をやめなかった。強引に人間の兵へと近づき、死体人形（ダミーライフ）用の軍刀で兵士たちを両断する。

多少の銃撃を受けたところで、死体人形（ダミーライフ）は戦闘能力を奪われない。

ユニオンの兵士たちはパニックに陥った。

アンゲルスの遠隔操作による一方的な蹂躙（じゅうりん）によってここまで来た軍である。人間の兵は占領後の治安維持がメインの仕事。

戦場で生き残る術（すべ）を心得ている者は少なかった。

死体人形（ダミーライフ）兵の先陣を切り、兵士たちを斬りながらサクトは思った。

――行ける。これなら、落とせる。

隣を走るノアに目配（めくば）せすると、ノアは笑顔で強くうなずいた。

――勝てるぞ、俺たちは！

基地の正面玄関を突破し、階段を駆け上がる。

途中で人間の兵に遭遇するが、サクトとノアの敵ではない。

「ヨシヒロ、そっちは!?」

《大丈夫だ。敵は腰抜けしかいねぇ。対人だったらCOAの敵じゃねーよ！》

最大の懸案事項はジャミング装置〈デッドナイト〉が人間の兵によって破壊されることだが、そちらはCOAのメンバーおよび死体人形兵(ダミーライフ)たちが問題なく守っているようだ。

行ける、行けるぞ……！

そしてサクトとノアは、司令本部に到着した。

部屋に飛び込んだ瞬間、銃撃を受けるかと思いきや——

何も攻撃されなかった。
・・・そもそも部屋に誰も・い・な・かった。
「え!?　またここが司令部じゃないってこと!?」

ノアが焦り出すが、

「いや、そうでもなさそうだ」

サクトは部屋を見回す。

ディスプレイには千葉(ちば)基地周囲の情報がいろいろと映し出されているし、端末も起動している。

この場所が司令部だったのは間違いないはずだ。

「おそらく直前までユニオンの軍人たちがここに詰めていたが、俺たちが攻め込んできたから放棄して脱出したんだろう」

「敵前逃亡？」

「戦略的撤退かもしれない」

サクトは司令室の端末を操作してシステムをハックし、アンゲルスの操作に関わる部分を完全に停止した。これで〈デッドナイト〉を止めてもアンゲルスは動かない。

「信号弾を屋上から打ち上げてくれ」

一緒に来ていた死体人形（ダミーライフ）の一人にお願いした。

「もう勝てないと思って撤退命令を出したの？　ずいぶん歯ごたえがないんだね？」

納得できない様子でノアが言う。

こうして千葉基地は落ちた。しかしサクトも釈然としなかった。


完全に停戦が確認されたので、サクトはノアと一緒にジャミング装置〈デッドナイト〉のところまで戻ってきた。

まだ〈デッドナイト〉が動いていた。おかしいな、と思う。信号弾が上がったら止めてもいいと知っているはずなのに。

「ヨシヒロ。千葉基地は落ちたから〈デッドナイト〉を止めて大丈夫だ」

「あ、ああ、そうだな……」

サクトの言葉にうなずくヨシヒロは、なんだか上の空に見えた。

様子がおかしい。ヨシヒロだけではなく、その場にいる全員が慌てているように見えた。

「何かあったのか？」

「東京の司令部と連絡が取れないんだ。信号弾が見えたから、ジャミング装置〈デッドナイト〉を切ってもいいか念のため確認しようとしたんだが……」

「中佐と連絡が取れない……？」

ざわり、と胸騒ぎがした。

3

東京――日本陸上死体人形（ダミーライフ）軍第八大隊司令室。

シオンはモニターを見つめていた。

ジャミング装置〈デッドナイト〉は正常に作動し、予定通り敵の固定砲台〈スカディ〉およびアンゲルスは機能を停止。一斉攻撃が可能となった。

じきに千葉（ちば）基地は落ちるだろう。

だがシオンは、モニターに映る戦況を見ながらかすかな違和感を覚えていた。

簡単すぎる。
・・・。
それは長く戦場にいることで培われた勘なのか、それとも高い幸福感に満たされた際に人生のバランスを取ろうと無意識に悪い想像をしてしまうという人間の癖なのか――。

そのかすかな違和感がシオンの命を救った。

背後の気配に対し、咄嗟にシオンは身をひるがえし、その場から跳んだ。

直後、銃声。

弾丸が、シオンの頬をかすめた。

シオンはデスクの裏に身を隠す。

「おや。まさか初撃を避けるなんて。さすがは中佐。戦闘能力も一級品ですね」

陽気な声だった。聞きなれた美声。

「何のつもりだ、大尉」

フォンスが銃をシオンに向けている。

「おやおや、中佐ほどの人が状況を理解できていない？」

「――なるほど、貴様はユニオンの人間、というわけか」

「ご名答です」

シオンの問いに答えながら、フォンスは背後に向かって銃撃した。フォンスを取り押さえようと近づいてきていた男性士官の額に風穴が空く。

男性士官は音もたてずに近づいていた。フォンスがシオンとの会話に気を取られているうちに無力化しようとしたのだろう。射殺しようとしなかったのは情報を得るため。それが仇になった形になる。

それを理解した複数の士官が一斉に銃を抜いたが、結局銃撃はできずに額に穴を空けられてしまった。フォンスによる最大効率の早撃ちによって全員が一瞬で無力化されてしまう。

「邪魔をしないでくれるかな？　オレは今、中佐と話をしているんだ」

脳内を駆け巡る疑問。

フォンスのプロフィールは完璧だった。つまり素性を隠して中に入ってきたということで……いったいどうやったんだ。アライアンスの工作員の調査能力は一級品だ。それを欺くのは不可能なはず……。

ゆっくりと、フォンスが近づいてくる。

「総統直轄特務部隊〈ネメシス〉、位階Ⅸ(ナインス)、異称〝人形遣い(マスターオブパペッツ)〟。以後お見知りおきを。もっとも、以後があればの話ですが」

「黙れ！」

別の士官がフォンスへの攻撃を試みた。一発で無力化される。

今度は撃ったのはフォンスではなく、別の士官だった。

――複数の裏切者がいる？　だが彼は……

撃った士官はもう三年もシオンと一緒に仕事をしている。寝返ったというのか？　ありえるのか？　アライアンスを、祖国を捨て、敵国につくなどということが？

それに関して言えば、フォンスがユニオンの人間なのも意味がわからない。サクトに聞いた話では、彼はシルワ皇国の人間である。ここに情報の捏造(ねつぞう)はない。祖国を滅ぼされた人間がどうして滅ぼした側の陣営として戦っているんだ。

あらゆる疑問が頭を渦巻く中、それでもシオンは行動を起こしていた。デスクを遮蔽物にしながら、じりじりと移動する。

その先は窓。

銃声がした。別の士官がまたフォンスへの攻撃を試み、そして射殺される音。胸の中で仲間たちに謝罪をしながら、シオンは自らの生存を優先して行動した。このままでは全滅する。誰か一人でも生き残り外に伝えなければならない。裏切者がいたことを。組織が中から蝕まれていることを。

シオンは窓を蹴破って外に飛んだ。左肩に銃撃を受ける。フォンスもシオンの行動を予測できていなかったのだろう。この程度のダメージで済んでよかったとさえいえる。

シオンは樹木の中に落ちた。枝を叩き割りながら落下し、背中から地面に叩きつけられる。息が止まり、体が損傷するのがわかったが、意識ははっきりしていた。五階からの落下でも木がクッションになるだろうという一か八かの賭けに勝った。

痛みに耐えながら立ち上がり、駆け出す。

敷地内を走りながら考える。

だがその思考も、巡回中の兵と鉢合わせ、止まる。

シオンは拳銃を抜き、狙いを兵の眉間に合わせた。

兵は両手を上げて、反抗の意志がないことを示しているが――。

「おまえは、どっちだ？」

シオンは問う。

「自分はアライアンス側です」

銃声――。

問答無用の、シオンによる発砲。

兵士は眉間から血を噴出しながら仰向けに倒れた。

「悪いな。この場合、模範解答は『どういう意味ですか？』だ。咄嗟にユニオン派かアライアンス派か訊いたとわかる人間は反乱分子である可能性が高い」

もちろん百パーセントではない。だが今は疑わしきは処断しなければ自分の命が危ない。

そして……シオンの判断は正しかった。

倒れた男の頭髪がズレていた。

ウィッグを被っているのだ。

引きはがしてみると、丸刈りになった頭に機械機構を見つけた。

オルド・モジュール……。

これを隠すためにウィッグをつけていたのだろう。

「死体人形か……」

シオンは理解する。

誰かが東京支部の軍人たちを密かに死体人形化して回ったのだ。そして死体人形に人間の振りをして生活するように命令を与え、しかるべきときに反乱を起こす準備をさせる。

何名犠牲になり、敵側の死体人形（ダミーライフ）となったのかはわからないが、少なくとも、司令室の半数がなってしまうレベルで侵食は進んでいた。

死体人形（ダミーライフ）化を行ったのはフォンスだったのかもしれない。

そして、千葉（ちば）基地攻略作戦の実施時を狙い、反乱を開始。軍事リソースが千葉基地攻略に集中しているタイミングで、司令室の機能を奪ったのだ。

国防省に連絡をしなければ。新宿（しんじゅく）の駐屯地が乗っ取られた以上、ここから東京に進軍される危険がある。東京全体の軍事的防衛機能を兼ねる国防省に早急に対応を頼まなければ。

携帯端末を操作し、国防長官へのホットラインに連絡するが……。

「ダメだ！　繋（つな）がらない！」

国防省もやられた。

事態は最悪だ。

国防省の管制室からは防空システム〈サルヴェーション〉へのアクセスが可能だ。〈サルヴェーション〉は東京の命綱。あれがあるおかげで、東京はアンゲルスによる直接攻撃をされないで済んでいる。

敵の目的は内部から侵食することで〈サルヴェーション〉を停止すること。そしてアンゲルスを投下し、東京を一気に攻め落とすつもりなのだ。

なぜという感情が湧く。

なぜフォンスなのだ。サクトの親友がなぜ……。

4

「躊躇（ちゅうちょ）なく仲間を囮（おとり）にして逃げたか。したたかな女だ」

血の海と化した司令室に立つフォンスは独りごちた。

ものの数分で司令室の人間たちは全滅した。いまフォンスとともに立っているのはすべて死体人形（ダミーライフ）である。

「まあ彼女一人でできることなど知れている。いまは計画を進めよう」

フォンスは用のなくなった司令室を出て、国防省へ向かった。

死体人形（ダミーライフ）の運転する車に乗り、目的地へと向かう。

大きな仕事を一つ成し遂げたからだろうか、道中、フォンスは過去に想（おも）いを馳（は）せた。

思い浮かぶのはマグナについてだった。死体人形（ダミーライフ）を用いた作戦を遂行し、かつ、マグナの死体とともにいる時間が長かったからかもしれない。

マグナの死を知ったとき最初に思ったのは、彼を失って悲しいとか、彼を殺した敵が憎いとか、そういう親友（フレンド）としての感情ではなく、「勝ち逃げされてしまった」という好敵手（ライバル）としての感情だった。

マグナはフォンスにとってそれくらい大きな存在であり、目の前にそびえる強靭（きょうじん）な壁だった。

マグナと初めて会ったのがいつなのかフォンスは覚えていない。幼馴染（おさななじみ）とはそういうものだ。物心ついたときにはそばにいた存在。

フォンスの最初の記憶は、小学校（プライマリースクール）の五年次だ。フォンスはマグナの二つ年上だ。けれど出会ったとき二人は同学年だった。マグナが飛び級をしていたからである。

幼いころの二歳差は大きな体格差を生む。今でこそフォンスとサクトの身長はあまり変わらないが、当時、マグナは小さくフォンスは大きかった。

そして、小さいマグナは格好のいじめの対象となっていた。

頭がよく、先生や保護者からチヤホヤされ、しかも皇子であるマグナを面白く思わない者が何人もいた。マグナがおとなしく、反撃をする気配がないというのも理由として大きかっただろう。本来なら敬われるべき血筋の人間なのに、マグナは当然のようにいじめられていた。高貴な人間を攻撃するという背徳感が、いじめに愉悦をもたらしていた可能性もあった。

フォンスはマグナをいじめて喜んでいる連中も、いじめられっぱなしな皇子様も、どちらも軽蔑していた。雑魚が雑魚を攻撃して喜んでいる様子にうんざりしていた。

だが――ほどなくして、その感想が間違いであるとフォンスは知る。

下校中、学校の近くで、中学（ジュニアハイ）くらいの三人組が同じくらいの年齢の女子に絡んでいた。

フォンスは小学生だったからその場では見て見ぬふりをして大人でも呼んでこようかと思っていた。

そのそばをマグナも通りかかった。同じ学校に通っているのだから当然通る道だった。マグナの対応もフォンスと似たり寄ったりだろう――そう思ったのだが違った。

「あの……」

自分より年上の相手に話しかけたのだ。

「あ？　なんだガキが」

おそらく彼らもガキだったのだが、三人組の一人が言った。子供だったからだろう、マグナの身分も知らずに、堂々と反抗的な態度を取った。

「困ってるみたいだし、その辺にしといてあげなよ」

「はあ？　おめーに関係ないだろ。あ！」

マグナは話しながら女子に目配せをしていた。マグナの意図を知った女子はペコリと頭を下げるとダッシュで逃げていった。

「てめー！　逃げられちまったじゃねーか！」

一人がマグナに飛び掛かった。

だがマグナはひょいっと地面を蹴って後ろに跳んで攻撃をよけると、女子とは反対方向に駆け出した。あまりに軽い身のこなしだった。当然、三人はマグナを追いかけたが、あの初速を考えるとマグナは逃げ切れたのではないだろうか。

翌日、フォンスは学校でマグナを捕まえて、前の日の出来事について訊いた。あの身のこなしは只者ではないと思い、興味が出たのだ。

マグナは困ったような愛想笑いを浮かべると。

「学校では内緒にしててほしいんだけど……」

と言って事情を話し始めた。

聞くと、マグナは帝王学を学ぶ一環で武術をいくつか修めており、特に剣術という分野ではかなりの使い手らしい。あの俊敏な身のこなしは武術の稽古で身につけたのだ。

「なんで内緒にしなきゃいけないんだ？　みんなに言ってやればいいじゃん。そしたらいじめられないよ？」

フォンスは心底不思議でそう訊いた。

「だって……可哀想だから」

「は？」

「ちゃんと戦えば、たぶん、いじめっ子たちをやっつけられる。でもさ、僕は年下だろう？　小さい子に負けちゃったら、みんなメンツがつぶれちゃうと思うんだ」

メンツなどという難しい言葉を使う彼が、フォンスには眩しかった。

そのときからだ。フォンスがマグナに対して嫉妬心と強烈な憧れを抱くようになったのは。同時に、彼の凄さをわからない者たちすべてを心の底から軽蔑するようになった。また、「オレだけがこいつの凄さをわかっている」という優越感に浸るようにもなった。

面白かったのが、これだけ能力の高いマグナだが、コミュニケーション能力は壊滅的で、いじめられっ子だったせいで友達もいなかった。フォンスとは先のきっかけで話をするようになったので、唯一話せる相手がフォンスという状態になった。

能力が高いのに危うくて目が離せない存在。いつの間にか弟みたいに思うようになった。マグナも、スクールカーストの上位にいたフォンスと仲良くなったことでいじめがなくなったため、フォンスに感謝し懐いてくれた。

中学(ジュニアハイ)に入るころには、いつもつるむようになっていた。また、一緒に飛び級し、二人とも早めの大学入学を実現した。

成績は――実はフォンスのほうがよかった。

けれどそれがまやかしであることをフォンスは知っていた。

マグナはいつも本気を出さなかった。彼は日陰で一人本を読んでいるタイプで、競争を好まなかった。

対するフォンスは絶対にマグナに負けたくなかった。だから血のにじむような努力をして学んでいた。

けれど一度だってマグナに本当の意味で「勝てた」と思えたことなどなかった。

「フォンスは凄(すご)いな。頭もよくて、カッコよくて。彼女もいてさ」

マグナはいつも優しい笑みを浮かべながらそう言ってくれたけれど、フォンスは「違う」と心の中で叫んでいた。

違う。凄いのはおまえなんだ。オレはただ、おまえに追いつこうと必死になっているだけ。

だけどいつか、おまえに勝って見せる。絶対に。

だから――マグナが死んだと知らされたとき、「勝ち逃げされた」と思ってしまったのだ。

すぐに自己嫌悪に襲われた。自分はマグナの親友ではないと思い知った。マグナがフォンスを唯一無二の親友だと思ってくれているのを知っているからこそ、彼を失って一番最初に悔しさを感じた自分が嫌だった。

そして、目標を失った自分は何をすればいいのかわからなくなった。さながら羅針盤を失った船のような気分だった。

あの人が、目標をくれるまでは――。


「おまえか」

あの日――ユニオンの街で事件を起こし、独房に入れられたフォンスのもとに現れたのは、仮面をつけた人物だった。

長い髪は黒く、外套も黒。闇に溶けてなくなってしまいそうな色合いをしているのに、どういうわけか異様に存在感がある。そして声は中性的で、男性とも女性ともつかないぼんやりとしたもの。曖昧なのか明確なのか見ていると戸惑ってしまう、渾沌とした印象の人物だった。

「誰だよ、あんた」

「貴様！　総統閣下に無礼な態度をとるな！　死罪だぞ!!」

横にいた係官が怒鳴りつけてくる。

総統？　ユニオンの親玉か？

そんな大物が、どうしてここに？

「よい。反抗的な者は嫌いではない」

総統と呼ばれた人物が部下を制した。

「少し話がしたい。外に出てくれるかね」

フォンスに拒否権はないだろうから素直に従った。

連れていかれたのは高いビルの最上階だった。

ガラス張りの部屋で、街を一望できる一室。

「地上五十一階。大した高さではないが、それでも街を見下ろすには事足りる高さだ」

総統は言った。

「君はこの景色を見て、何を思う」

眼下の景色――ユニオンの大都市は壮観だ。昼間だったから細部までよく見えた。綺麗に整備され、人通りも車通りも多く、活気がある。世界のどこかで戦争が起きているなんて――そしてまさにその戦争をこの国が起こしているなんて、ここで暮らす人々はきっと誰も思っていないだろう。

フォンスは炎に包まれた故郷を想い、下唇を噛んだ。

今目の前にいる人物は、マグナの死を招いた存在。

そんなやつに忖度する必要などない。だからフォンスは思ったことをそのまま口にした。

「金のかかった街だな。貧しい国からいったいどれだけ絞れば、こんな街ができあがるんだ？」

「この街は――君やマグナ皇子が手に入れることができるはずだったものを象徴している」

総統の答えはフォンスの問いに答えるものではなく、そしてフォンスの想像の範囲外のものだった。

「はあ？」

「君たちは奪われたのだよ。私たちにではない。シルワ皇国の指導者たちに」

「意味がわからない」

「そうだな、少し飛躍した。もっと丁寧に言えば、シルワ皇国の指導者たちが私たちに反逆したから奪われた未来を象徴しているのだ」

「自分たちがシルワを攻め落としておいて、オレたちの指導者に責任を転嫁するのか？」

「実際責任はある。私たちは再三、ユニオンへの加入を要請してきたが、断られ続けた。それだけなら、私たちも不問に付した。だが、アライアンスと繋がっているとあっては、黙っていることはできなかった。我々にとって脅威になるからだ。敵になるくらいなら、攻め落とすべきだと判断した」

「ふん。その分、ユニオンにも便宜は図っていただろう。それに、オレたちの国は中立を貴ぶ。独裁国家の支配に屈するわけにはいかない」

「素晴らしい理念だと思うよ。君もいずれ国をまとめる立場になる人だから、そのような志を持てるのは当然だ。だが……民はどう思っていたのだろう？　中立だからと言って、私たちユニオンだけではなく、わざわざ貧しく、倫理的にも問題のある国と手を組みたいと考えていた人々が、どれだけいただろう？」

「それは……」

実際、メリットは小さかったはずだ。アライアンスとの関係が密になれば、その分ユニオンとの軋轢が生まれる。ユニオンの軍事力はシルワにとって脅威で、そして実際滅ぼされたのだ。

「皇家は民意を無視した。君やマグナ皇子はその犠牲者なのだよ」

「詭弁だ。自分たちがやったことを正当化したいだけだろう」

それでもフォンスにとって敵の言葉は受け入れがたかった。

「そのように聞こえても仕方ないだろう。だが私たちはあくまで連邦国家。シルワ皇国も滅亡したわけではなく、別の国に生まれ変わっただけ。そして場合によっては君主制を復活させてもいいと思っているのだよ」

「何が、言いたいんだ……？」

「君主制を廃したのは、皇家を滅ぼすことでしか国を浄化することができなかったからだ。だが、ふさわしい皇帝が現れるのであれば、もう一度君主制を復活させるのもやぶさかではない。シルワは君主制こそがふさわしい国家だからだ。君主制の滅亡は思想的なものではない。我らユニオンは、正義に従うという範囲において、あらゆる思想を肯定する、いわば思想のるつぼ」

「だけど、もう皇帝はいない。皇家は滅亡したんだ」

「君が皇・帝・に・な・れ・ば・い・い・」

「!?」

「もし君が皇帝になる覚悟を持ち、そして、その器を育てられるのであれば、私は君にシルワ皇国を率いてもらいたいと思っている」

オレが……シルワの皇帝に!?

最初に湧きあがってきたのは怒りだった。

どこまでシルワ皇国を——マグナを侮辱すればこいつは気が済むんだと思った。

シルワの皇帝はマグナ以外にありえない。そして自分はマグナの右腕になる——そう夢を語り合っていた。

オレが皇帝になんて、なっていいわけがない。

「自分は皇帝にふさわしくないと思っているようだね」

「当たり前だ」

「だが君は継ぎたくないのか？　親・友・の・遺・志・を・」

「!!」

「君はおそらくマグナ皇子の右腕になるつもりだったのだろう。いい友人だ。だがそれは逃げじゃないのかな？　自分は絶対に彼には勝てないという諦めではないのかな？」

「それは……そもそもオレには皇位継承権がないから………」

「では、仮に皇位継承権があり、マグナと争うことができたら、君は皇帝を目指したのかね？」

「………」

目指さなかっただろうと思った。なぜなら自分はマグナには勝てないから。自分の居場所は彼の一歩後ろであり、国を率いる先頭ではない。自分はそういう器ではない。

「そう、逃げ。しかし君は心の奥底では思っていたはずだ。彼をいつか超えてみたい、と」

なぜだ。

こいつはなぜ、オレの心を見透かすんだ？

さまざまなプロフィール。フォンスの言動。すべてを分析すれば、この結論にいたるのかもしれない。実際、ライバル心を隠していたわけではないから。それにしても、この洞察力は、いったい、何なんだ……。

「彼を失い、君は安堵（あんど）している。勝負は彼の勝ちで終わったが、勝ち逃げされたから仕方がないと言い訳できるから」

「やめろ！」

「だが――彼のなしえなかったことをすれば彼に勝ったことにはならないかな？」

「どういう意味だ……？」

「彼は死んだ。君は生き残った。これは明確な一つの白星。そして彼に代わりシルワ皇国を再建すれば、皇帝になれなかったマグナに君は勝ったことになるのではないか？」

考えたこともなかった。

マグナに勝つ。

そしてそれは、マグナの遺志を継ぐことにもなるのだ。

彼は皇帝になるはずだった。

なれなかった代わりに、オレが皇帝になる。


こうしてフォンスはユニオン総統直轄特務部隊〈ネメシス〉に所属した。

位階Ⅸ（ナインス）、異称〝人形遣い（マスターオブパペッツ）〟。

部隊で功績をあげ、ユニオンを勝利に導いたとき、フォンスはシルワ皇国があった地域を与えられる約束になっている。

*

青年――フォンスが国防省の廊下を歩いている。
いたるところに転がる遺体は死体人形化（ダミーライフ）しそこねた軍人たち。

管制室の扉を開ける。

血に染まった部屋は、そこにいる上級軍人たちの返り血の量を物語っている。

部屋に立っているのは、三人の死体人形(ダミーライフ)だった。

ナビゲーター、技術班、そして——国防長官。

国防長官の椅子に、優雅に腰掛ける青年——フォンス・ウェスペル。

「では、防空システム〈サルヴェーション〉を停止してくれ」

国防長官の死体人形(ダミーライフ)が端末を操作し、防空システムの停止を告げた。

そしてフォンス自身が端末を操作し、〈天使の梯子(エンジェルラダー)〉——衛星軌道上に存在する、アンゲルス収容装置へとアクセスする。

ゾロゾロと、死体人形(ダミーライフ)兵たちが国防省の管制室に入り、席に着いた。

「死体人形(ダミーライフ)兵に告ぐ。これより、東京攻略作戦を開始する。各自アンゲルスを操作し、東京を壊滅せよ！」

フォンスの命令を合図に、空からアンゲルスの群れが舞い降りた。

「さあ始めよう、死体人形(マグナ)。オレとおまえ、どちらが皇の器か決めるときだ」

5

サクトのオルド・モジュールに通信が入った。

シオンの携帯端末からの通信だった。

《オノだ》

「中佐。司令部と通信が繋がらないんですが、何が起きてるんです？」

《簡潔に話す》

サクトはシオンから、司令部が死体人形化された軍人に占拠されたことと、国防省も落ち、防空システム〈サルヴェーション〉が停止したこと、じきにアンゲルスが降りてきて、東京が侵攻されるであろうことを聞いた。

「大尉は無事ですか!?」

サクトは思わず訊いていた。自分がマグナではなくサクトであることを忘れて。生き残ってくれた、たった一人の親友。彼が凶刃に斃れたとしたら――自分はこの戦いを平常心で戦い抜けるだろうか。

しかしシオンの口から出たのはそれすら最悪の事態ではないと思い知る内容だった。

《大尉は無事だ。なぜならやつが裏切者だからだ》

言われていることの意味を咄嗟には理解できなかった。

裏切者？　フォンスが？

あまりの衝撃に、サクトは呆然とその場に立ち尽くすことしかできなかった。

「東京の軍人さんたちを死体人形化って……そんなことできるんですか？　しかもたくさんなんですよね？」

サクトが返事をする前に、ノアが訊いた。

回線を開き、ヨシヒロの端末からシオンの声が聞こえるようにしたので、この話はノアや周囲のCOAのメンバーにも共有された。

ノアの疑問は、おそらくこの場にいるすべての者の気持ちを代弁している。

《死体人形化自体は、対象を殺害後、LDバチルスを投与してオルド・モジュールを装着すればいいだけだ。きちんと情報を与えて制御できれば、人間の振りもさせられる。ただ、死体人形化する予定の人物について詳細なデータを取り、それを死体人形たちに徹底させるなんていう、気の遠くなるような作業を本当にできるのならだがな》

シオン自身も理屈ではわかっているが信じられてはいないのだろう。

《とはいえこうなった以上、やつらは実現したのだろう。外からダメなら内からというのは正しい戦略だ。アンゲルスは防空システムで防衛できるが、人の行き来までは止められない。どうしても、工作員が紛れ込んでしまう場合はある》

サクトはシオンの話の内容が半分も頭に入ってこない。

死体人形をユニオンが利用した――。

この事実がフォンスこそが裏切者であると告げている。

フォンスはシルワ皇国で科学を学んでいた。シルワ皇国には死体人形に関する知識と技術の蓄積がある。それらを修めたフォンスであれば軍人たちを死体人形化して操るための諸々の技術をユニオンにもたらしていてもおかしくない。

裏切者はフォンスだ。この作戦を主導しているのもフォンス。

なぜだ、という想(おも)いが胸の中に広がる。

なぜユニオン側についた？　やつらは俺たちの国を焼いた。姉さんを殺した。おまえが好きだった姉さんを、だ。

なぜだ。

なぜ、なぜ、なぜ!!

「サクト！」

ノアがサクトの肩を掴(つか)んで揺さぶった。

「しっかりして！　今は悩むときじゃない」

「……わかってる」

思考を停止する。フォンスについて考えるのはよそう。

今は状況を把握し、打開しなければ。

《ここからは最悪の事態を想定して動く。サクト、この回線を千葉で展開する死体人形部隊(ダミーライフ)に繋(つな)いでくれ》

言われた通り、通信を解放する。

シオンは死体人形部隊(ダミーライフ)に現在の状況を説明し、今後の方針を指示した。

《千葉(ちば)基地の守備はＣＯＡの者たちに任せ、死体人形部隊(ダミーライフ)は東京に戻れ。国防省管制室を奪還し、防空システム〈サルヴェーション〉を復旧する》

「千葉(ちば)基地のことは俺たちに任せろ」

ヨシヒロをはじめ、COAのメンバーは快くうなずいてくれた。

《国防省の奪還が目的だが、敵もバカじゃない。正面からの突破は難しいだろう。そこで、死体人形(ダミーライフ)部隊を二つに分ける。アルファ部隊は陽動部隊。国会、病院、その他公共施設の防衛をしていると見せつつ、派手に暴れろ。敵の注目をそちらに釘(くぎ)づけにするんだ。その間に、ブラボー部隊が地下鉄網を使って移動し、国防省の管制室に向かえ。

アルファ部隊は私が遠隔で指揮する。ブラボー部隊はサクトとノアが指揮しろ。その他の編成は、今共有したデータの通りだ》

それぞれの部隊のメンバーが書かれたデータが送られてくる。

司令部が落ちたということは、シオンは携帯端末だけでこれだけの資料を作り上げたのだ。しかも短時間に。死体人形(ダミーライフ)たちのほとんどを把握して。神業だ。

《私は東京を脱出し、千葉基地への合流を目指す。移動しながら指揮することを許してほしい。では、作戦開始！》

6

国防省は新宿(しんじゅく)にある。第八大隊の駐屯地と、それほど離れていない。

十八階建てのビルの前に、サクト、ノア、ほか男性死体人形(ダミーライフ)二名と女性死体人形(ダミーライフ)二名が現れた。

遠くから戦闘の音が聞こえるものの、国防省の周囲自体は静かなものだった。

「アルファ部隊がうまくやってくれたみたいだね」

ノアが上機嫌に言う。

「ああ。だがここからは、戦闘が不可避だ」

建物の裏に回り、窓ガラスを蹴破って中に入った。

国防省内も閑散としていた。人の動く気配がほとんどない。代わりに、いたるところに遺体が転がっている。死体人形（ダミーライフ）以外の者は徹底して殺害したようだ。むごいことをする。

「私、ムカついてきた。大尉のやつ、絶対ぶん殴ってやる」

ノアが低い声で唸（うな）った。

管制室は十五階である。十一階に着いたところで、サクトたちは敵に遭遇した。

敵も死体人形（ダミーライフ）兵で、次々と死体兵器（ダミーライフアームズ）の軍刀を抜き、襲い掛かってくる。

「邪魔しないで！」

ノアがチェーンソーで迎え撃つ。軍刀ごと敵死体人形（ダミーライフ）を切り裂いていく。

サクトも刀を抜き、応戦した。

と、そのとき――。

しゅん、とノアの頰（ほお）から鮮血が散った。

「つっ――」

ギリギリのところで、ノアは首を傾けたため、顔面にくらわずに済んだのだろう。

またしても、見えない敵だ。

今回は最初からノアを狙ってきた。サクトとの戦闘は相変わらず避けたようだ。他の死体人形（ダミーライフ）を狙わなかったのは、他の兵でも戦えるからだろう。

ノアが一番、見えない敵が手を下すに値する者だったのだ。

ノアは走り出した。

ひゅっひゅっとノアの背中に向けて攻撃が走るが、その攻撃タイミングを読んだノアは〝神速（ブリンク）〟で回避する。〝神速（ブリンク）〟中のノアを狩れる者は、ほぼいない。だが〝神速（ブリンク）〟は体に負担がかかるのでクールタイムが必要だ。

だからノアは、〝神速（ブリンク）〟した際は、敵から距離を取るように動いた。敵が近づいてきたときには再び〝神速（ブリンク）〟。

ノアが部屋に駆け込み、鬼ごっこは終わった。

敵が駆け込むのが気配でわかる。

ノアが逃げ込んだ先はブリーフィングルームで、出口はなかった。

敵はきっと、ノアが袋のネズミになったと考えただろう。

「ざんねんでしたー！」

敵が部屋に走り込んだ直後、ノアは入り口から入れ違うように走り出た。

そしてさらに入れ違いに、サクトが部屋に駆け込み、扉を閉める。

オルド・モジュールによる遠隔操作で、扉に電子ロックをかけた。

部屋の中にはサクトと敵のみが残された。

「さあ、一対一(タイマン)だ。こそこそ隠れる卑怯(ひきょう)な戦い方は終わりにしてやるよ」

＊

――国防省に向かって地下鉄網を移動しているとき、サクトはノアに、見えない敵の対処について相談していた。

「室内で一対一(タイマン)で戦いたい？」

サクトの相談の意味を、ノアはすぐには理解できなかったようだ。

「ああ。理由は二つ。一つは音。狭い場所での一対一(タイマン)なら、自分と相手の音しか聞こえないし、反響するから音を拾いやすい」

「なるほど！　それで相手の位置を特定するんだね！」

「そういうことだ」

「もう一つの理由は？」

「ターゲットを自分だけに絞りたい。前回アズサがやられたとき、敵は俺と戦うのを嫌って別の人を狙った。俺がやつを攻略しつつあったからだと思う。だから密室に誘い込んで、強制的に俺と一対一(タイマン)になるようにしたい。それで確実に倒す」

「ふむふむ……」

「おそらく敵はノアを狙う。ノアはまだ敵を攻略できていない。一方で戦闘力は死体人形(ダミーライフ)の中だと最強クラス。先に潰そうとする可能性が高い」

「つまり、私が敵を引きつけて誘い込めばいいんだね！　おっけー！」
＊

サクトの想定とまったく同じ動きを敵はした。そして、墓場へと誘(いざな)われた。

階下で、外で、戦闘の音が聞こえる。

だがそれらはすべて遠い。

静寂とまでは言えない。

でもそれで十分だった。

［ＷＡＲＮＩＮＧ!!　ナノマシン〈エヴァーラスティング〉ＡＷＡＫＥＮＩＮＧ!!］

サクトの瞳が赤く燃え上がる。

〈エヴァーラスティング〉が覚醒し、五感が研ぎ澄まされる。

サクトは赤い瞳を閉じた。脳に入ってくる情報を減らすことで、耳の感覚を鋭敏にする。

――聞こえる。

息遣いが。

心臓の音が。

敵が動いた。すぐに攻撃をしてくるわけではなく、足音を殺し、サクトとの間合いを調整している。

聞こえる。

かすかに軋む骨の音が。

柄を握り直したときに出る指の関節の音が。

これだけ聞こえれば、それはもう見えているのと同じこと――。

敵が仕掛けてきた。

サクトは難なくかわし、カウンターで斬撃を放つ。

敵の得物――おそらくは棒の部分で受け止められた。存在を悟られたくない敵は、本来なら攻撃を受け止めるべきではない。それなのに受け止めたのは、サクトの斬撃があまりにも的確で、回避すれば完全によけきることができないと判断したからだろう。

敵が後方に飛び、距離を離したのが聞こえた。

その着地点めがけて駆け、斬撃を放った。

今度こそ攻撃がヒット。

血しぶきの上がる音が聞こえる。

敵の右肩から左の腰にかけて、斜めに刃が入ったのを感覚する。だが浅い。咄嗟（とっさ）に身を引いて致命傷を避けたのは見事だ。

派手に出血したので、敵の位置を判定する助けを得られるわけだが、サクトは目を開かなかった。

その必要がなかった。

サクトの脳裏には、敵の像が映っている。

髪は、おそらく長い。身長からして、女性の可能性が高い。

音だけで、相手が見えるようになっていた。

――次で最後だ。

サクトは愛刀〈徒花（あだばな）〉を鞘（さや）に納め、居合の構えを作った。

敵もまた、必殺の構えをしたのがわかった。

――この一撃で決める。

二人の間合いは絶妙だった。

お互いの攻撃がギリギリ届くか届かないかの距離。

達人どうしでしか起こらない、絶対的に膠着（こうちゃく）する間合い。

永遠にも感じられた停止時間――しかしおそらくは、一秒もない時間だった。

同時と言ってもよいタイミングで、二人は動いた。

「はっ!!」

サクトは、超高速で刀を抜いた。

〝幻影抜刀（ファントムエッジ）〟――衝撃波が敵を襲う。

敵もまた、ほぼ同時にサクトへと踏み込み、攻撃を放っていたが、わずかにサクトのほうが速かった。

派手な音を立てながら、敵の得物が真っ二つに破壊され、空間に血の花が咲いた。

敵の体は胴体を斜めに両断され、サクトとすれ違うようにして、二つのパーツが背後に飛び落ちた。

内臓をぶちまけながら、床を跳ね、滑り、壁にぶつかって止まる。

振り返ると、体の破壊と同時に光学迷彩が死んだようだった。息もない。胴体を真っ二つにした際、心臓も破壊したので、即死したのだろう。

それでも、本当に死んだのか確認する必要がある。

慎重に、頭のほうに近づいていく。

「――――ッ!?」

視界に入ってきた顔を見て、慎重な態度は吹き飛んでしまった。

心臓が、早鐘を打ち始める。呼吸が浅くなる。

〈エヴァーラスティング〉も沈静化してしまった。

それほどの、衝撃。

――バカな。おかしい。どうして、この人が、ここに……!?

サクトはそばで立ち止まって見下ろした。

そこには、あまりにも見慣れた顔があった。

「姉さん……!!」

姉の……ラピスの顔。

あの日――シルワ皇国が落ちた日、目の前で死んだはずの姉が転がっていた。体を斜めに両断され、内臓を飛び散らせながら。

「うっ」

胃の中身がせりあがってくるのを、必死に押しとどめた。

破壊された姉の死体が、あまりにもグロテスクだったのと、姉を破壊したのが自分であるという事実が、サクトの体へと強烈な負荷を与えた。

それでも、震える手で、その頭部を確認した。

あった、オルド・モジュール――。

死んだ姉をユニオンが死体人形化(ダミーライフ)して、刺客として送り込んできたのだ。

体が震えた。

「フォンス……ッ!! おまえは、いったいどれだけ俺たちを冒涜(ぼうとく)すれば気が済むんだ!!」

怒りで怒鳴り散らしそうになる。

信じられなかった。フォンスが姉を傀儡(かいらい)にしていた。それだけでも許せないのに、この傀儡はアズサを殺したのだ。大切な人(ねえさん)が友(アズサ)を殺すよう、あの男が仕向けた。

　だが怒りを何かにぶつける前に、オルド・モジュールへと通信が入った。
　シオンからだった。
「こちら、〝クライベイビー〟です」
《サクトか。いまどこだ？》
「管制室近くの部屋です。例の見えない敵を倒しました」
《そうか。だが気をつけろ。ノアたちと連絡が取れなくなった》
　頭が真っ白になる。

7

《ノアからは、サクトが見えない敵を引きつけてくれているから、その間に管制室を奪取すると連絡が来ていた。そのまま通信がアウトし、繋がらなくなっている。そこにはまだ何かいるぞ》

　シオンの話が半分も理解できない。

　ノアと連絡が取れない。

　ノアと、連絡が、取れ、ない……。

　サクトはノアに通信を飛ばした。繋がらない。何度も飛ばすが、ノアは通信圏外にいることになっている。

オフラインにしているのか、あるいは、もう――。

最悪の想像をしたとき、サクトのオルド・モジュールがノアからのテキストメッセージを受信した。


敵はハッカー。遠隔操作で脳を焼き切る。


それだけ。返信するが、既読はつかない。

サクトは部屋を駆けだした。

管制室に向かったという話だから、そこに向かって全力で走る。

「生きて……」

頭の中をこだまする幻聴――ノアの声。
・・・・・・・・・・・・・
前世のノアが最期に発した言葉。

嫌だ。

もう一度失うなんて。一度でたくさんだ。彼女を二度も失うなんて、そんなことは……！

敵はいなかった。閑散としている。いたるところに軍人――おそらくは死体人形兵(ダミーライフ)の遺体が転がっている。ノアたちが倒した跡だ。

だからこそ、なぜノアと連絡がつかないのか理解できない。敵を殲滅(せんめつ)したのに、どうして返事がないのか。

わからない。

ノア、いったい、何が……。

管制室の近くで、見覚えのある死体を見つけた。サクトとノアと一緒に戦いに来た死体人形（ダミーライフ）だ。

――嘘（うそ）だ……。

一人、また一人、と知っている顔の死体を見つける。

――違う……ありえない……。

一緒に来た四人の死体人形（ダミーライフ）兵全員の遺体を、サクトは確認した。

あと一人……ノアだけがいない。

――ノアが、ただの死体人形（ダミーライフ）に負けるなんて、ありえない……。

サクトの正直な感想だ。

だが……。

遠く――視線の先に、もう一つ、死体がある……。

――だからあれは、ノアのなんかじゃなくて。

その死体は仰向（あおむ）けに倒れていた。

美しいけれど虚（うつ）ろな瞳が、天井を見上げている。小さく開いた口。そこから息は、まったく出ていない。

床に広がった、艶（つや）やかな金色の髪。

投げ出された、しなやかな両腕と両足。

まごうことなき、絶命した死体。

その顔は…………………………………………

・・・・・・・・・まぎれもなく、ノ・ア・の・も・の・だ・っ・た・。

——あああああああああああああああああああああああッ!!

サクトは死体に覆いかぶさるようにしてうずくまった。

死んでいる。完全に。

ノアが、死んだ……。

かろうじて、声は出さなかった。今叫べば、敵に捕捉される。ノアの死を無駄にしないためにも、下手に声を出すわけにはいかない。

必死で声を殺し、代わりに耳を澄ませる。

耳が、足音を探知した。

コツ、コツ、コツ、という規則正しい音。

敵の足音だと直感する。足音の重さ的に、おそらくは強化人間(サイボーグ)。

多くの場合、ユニオンは人的損失を嫌うので、戦場においては遠隔操作兵器であるアンゲルスを用いる。だが、特殊な任務の場合——つまり戦争としての戦闘ではなく、個別に

小さな建物を制圧する場合などは、未だに人間の手が必要になる。その場合、強化された人間——サイボーグを用いることがある。

今回の国防省制圧には、この遠隔操作を得意とする強化人間が用いられたのだろう。

——殺してやる……絶対に、殺してやる…………!!

ナノマシン〈エヴァーラスティング〉が勝手に起動し、瞳が赤く燃え上がった。

大量の殺気を振りまきながら、しかし音もなく、サクトは廊下の陰に隠れる。

刀を抜き、構え、ゆっくりと歩いてくる敵に狙いを定める。

——ノア……俺が、仇を…………!!

サクトは陰から飛び出し、刀を振るった。

敵はサクトに反応できなかった。血しぶきを上げながら、敵の首が宙を舞う。

あまりにもあっけない戦闘に、サクトは虚無感を覚える。

だが、

「ははっ、悪いね。それ、囮なんだ」


背後から声をかけられ、振り返る。

——フォンス!!

すべての元凶。想定はしていなかった。フォンス自身がハッキングをしているとは。フォンス自身が自らの体を改造しているとは。

そういう情報はプロフィールにはなかったはずだ。あればシオンが伝えている。

情報が改竄(かいざん)されていた。それほど深くフォンスはアライアンスの内部に入り込んでいた。

周到な作戦。東京の強固な壁を打ち破るための泥臭い試み。

「おまえが……ノアを殺したのか⁉」

「だとしたらどうする？」

「俺がおまえをころ――」

最後まで言葉を繋(つな)げなかった。

後頭部に衝撃が走り、サクトはその場に仰向(あおむ)けに倒れた。

8

――意外とあっけなかったな。

フォンス・ウェスペルは、マグナの死体に目を落としつつ、思う。

サクトだったらもっとよい動きをするのではないかと勝手に思っていた。マグナの器を持っているのだから抗(あらが)ってくれるものだと。

一度も本当の意味で勝てなかった相手。

さぞ手こずるだろうと楽しみにしていたのに――。

所詮は死体人形(ダミーライフ)。オリジナルには遠く及ばないということか。

ユニオンを出し抜き、船橋(ふなばし)、習志野(ならしの)、千葉市(ちばし)を落とした際の活躍は素晴らしかったが、結局はどこまで行っても木偶(でく)人形。

皇帝として育てられた彼——マグナ・シルワ本人には、まったく及ばない雑魚。優しさのない、したたかなマグナ、というわけにはいかなかったようだ。

「まあいいさ。予定通りだ」

アライアンスの軍人たちを次々死体人形(ダミーライフ)化し、オルド・モジュールを介して、さまざまな指示を与えていたのはフォンスである。

常に操っていたわけではない。簡単な命令コードを遠隔で入力しておけば、それらしく振舞ってくれる。そういう意味では通常の、自由意志らしきものを持つ死体人形(ダミーライフ)と、完全遠隔操作のアンゲルスの中間のような存在に、アライアンスの軍人たちを設定していた。

もちろん、必要な場合は遠隔操作も行える。

シルワ皇国出身で、そこで研究を行っていたフォンスは、死体技術と機械技術の両方に詳しかった。だから自分の体をオルド・モジュールのハッキングをできるように改造した。

フォンスは、オルド・モジュールを含めたあらゆる電子機器をハッキングし操る強化人間(サイボーグ)である。〝人形遣い(マスターオブパペッツ)〟という異称で呼ばれるのは、そのためだ。

千葉基地とアライアンス軍の戦いは一種の陽動で、ユニオンの——総統の考えていた本命は、フォンスによる内側からの崩壊である。

来たるべきときを狙い、東京の国防省を制圧し、ユニオンにとって最大の頭痛の種であった防空システム〈サルヴェーション〉を無力化する。そして国防省からアンゲルスを操作し、東京を壊滅させる。

あっけないほどにうまくいった。

マグナが敵だと思っていたから、多少の物足りなさを感じている。だが喜ぶべきだ。

総統は約束してくれた。戦争が終わった暁には、フォンスにシルワの地を任せると。

戦争を終結に導き、功をあげ、シルワを獲(と)る。

——マグナ。オレが君の代わりに皇帝になる。

フォンスは一歩、マグナの死体に近づいた。

「なあ、マグナ。君は見ないで逝けたのか？　祖国が蹂躙(じゅうりん)され、国が亡くなるさまを……」

今でも悔しさで涙が出そうになる。

あまりにも一方的な戦争だった。両親を殺され、大切な親友マグナを殺され、その姉——フォンスが密(ひそ)かに恋焦がれていた憧れの人さえ、失った。

「ラピスさんは戦争を止めたいと思っていた。おまえもそうだろう、マグナ？」

たしかにユニオンは仇(かたき)だ。だが、もとはと言えば、中立にこだわり、ユニオンからの再三の同盟要請を蹴った皇家が悪いとも言える。

ユニオンが勝てば、戦争は終わるのだ。

だからフォンスはユニオンにつく。

愛しい人が戦争を終わらせたいと願っていたのを知っているから。

そしてユニオンの中で功をあげ、再びシルワを豊かな国へと育てるのだ。マグナの——

将来皇帝になるべきだった親友の代わりに。

「この死体も調整して、オレの手札に加えるか」

親友姉弟を他の人間の好きにされたくなかった。せめて自分の手元に置いておきたい。

今一歩、マグナの死体に近づき、一度、顔を覗き込もうと、かがもうとしたところ——

突然、跳ねるようにしてマグナの死体が起き上がり、手に持っていた刀でフォンスを一閃した。

「ぐ……は…………」

体の前面を斜めに斬りつけられ、苦痛に呻きながらフォンスは驚愕する。

——バカな。オルド・モジュールへの命令は完璧だったはず。なぜ生きている⁉

*

怒りが、サクトを支配していた。

それは、自分への怒りだった。

ノアの最期のメッセージを見たサクトは、敵がハッキングを得意としていると理解し、オルド・モジュールと自分の脳の接続を切っていた。

本来、死体人形（ダミーライフ）は、これを行おうとしただけで反逆とみなされ、オルド・モジュールによって脳が焼き切られてしまうが、サクトは厳密には死体人形ではないので、シオンによって密（ひそ）かにそのプロテクトを解除されている。

だから、敵がオルド・モジュールをハッキングしてもサクトの脳に影響はない。

それでも敵のプログラムは優秀で、オルド・モジュールとの接続が切れていると見るや再接続を試みて攻撃してきた。おそらく自動で動くプログラムを仕込んであったのだろう。すぐにサクトの側からブロックしたが、攻撃を防ぎきれず軽いダメージを受け、サクトは倒れた。

一度倒れてしまったから、死んだふりをして敵を引きつけて斬撃を食らわせたのだ。

だが、これが可能になったのはノアの死のおかげだ。

ノアが死の間際にサクトへとメッセージを残してくれたからこそ、可能になった戦法。

もし、敵――フォンスとサクトが先に遭遇していたら、死ぬのはノアではなくサクトのほうだった。サクトもオルド・モジュールから直接攻撃を受けたら、おそらく命を落としていたはずだ。

ノアの死がサクトを生かした。

まただ。

また俺はノアに生かされた。

「生きて……」

頭の中で反響する、女性の声。

一つは姉の声。

もう一つはノアの声。

前世のノアが死の直前、サクトに放った声だった。

死の危険に瀕すると聞こえてくるその声によってサクトの中の疑問が増幅される。

どうして……。

どうして君はいつも俺を生かすために死んでいくんだ？

どうしていつも死ぬのは君で俺じゃない？

君のためだったら、俺は喜んで死ねるのに、なぜ!?

「う、ぐ……」

フォンスが口から血を吐きながら、それでも大きく後ろに跳び、サクトから距離を取った。

「はは、さすがはマグナの死体だ。死んでまでも驚かせてくれるなんて、ホントに君はすごいよ」

注意深く間合いを取りながら、フォンスは言う。

「どうして生きてる？　オルド・モジュールとの接続を切っている？　ハッキングしたの

か？　だがオルド・モジュールなしでは、ＬＤバチルスの影響で死体人形(ダミーライフ)は暴走状態になるはず。君はどう見ても正気だ」

「ああ、残念ながら正気だ」

〈エヴァーラスティング〉が再起動する。

瞳が赤く燃え、全身に力がみなぎり、頭脳は冴(さ)えわたる。

狂えたら、どんなに楽だろう。

いまサクトは、冷静にノアの死を認識し、目の前の敵を認識し、彼が親友(フォンス)であると認識し、そしてその彼こそが、姉(ラピス)を殺戮人形(キリングドール)化し、操って友人(アズサ)を殺して、自らの手で最愛の人(ノア)を殺害した人物であると認識している。

「いったいどんなカラクリだ？」

「答える義務はない」

「君に関することでオレが知らされていない情報がある、か。オレは国防長官も手駒にした……彼は知らなかった。知っている人物がいるとしたらオノ中佐か……。彼女を殺し損ねたのはよかったのかもしれないな。あとで情報を引き出せる」

軽口を叩(たた)いているように見えながら目はまったく笑っていない。注意深くサクトを観察している。

フォンスは変わっていない。したたかで賢く、そして強い。

変わったのは二人の立ち位置。

いつも一緒に、同じほうを向いて進んでいたはずだった。

それがあの日――シルワ皇国が落ちたあの日に狂った。

――俺は親友を、今から殺す。

まるで自分を少し後ろで眺めているような、そんな気がした。

「オレは超える。おまえを。今この時から！」

フォンスが叫び声を上げながら右手を掲げた。

がちゃり、と乾いた音がして、手の甲が開き、中からガトリング砲が出現する。

高速回転をしながら、弾丸が放たれる。

サクトは駆けた。弾丸をよけるために右に跳び、壁を走りながらフォンスへ迫る。

ガトリング砲が出てくる前から、サクトはフォンスの戦闘スタイルが遠距離型だと気づいていた。先ほどサクトの斬撃を受けた直後に反撃せず、サクトから距離を取ったからだ。

壁を蹴ってフォンスに飛び掛かり、刀による斬撃を繰り出す。

フォンスもまた、驚異的な反応速度で回避するが、わずかに右腕のガトリング砲だけ動きが鈍く、斬撃の餌食となった。

銃身を斬り落とされ、攻撃不能になる。

「ならば……！」

フォンスが左手を掲げた。

周囲で斃れていた死体人形たちが、立ち上がった。

「ハッキングによる遠隔操作か」

「ご名答。こいつらは完全に死んでるが、オレが操れば、動くんだ」

いっせいに飛び掛かってくる死体人形(ダミーライフ)たち。中には味方も含まれていたが、サクトは容赦なく彼らの首を斬り落とした。首が落ちれば、さすがに動かなくなる。

その間にフォンスが逃げた。

階段を上っていく。

屋上から脱出するつもりなのだろう。アンゲルスを呼んでいるのかもしれない。

——逃がさない。

追いかけながら、フォンスに想(おも)いを馳(は)せる。

——フォンス。どうして君がここにいる？　生きていたのなら、なぜ、こちら側にいない？

ユニオンは仇(かたき)だろう。俺たちの国を滅ぼし、父さんや姉さん、君の両親を殺した国だ。

どうしてだよ。

どうして君が、俺の大切な人たちを殺すんだよ！

俺が皇帝になったとき、君が参謀になってくれるんじゃなかったのかよ!!

言葉にはできない。

サクトは死体だ。マグナ・シルワではなく、その死体のサクト。生前の記憶はないことになっている。

でも、頭の中で問わずにはいられない。

どうして、と。

どうして、君と俺は戦っているんだ、と。

屋上に出た。

はたして、アンゲルス〈ラファエル〉がフォンスを迎えようとしていた。

「逃がさない……」

サクトは愛刀〈徒花(あだばな)〉を鞘(さや)に納め、居合の構えを取った。

「はあっ!!」

一気に引き抜く。

〝幻影抜刀(ファントムエッジ)〟による衝撃波が〈ラファエル〉を襲い、胴体から真っ二つになり、墜落した。

「な……」

フォンスがあまりの威力に、呆(ほう)けた声を上げた。

〝幻影抜刀(ファントムエッジ)〟の威力が増していた。体中の〈エヴァーラスティング〉が、サクトの怒りを餌に力を増幅しているようだった。

「逃がさない……絶対に」

「くっ……だったら、これはどうだ!」

背後で、ヴヴン!! というエンジン音がした。咄嗟(とっさ)に横に跳ぶと、瞬前までサクトのいた場所を、チ・エ・ー・ン・ソ・ー・の刃が通過する。

ノアだった。

フォンスが、ノアの体を遠隔操作で操っているのだ。

「ふふっ、君はノアと仲がよかった」

サクトはフォンスの言葉もノアも無視して、まっすぐフォンスに向かって駆けた。

ノアはフォンスを背にかばうようにして立った。

「仲良しだったこの子を、君は攻撃できな――」

フォンスは言葉を最後まで言えなかった。

サクトのまっすぐ突き出した刀が、ノアの体を貫通し、そのままフォンスの胸を貫いたからだ。

「う、ぐふっ……」

ノアの体とフォンスの体から、血が噴き出した。

「おまえ、鬼か……?」

「鬼になったんだよ。この子を救うために」

刀を引き抜くと、ノアがその場にくずおれた。

フォンスが致命傷を負ったことで、遠隔操作を維持できなくなったのだろう。

「くっ……」

フォンスは胸の傷を押さえながら、後ずさっていく。

「オレは、こんなところで、死ぬわけには」

一歩。

「オレは……オレは…………」

もう一歩。

だが、足場はなかった。

「あ………」

フォンスはゆっくりとバランスを崩し、そのまま地面へと落下していった。

ここは十八階の屋上である。

助からないだろう。

「フォンス……」

サクトはその場に、うずくまりそうになる。

だが、まだ終わっていない。

やらなければならないことが——生き残った自分が済ませなければならない仕事がある。

サクトは管制室へ向かった。

管制室は静かだった。フォンスが倒れたことで、反逆した死体人形(ダミーライフ)たちも機能を停止していた。

サクトはただ、防空システム〈サルヴェーション〉を再起動するだけでよかった。

起動したのち、シオンに連絡した。

「中佐……」

《サクトか！　そっちはどうなっている⁉》

「国防省の管制室を奪還し、〈サルヴェーション〉の再起動に成功しました。ただ……生き残りは、俺だけです」

《………》

通信越しに、シオンが絶句したのがわかった。

《……了解した。帰投してくれ》

「はい」

通信アウト。

帰投命令があったが、サクトはその場に立ち尽くしていた。

——今だったら、誰も見ていない。

だから、泣いてもいいのかもしれない。

それなのに……。


「くくく……ははは、あはははははは………‼」


サクトの口から出てきたのは、泣き声ではなく、笑い声だった。

涙も当然、出てこない。

まるで本当に感情をなくした気分。

悲しいときに泣けないから、代わりに笑うと、かつて彼女は言った。
じゃあノア、悲しむべきときに、なぜか出てきてしまった笑いは、いったい何なんだ？
俺は今、どうして笑っているんだ？
教えてくれよ。
なあ、教えてくれよ、ノア………。

Epilogue

東京の地を闊歩し、破壊の限りを尽くしていたアンゲルスたちが機能を停止し、次々と地に伏した。

ユニオン側の襲撃は失敗。

千葉基地はアライアンス軍が占拠し、ユニオン軍は房総半島の南部まで後退。

これまでの戦争の中で、アライアンスが手にした最も大きな勝利と言えた。

そしてその勝利が世界を動かした。ＣＯＡがウェブで、世界中に日本の勝利を伝えた結果、反ユニオン組織の活動が活発化し、ユニオン支配下の地域で同時多発的に戦闘が勃発。

またアライアンスの正規軍も、世界各地で領土奪還を目指して進軍を開始。

それら世界各地での戦闘に対処するため、ユニオンは日本からの撤退を決定する。前線を進めるよりも、まずは支配地域の安定を優先したのだ。

一週間後、ユニオン軍は日本から姿を消した。

＊

戦い後の一週間、いろいろなことがあったはずなのだが、サクトの記憶は断片的だった。

東京は守られたものの、被害は甚大だった。特に新宿の駐屯地周辺はかなり破壊されていた。だが、国会などの政府の中枢部を守ることができたので、東京の首都機能は維持され、政治的には大きな問題は起こらなかった。

　今回の件で国防長官を失ったのが日本軍としてはかなりの痛手だったようだが、後任は滞りなく決まり、統合軍司令部も含めて、平時へと復帰していった。

　フォンスの死体は回収されなかったという。サイボーグである以上、機密情報の宝庫だろうから、上層部は残念がった。敵としても、情報漏洩（ろうえい）が困るから持ち去ったのだろう。

　第八大隊は、しばらく調布基地に間借りする形になり、サクトも一時的に住まいを移すことになった。

　それら、細々とした仕事に追われていたせいか、気づいたら東京侵略事件から一週間が経（た）っていた。


　携帯端末にシオンから電話が来たのは細々とした仕事がちょうど落ち着いたときだった。

「はい、こちら〝クライベイビー〟」

《オノだ。今晩、ノアの初期化が行われる。もし今の彼女に最後の別れを言いたいのであれば、死体安置所（モルグ）に行け》

　ずん、と胸に重りを載せられたような気持ちになった。

　破壊された細胞をＬＤバチルスを活性化させることで再生させ、その後オルド・モジュールで統制する。その際、記憶は完全に失われるため、死体人形（ダミーライフ）が生き返ることを初期化と呼ぶ。

今日、ノアは正式に死に、そして蘇る。人格の連続性はないものとされているので、目を覚ますのはまったく違うノア。だから名残惜しいのであれば最後に会っておけという、シオンの計らいだった。

サクトは迷った。

会いたい気持ちはもちろんある。けれど、会って何になるのだろう？　会ったところでノアが戻ってくるわけではない。

それでも——

「教えてくださってありがとうございます。会ってきます」

結局行くことにしたのは、ノアの死を受け入れられていない証拠なのかもしれない。

《サクト。いずれ慣れる。だからあんまり気を落としすぎるな》

軍人としての先輩からのアドバイス——。

従軍している者が仲間を失うのは日常茶飯事。前線で捨て駒のように戦わされている死体人形なら尚更だ。

生きていたらラッキー。死んだらアンラッキー。

そのくらいで考えるべきなのかもしれない。

だが、アドバイスをしてきたシオンの声音から——長年軍人として戦っている彼女ですら、結局、まだ慣れてはいないのだとサクトは知ってしまう。

指摘はしない。慣れたことにするのが、彼女なりの処世術なのかもしれないから。

もしかしたら、シオンがオルド・モジュールへの通信ではなく、携帯端末による電話を選んだのは、サクトが仲間の死を受け入れられていないのをわかっていて、肉声で励まそうとしたからなのかもしれない。何か優しい言葉をかけてくれるわけではないが、シオンが部下想（おも）いなのをサクトは知っている。そんな彼女も、任務中は冷徹になる。

優しい人はたくさんいる。けれど優しさを、世界が許してくれない。

やりきれない気持ちを抱えながら、サクトは死体安置所（モルグ）へと向かった。


死体安置所（モルグ）は地下にあった。

薄暗く陰気な部屋だ。大量のベッドが整然と並べられている。ベッドの上には患者服のような無機質な衣服を着せられた死体人形（ダミーライフ）たちが横たえられている。全員、生気のない顔をしていて、目を閉じ、まったく動かない。今回の戦闘で亡くなった死体人形（ダミーライフ）たちである。傷は完全に治っていて、鎮静剤を打たれて眠っている。あとはオルド・モジュールを初期化し、接続すれば生まれ変わって目を覚ます。

ノアのベッドは一番入り口側だった。

「ノア……」

ベッドに横たわる彼女を見て、小さく彼女の名前を呼ぶ。

死んでいるはずなのに、彼女は美しかった。透き通るような白い肌、すーっと通った鼻筋。眩い金髪。

眠っているだけにしか見えない。すぐにでも目を開いて「おはよう」と言ってくれそうな気がした。

「ノア……！」

わかりきったことだった。彼女は亡くなっているのだからサクトの呼びかけになど応えてくれない。

そのはずだったのだが――

「!?」

サクトのオルド・モジュールがメッセージを受信した。

送信者はノア。

サクトのオルド・モジュールがローカル通信圏内に入ったことで、彼女が最期に送ろうとしたメッセージを受信したようだった。ノアのオルド・モジュールはまだ初期化されていなかったから、死の直前の操作が生きていたのだろう。

サクトはメッセージを開いた。文言はなく、ただファイルが添付されているだけのメッセージだった。かなり容量が大きい。

ファイルは動画データだった。オルド・モジュールで再生する。

《よっし、サクトを無事に二人っきりにできたぞ！》

ノアの声と共に、映像が脳裏に映し出される。場所はおそらく国防省内。サクトが見えない敵と戦っていた部屋と繋がる廊下だ。

サクトは理解する。これは、ノアが死の直前に見たもの、聞いたもの、そして思ったことを動画化したものだ。視覚情報と聴覚情報は本人が見聞きした内容を脳からオルド・モジュールが吸い出して自動保存したもの。思ったことは〝念話〟として音声化し、やはりオルド・モジュールで自動保存したもの。

このまま動画を見続ければ、おそらく彼女の死を見る羽目になる。サクトは咄嗟に中止しようとするが、ギリギリのところで踏みとどまった。

ノアはこの動画を死の直前にサクトに送信しようとして失敗した。おそらく送る前に死んでしまい、オフライン化したのだ。

彼女がこれを送りたかった理由。それを自分は知るべきだと思った。助けられなかった罪滅ぼしとして。たとえサクトが最も見たくない彼女の死がこの動画に記録されているとしても、彼女が最も見せたかったものをサクトは見るべきだと思った。

《すごい、サクトが言ったとおりの展開になってる！　この調子で頑張ってこー！》

仲間と合流するために廊下を走るノアは、非常に前向きだった。

《なんか不思議。力がみなぎってくる感じがする。サクトのおかげかな》

無数の〝念話〟――ノアの〝声〟がサクトの中になだれ込んでくる。

あふれる彼女の想いに飲み込まれ、また、視覚、聴覚以外の五感の情報もオルド・モジュールに記録されているのか、それらも一緒にサクトは読み込めてしまった。

まるでノアと一体化してしまったかのような感覚。

《私は生き残る。敵を倒して、サクトと一緒に帰る。大尉のバカ野郎をやっつけて》

ノアは堅い決意を胸に、仲間たちのところへ駆けた。

仲間――四人の死体人形(ダミーライフ)は開けた階段の近くにいた。

ノアが声をかけようとした、そのとき――

「ぎゃっ！」

男性死体人形(ダミーライフ)の一人が、悲鳴を上げながら、倒れた。

「どうした⁉　うぐっ」

女性死体人形(ダミーライフ)の一人も、同じように倒れる。

ノアは咄嗟(とっさ)に廊下の陰に身を隠した。

同じように身を隠した女性死体人形(ダミーライフ)が、もう一人。

残された男性死体人形(ダミーライフ)は、あたふたしていたが、結局同じように倒れた。

身を隠したものの、ノアは状況が呑(の)み込(こ)めない。見たところ、仲間たちは倒れはしたものの外傷はない。敵から狙撃されたというわけではなさそうだ。

だがまったく動かないところを見ると、戦闘不能に陥っているのは確かだ。


コツ、コツ、コツ――。

足音が、した。敵がいるのだ。音の方角からして、ノアたちとは反対の方向から歩いてきている。

視界の先で、同じように隠れている死体人形(ダミーライフ)の女がオルド・モジュールに手をあてた。異常を仲間に知らせようとしているようだが、

「きゃっ」

やはり倒れた。

《遠隔で攻撃してる⁉》

ノアは慌ててオルド・モジュールをオフラインにし、すべての無線通信を切った。自分の存在を察知されないようにするためだ。この状態でも本部が強制的にアクセスし回線を開けることは可能だが（それもできないようにプロテクトをかけると、強制的にオルド・モジュールによって神経を焼き切られる）、少なくとも、回線を開放していることで敵に察知されることはないだろう。

はぁ、はぁ、はぁ……と、緊張で息が荒くなるのをノアは必死になって抑える。目の前でいとも簡単に味方を倒されて、冷静でいろというほうが無理だ。死体人形(ダミーライフ)だって、死は怖い。

けれど、音を立てたら見つかって殺される。

《息を殺して隠れないと……。この感じ、敵はきっと開放されてる回線を通してオルド・モジュールにアクセスして、死体人形(ダミーライフ)たちの脳を焼き切ってる。回線にはプロテクトがか

かってるはずなのに……そんなのはお構いなしにこじ開けてハックするってこと？
　私がまだ生きてるってことは、敵の攻撃は任意のエリアに存在する通信機器をオートで検索して強制的にハッキングする感じじゃない……。認識した敵を一人一人ハックし破壊してるんだね》
　ノアの冷静かつ正確な分析に、サクトは感嘆する。彼女の思考を直接知って、やはりノアは聡明だと改めて思う。
《敵はまだ私を認識していない。オフラインなら、察知されないんだ。ま、見られたらハッキングされて、殺されるんだろうけど……》

　コツ、コツ、コツ……。

　軍靴の音――ノアのすぐそばまで迫る、敵の影。
　サクトはこの先の結末を予期して、暗澹たる気持ちになる。ノアはこのまま敵に発見され、命を落とす。その瞬間を今から自分はこの目で見るのだ――。
《死体人形のオルド・モジュールをハックして、殺す……私たちには天敵だね。サクトに知らせないと。でも、無線通信なんて飛ばしたら、ソッコー殺されちゃう……。こ・こ・は一回、退いたほうがいいかな？》
　――何？

サクトは眉をひそめる。

ノアの中に「逃げる」という選択肢があったことに驚く。また、思いのほか敵の接近が遅いのも意外に思う。

サクトは、ノアは逃げる間もなく殺されてしまったのだと思っていた。半ば不意打ちに近い形で襲われ、対応できなかったのではないかと。相手はオルド・モジュールに直接働きかけて攻撃してくる。先に敵に発見されたら勝ち目はない。

しかし映像によれば、ノアは逃げる時間が十分あった。

それなのになぜ、ノアは死ななければならなかったんだ？

《――ダメだ。退いちゃダメ。オンラインにできないからサクトにメッセージは送れない。合流は難しい。私が退いたら、先にサクトがこいつに出会っちゃうかも。そしたらサクトが死んじゃうから、ダメだ》

心臓を思いっきり刃で貫かれたかと思った。

ノアは逃げる選択肢を持ちながらそれを放棄した。サクトを守るために。

ノアは死を避けられたのだ。しかし避けた場合、連絡も取れない状況ではサクトと合流できないため、高確率でサクトが死亡すると考え、ノアはその選択を取らなかった。

先にサクトが敵に遭遇していれば、死ぬのは自分だったと思っていた。事実そのとおりだった。そしてそれをノアは自分の意志で避けた。

そんな、そんなことが……。

《あー、私一人で行けるかなこいつ。無理かも？　じゃあ死んじゃう感じか。あー》
あくまで軽い調子で考えるノア。そこにはいつものノアがいた。
《全然アリだ。サクトが生き残れるなら、全然アリ。サクトだったらきっと倒してくれる》
偶然ノアが先に死に、サクトが生き残ったのだと思っていた。
違った。
サクトは本当にノアによって生かされたのだ。
《あーでも、死んじゃったら告白できなくなっちゃうなぁ。それは心残りかも。そだ。それもメッセージに入れちゃえばいいか》
ノアは、オルド・モジュールで、サクト宛のテキストメッセージをオフラインで編集し、いつでも送れる状態を作った。死を覚悟し、死の準備をした。
《ねえサクト。私ね》
——やめてくれ。
聞きたくないんだ、その言葉は。
《私、サクトのことが好き》
——どうして。
《優しいサクトが好き。カッコいいサクトが好き。私に心があるって言ってくれてありがとう。本当に嬉しかったよ。サクトと一緒にいると、すごく幸せだった》

――どうして君は、いつも……。
《サクトが私を人間にしてくれた。そんな気がしたんだ。感情があるって言ってくれた。一緒に泣いてくれた。涙は流せなかったけどね。それから――私を守るって言ってくれた》
――いつも俺を愛してくれて……。
《それとね、ちょっと懺悔。こっそり、前世の私の日記、読んじゃった。前の私もサクトが好きだったんだね。なんか嬉しい。私は死んで生き返ってからも、また同じ人を好きになったんだってわかったから》
――こんなにも優しい言葉ばかりくれて……。
《サクト。あなたは優しいから、きっと私が死んだら悲しんでくれると思う。でもね、安心して。たぶん私は生き返る。全部忘れちゃうのは申し訳ないけど、絶対、私はまたあなたに恋をする。
次だけじゃない。きっとその次も、そのまた次も、その次も次も次も……、
絶対私は、あなたを好きになる。自信があるんだ。
だからさ……》
そっと、ノアはチェーンソーを床に置いた。チェーンソーはどうしても発動時、音が出てしまう。今回のような戦いには不向きだ。
代わりに懐から死体人形用のコンバットナイフを取り出す。
ドッドッドッドッと心臓がうねる。

ぎゅっと、ナイフを握りしめる。柄から無数の針が出てきて、ノアの血を吸う。

戦闘準備が整った。

ノアはただずっとサクトのことを考えている。

サクトとの思い出を噛みしめている。

サクトの顔を思い浮かべている。

ちょっと頼りない感じの、優しい少年。だけどいざというときは、とても頼りになって、すごくカッコイイ……。

《ああ、サクトに会いたいな。直接、この気持ち、伝えたかったな。バカだなぁ、私。自分の気持ちに気づくのが遅すぎるよ。

だけどまあ悪くない。私はサクトを守って死ねるんだ。そして生き返ったらまたサクトを好きになれるんだ。

それってめちゃくちゃ幸せなことじゃない？》

——ノア、やめてくれ……！

心の中でサクトは叫ぶ。絶対に届かない言葉を。もう過ぎてしまった過去に向かって、あまりにも無意味だがあまりにも悲痛な想いを。

《だからサクトは全然気に病まなくていいんだよ。私は幸せだったから》

ノアはただ一方的にサクトへの想いを溢れさせながら、歩いてきた敵に飛び掛かった。

敵の動きは異様に洗練されていた。ノアの攻撃をあたかも読んでいたかのような動きで、身をひるがえして回避した。

「最後の一人――見つけた」

凶悪な笑みを浮かべながら左手をかざす敵――フォンス。

ノアは悟る。自分の死を。

彼女はすぐに、オルド・モジュールをオンラインにし、サクトにメッセージを送信する。

《心配しないで、サクト。この結末は私が望んだもの。だから――》

フォンスによるハッキング。

ノアのオルド・モジュールがコントロールを奪われ――

《生きて……》

その言葉を最後に、映像がブラックアウトする。

＊

現実に引き戻されたサクトは、その場にくずおれた。

ノアはすべてわかっていた。ノアを失って打ちひしがれるサクトも、サクトがノアの死に苦しめられることも。

だからメッセージを残した。

自分は生き返る、と。生まれ変わってもまた同じノアであり続ける、と。

ノアは、自分が死ぬというのに自分のことなど顧みずサクトを想(おも)ってくれていた。

ノアはいつもそうだ。人のことばかり考える。

特攻作戦のとき、本当は怖くて意志を捨てたかったのに、サクトのために戦った。

ショッピングモールで死体人形(ダミーライフ)が暴れたとき、真っ先に彼を助けようとした。

アズサが捕まったとき、危険を承知で助けに向かった。

そして——フォンスと戦ったとき、自分は逃げられたのにサクトを生かすためにあえて戦いを挑み散っていった。

いつも自分は後回しで。

誰かの幸せを願い、叶(かな)えようと奮闘する。

誰よりも人の不幸を悲しみ、それゆえ涙を流せないことに苦しみ……だから代わりに笑う彼女は——

優しすぎる。

優しすぎるから……いつも………。

「死んでしまうんだろ！　どうして自分のために生きないんだ！　どうして……!!」

——どうして俺じゃなかったんだ。

いつだって俺は命を捨てる覚悟があるのに。

もうノアが死ぬところなんて見たくないのに。

なぜかいつも俺が生き残ってしまう。

それが悔しくて悲しくて、サクトは目頭が熱くなった。

泣けなかった自分が泣けるようになった。ノアのメッセージを聞いて、サクトは心を取り戻した。

しかし泣くわけにはいかない。ここで泣けば、十中八九、自分が人間だと知られてしまう。

膝をつき、俯いて、震えることしかできない。

ノアは死んだ。またすべて失った。

そのときだった。


「泣かないで、泣き虫さん」


温かいものに、体を包まれた。

顔を上げる。

大切な人の顔が、視界に飛び込んでくる。

「ノア……？」

ノアだった。サクトと同じように床に膝をつき、やわらかく包み込むように、サクトを抱きしめてくれている。

オルド・モジュールの初期化が終わって、目を覚ましたのだろう。ほかの死体人形はまだ眠っている。ノアの再起動だけ早く終わったようだ。

「泣かないで。大丈夫だから。心配ないから……」

「泣いてない……」

思わず言い返していた。

「うん。涙は流してない。私たち死体人形（ダミーライフ）は涙を流せないから。でも、人は心でも泣けるんだよ？」

「――！」

その言葉。

サクトがノアを慰めるために言ったセリフ。

「泣かなくて大丈夫だから。一人じゃないよ。私もいるし、たぶん仲間たちも。一緒に頑張ろう？　ね？」

「あ、ああ……」

まさか記憶が残って？　死なないで済んだのか？

そんな期待を持ってしまうが、

「そっか。私の名前はノアって言うんだね？　もしかして、前世の私を知ってるの？」

ノアの口から出た言葉に、やはり彼女は初期化されてしまったのだと知らされる。

「いや……君がそう呼ばれることになると、ただ知っていただけだ」

「そうなんだ。ともかく、先輩だね」

優しく、励ますような笑顔。

その笑顔は紛（まぎ）れもなくノアのものだった。

——死体人形（ダミーライフ）は生前と人格の一貫性がないとされている。同じく、死亡して再生した死体人形（ダミーライフ）も前世と人格は一貫していないということになっている。

死体人形（ダミーライフ）が前世と似たような行動を取るのは、同じ肉体を継承しているからに過ぎない。つまり、心が一貫しているわけではなく、体の物理的な癖が継続しているだけ。

そもそも死体人形（ダミーライフ）には心がないと言われている。なぜなら涙を流せないから。

「じゃあ先輩。これからよろしくお願いしまーす！」

そうだったとしても。

サクトにとっては、目の前にいる彼女はやはりノアなのだ。

二人目のノアが一人目のノアと同じようにサクトを守りながら死んだのも、今、目の前のノアがサクトを励ますように抱きしめてくれているのも——

「ああ、よろしく。俺はサクトだ」

きっと心があるからなのだと、サクトは信じている。

記憶が失われても、ノアの心はずっとノアのままなのだと、サクトは信じている。

ノアは悲しいとき、涙を流せない代わりに笑う。悲しみを感じていないわけではなく、ただ涙を流せないだけ。

だからサクトはノアをぎゅっと抱きしめた。

「コードネーム〝クライベイビー〟。俺は……君を守る」

了

あとがき

どうも、高橋(たかはし)びすいと申します。MF文庫Jさんでは初めましてです。

本作、けっこうがっつり設定を練りました。二〇七一年という舞台設定、人間の死体を再利用した存在である死体人形(ダミーライフ)、世界大戦の経緯、サクトとノアの関係性などなど……。長く温めていた構想を大放出したという実感があります。なんといっても企画書を担当編集さんに提出するまでに二年以上かかっています。

どうして企画書を出すまでにそんなにかかったのかというと、世界観や歴史はすぐに構築できたのですが、肝心のキャラクターが出てこなかったんです。いや、この世界で暮らす人々はたくさん思い浮かびました。しかし、この物語を背負える強度を持つキャラに、なかなか出会えなかった……。

こうなるともう降りてきてもらうまで待つしかないので、世界を頭の片隅に置いておきつつ、日常生活をこなしていました。

そしてある日、やってきてくれたんです。

亡国の皇子にして、生きたまま死体人形(ダミーライフ)の力を得た少年と——

心優しい死体人形(ダミーライフ)で、涙を流せないから代わりに笑う少女が——。

二人が来てからはすぐでした。ガーッと企画書をまとめて、あとは出版するために頑張っていく、と。

この残酷な世界で、それでも希望を失わずに戦う少年少女の物語を、どうかよろしくお願いいたします。

最後に謝辞を。

担当の編集Oさん。大変お世話になりました。基本的に右往左往している私を的確に導いてくださり感謝しております。ありがとうございました！

イラストレーターのなえなえさん。サクトとノアのキャラデザを初めていただいたとき、キャラクターに生命が吹き込まれた感じがしました！　素敵なイラストを本当にありがとうございました！

その他、この本の制作にかかわってくださった全ての方々。ありがとうございました！

そして最後になりますが、この本を手に取ってくださったあなたに、最大限の感謝を――。本当にありがとうございました！

では、またいつかお会いいたしましょう。

高橋びすい

「ファンレター、作品のご感想をお待ちしています」

あて先

〒102-0071　東京都千代田区富士見2-13-12
株式会社KADOKAWA　MF文庫J編集部気付
「高橋びすい先生」係　「なえなえ先生」係

読者アンケートにご協力ください!

アンケートにご回答いただいた方から毎月抽選で
10名様に「オリジナルQUOカード1000円分」をプレゼント!!
さらにご回答者全員に、QUOカードに使用している画像の無料壁紙をプレゼントいたします!

■ 二次元コードまたはURLよりアクセスし、本書専用のパスワードを入力してご回答ください。

http://kdq.jp/mfj/　パスワード　**va36h**

●当選者の発表は商品の発送をもって代えさせていただきます。
●アンケートプレゼントにご応募いただける期間は、対象商品の初版発行日より12ヶ月間です。
●アンケートプレゼントは、都合により予告なく中止または内容が変更されることがあります。
●サイトにアクセスする際や、登録・メール送信時にかかる通信費はお客様のご負担になります。
●一部対応していない機種があります。
●中学生以下の方は、保護者の方の了承を得てから回答してください。

MF文庫J

エヴァーラスティング・ノア
この残酷な世界で一人の死体人形を愛する少年の危険性について

2023 年 9 月 25 日　初版発行

著者　高橋びすい

発行者　山下直久

発行　株式会社 KADOKAWA
〒 102-8177 東京都千代田区富士見 2-13-3
0570-002-301（ナビダイヤル）
印刷　株式会社広済堂ネクスト

製本　株式会社広済堂ネクスト

©Bisui Takahashi 2023
Printed in Japan　ISBN 978-4-04-682992-4 C0193

◎本書の無断複製（コピー、スキャン、デジタル化等）並びに無断複製物の譲渡および配信は、著作権法上での例外を除き禁じられています。また、本書を代行業者等の第三者に依頼して複製する行為は、たとえ個人や家庭内での利用であっても一切認められておりません。
◎定価はカバーに表示してあります。

●お問い合わせ
https://www.kadokawa.co.jp/（「お問い合わせ」へお進みください）
※内容によっては、お答えできない場合があります。
※サポートは日本国内のみとさせていただきます。
※Japanese text only

◇◇◇

この小説はフィクションであり、実在の人物・団体・地名等とは一切関係ありません。

〈第20回〉MF文庫Jライトノベル新人賞

MF文庫Jライトノベル新人賞は、10代の読者が心から楽しめる、オリジナリティ溢れるフレッシュなエンターテインメント作品を募集しています！ ファンタジー、SF、ミステリー、恋愛、歴史、ホラーほかジャンルを問いません。
年に4回締切があるから、時期を気にせず投稿できて、すぐに結果がわかる！ しかもWebからお手軽に投稿できて、さらには全員に評価シートもお送りしています！

イラスト：konomi（きのこのみ）

通期

大賞
【正賞の楯と副賞 300万円】
最優秀賞
【正賞の楯と副賞 100万円】
優秀賞【正賞の楯と副賞 50万円】
佳作【正賞の楯と副賞 10万円】

各期ごと

チャレンジ賞
【活動支援費として合計6万円】

※チャレンジ賞は、投稿者支援の賞です

MF文庫J
ライトノベル新人賞の
ココがすごい!

年4回の締切!
だからいつでも送れて、
すぐに結果がわかる!

応募者全員に
評価シート送付!
執筆に活かせる!

投稿がカンタンな
Web応募にて
受付!

チャレンジ賞の
認定者は、
担当編集がついて
直接指導!
希望者は編集部へ
ご招待!

新人賞投稿者を
応援する
『チャレンジ賞』
がある!

選考スケジュール

■第一期予備審査
【締切】2023年 6月30日
【発表】2023年10月25日ごろ

■第二期予備審査
【締切】2023年 9月30日
【発表】2024年 1月25日ごろ

■第三期予備審査
【締切】2023年12月31日
【発表】2024年 4月25日ごろ

■第四期予備審査
【締切】2024年 3月31日
【発表】2024年 7月25日ごろ

■最終審査結果
【発表】2024年 8月25日ごろ

詳しくは、
MF文庫Jライトノベル新人賞
公式ページをご覧ください!
https://mfbunkoj.jp/rookie/award/